80 dias
a cor do prazer

OBRAS DA AUTORA PUBLICADAS PELA EDITORA RECORD

80 dias: a cor da luxúria
80 dias: a cor do desejo
80 dias: a cor da paixão
80 dias: a cor do prazer

VINA JACKSON

80 dias
a cor do prazer

tradução de

RYTA VINAGRE

EDITORA RECORD
RIO DE JANEIRO • SÃO PAULO
2015

CIP-BRASIL. CATALOGAÇÃO NA FONTE
SINDICATO NACIONAL DOS EDITORES DE LIVROS, RJ

J15o

Jackson, Vina
80 dias: a cor do prazer / Vina Jackson; tradução de Ryta Vinagre. – 1. ed. – Rio de Janeiro: Record, 2015.
(80 dias; 4)

Tradução de: Eighty days amber
Sequência de: 80 dias: a cor da paixão
ISBN 978-85-01-10435-9

1. Romance inglês. I. Vinagre, Ryta. II. Título. III. Série.

15-21762

CDD: 823
CDU: 821.111-3

TÍTULO ORIGINAL EM INGLÊS:
Eighty Days Amber

Texto revisado segundo o novo Acordo Ortográfico da Língua Portuguesa.

Editoração eletrônica: Abreu's System

Direitos exclusivos de publicação em língua portuguesa somente para o Brasil adquiridos pela
EDITORA RECORD LTDA.
Rua Argentina, 171 — Rio de Janeiro, RJ — 20921-380 — Tel.: 2585-2000,
que se reserva a propriedade literária desta tradução.

Impresso no Brasil

ISBN 978-85-01-10435-9

Seja um leitor preferencial Record.
Cadastre-se e receba informações sobre nossos lançamentos e nossas promoções.

Atendimento e venda direta ao leitor:
mdireto@record.com.br ou (21) 2585-2002.

1
Dançando com os bad boys

Sempre me senti atraída por *bad boys*.

E, à medida que ficava mais velha, eles se transformavam em *bad men*.

Seis meses depois de ter deixado Chey, eu estava em Nova Orleans. Dezembro chegava ao fim e minha mente girava como um dervixe, tentando imaginar que decisões eu poderia tomar quando desse meia-noite do Ano-Novo. Em um minuto eu não tinha ideias, no seguinte tinha uma mixórdia acelerada de pensamentos e emoções batendo asas como passarinhos por minha cabeça; e, no entanto, era incapaz de pegar ao menos um deles em pleno voo. Não conseguia me concentrar, não conseguia focar em nada.

Eu estava entediada. A vida se tornara uma sucessão repetitiva: dançar, comer, beber, dormir, às vezes transar, viajar, dançar de novo, comer, beber, dormir e assim por diante.

Eu sentia falta de Chey.

Sentia falta dos *bad men* e dos *bad boys*.

Embora estivéssemos no inverno, o calor ainda se prolongava no ar, úmido, fragrante. Marcando as horas ao caminhar pelas ruas estreitas e bonitas do French Quarter, meus braços expostos eram acariciados pela brisa suave que vinha do rio Mississippi. Parecia irreal, como se eu tivesse me tornado personagem do sonho de alguém. Menos de uma semana antes, eu havia passado o Natal com Madame Denoux, tínhamos comido na varanda de sua casa do outro lado do lago, com alguns amigos de sua família. Um dos homens presentes, um primo distante, deu-me uma carona à cidade. O carro deslizava pela ponte baixa que se estendia sobre o imenso lago Pontchartrain, e eu tive a sensação de que andávamos sobre a água e quase poderia tocar a superfície do lago, se estendesse levemente o braço pela janela aberta do carro. Parecia uma miragem, o horizonte de luzes do Vieux Carré ao longe, piscando, e as luzes de Natal decorando as casas na margem. Acabei dormindo com ele e foi uma noite decepcionante. Era um amante desajeitado e nada generoso. Não fiquei para o café da manhã em seu apartamento na rua Magazine. Caminhei pelos 800 metros até o canal, passando pelo distrito financeiro deserto, com a barriga roncando de fome. E não era fome de comida.

Nova Orleans era um lugar muito estranho. Tão diferente da Donetsk onde nasci e onde os prédios tinham linhas retas e eram eminentemente funcionais, e onde o único horizonte que avistávamos era uma linha irregular de chaminés de fábricas vomitando fumaça escura dia e noite.

A boate de Madame Denoux ficara fechada por cinco dias durante as comemorações de fim de ano, mas esta noite tudo voltaria ao normal e eu dançaria novamente.

Ao entrar no camarim, tentei me lembrar das festas de fim de ano na Ucrânia, mas nenhuma lembrança se destacava; tudo surgia como um borrão indistinguível. Havia outras três mulheres ali, em variados graus de nudez, retocando a maquiagem em espelhos grandes, ajeitando as roupas, apertando alças, espargindo perfume pelo corpo, passando pó de arroz, bijuteria barata tilintando. Eu tinha vindo da Califórnia e, antes disso, de Nova York, e elas sempre se ressentiam da minha presença e da minha experiência na cidade grande, do fato de que Madame Denoux preferia a mim, e não a elas, como sua atração principal. Elas me achavam bonita e reservada, uma combinação ruim quando se tratava de fazer amigas. Mas eu era mesmo bonita — as pessoas me diziam isso desde que eu era criança, e sempre assumi isso como verdade. Sempre levei a vida segundo meus próprios padrões, sem precisar de amigas. Eu tinha pouco em comum com elas. Elas sabiam disso, e eu também.

Dei as costas para as mulheres e me despi, sentindo os olhos delas em mim, como adagas. Todas me olhavam, a atenção concentrada na divisão da minha bunda, no leve volume de meu cóccix quando eu me abaixei para tirar a sandália. Que olhassem. Eu estava acostumada a ser vista. Muito vista.

O zumbido soou e, pelos alto-falantes na parede do camarim, ouvimos a música "Minnie the Moocher", de Duke Ellington. Era o sinal para Pinnie entrar no palco. Ela era baixa, curvilínea, mestiça e bonita. Tinha cabelos pretos e brilhantes que caíam até o meio das costas, e que ela adorava jogar em volta do corpo enquanto dançava, seduzindo os clientes, escondendo parcialmente os peitos de bicos castanhos numa cortina de provocação. Sua outra estratégia exclusiva de venda eram seus pelos pubianos espessos e totalmente desgrenhados, que se espalhavam para todos os lados, rebeldes como uma criatura selvagem. Pinnie também tinha uma pinta castanha bem no meio da testa e, em vez de escondê-la ou desviar as atenções daquela área, ela as atraía para esta característica incomum, mantendo o corte do cabelo numa franja reta e geométrica, como se traçada por uma faca. Era a única dançarina que me tratava com educação e arriscava puxar assunto entre as apresentações, enquanto as outras me ignoravam obstinadamente. Eu fazia o mesmo com elas.

Pelo menos outra hora se passaria até que chegasse meu número. Eu era a última.

Peguei em meu cesto de vime o livro que estava lendo e me acomodei na cadeira, desligando-me temporariamente do que me cercava. A leitura havia se tornado recentemente meu maior vício. Este falava de um circo itinerante. De estilo barroco e pitoresco. Nunca fui muito fã de realismo. Estudei realismo suficiente nos livros que precisávamos ler na escola na Ucrânia e, mais tarde, em São Petersburgo — livros respeitáveis, e intermináveis, sobre as angústias da humanidade, com as quais nunca senti ligação nenhuma.

Levantei a cabeça quando ouvi a música diminuir ao fim de "Into the Mystic", de Van Morrison, e Sofia entrou de rompante no camarim, xingando baixinho por causa de um pequeno problema no figurino durante sua apresentação. O olhar que ela me lançou ao se sentar à penteadeira e começar a tirar a maquiagem foi de pura maldade, como se eu fosse a culpada pelo incidente, uma vez que minha roupa para a apresentação era muito simples e não incomodava, com tiras de velcro, cintos, dispositivos de liberação rápida, botões ou fechos.

Eu tinha cinco minutos inteiros antes que o palco fosse meu, e fechei os olhos. Entrando no clima. Não havia nada de sensual em tirar a roupa. Era só um trabalho; mas, quando eu conseguia me desligar do ambiente, bani-lo para outra dimensão, podia flutuar por minha apresentação como se fosse transportada por asas invisíveis. No último ano, vinha usando como trilha sonora "La Mer", de Debussy, e conhecia cada onda daquele mar imaginário, cada curva sensual da melodia. Era a peça preferida de Chey. Ele sempre gostou do mar. Na primeira vez que dancei ao som dessa música, foi para ele. Só para ele.

Dançar, tirar a roupa, expor-me, tudo isso era uma espécie de cerimônia secreta, em que eu era ao mesmo tempo o cordeiro sacrifical e a suma sacerdotisa brandindo a lâmina da morte, uma fantasia na qual eu me refugiava em outro mundo enquanto durasse o show.

Eu me desliguei.

Como sempre fazia.

Ouvi minha deixa a quilômetros de distância enquanto Madame Denoux colocava minha fita no aparelho e o sopro inicial de silêncio enchia os alto-falantes. Andei na ponta dos pés e em silêncio ao zumbido quase inaudível e fiz minha entrada no palco em completa escuridão, posicionando-me.

Eu me liguei novamente.

E então eles ofegaram.

Toda noite a reação era a mesma, e eu sabia que Madame Denoux, a uma curta distância, escondida pelas cortinas dos bastidores, estaria sorrindo.

Primeiramente, só os mais singelos movimentos. Como se reunisse energia, retraindo-me para um lugar íntimo onde não havia nada além de quietude e um sussurro interior sem fim, um poder invisível esperando para ser colhido e enviado a cada parte de meu corpo para ser usado. Eu era a mestre das marionetes, movendo minhas próprias cordas.

No primeiro minuto, imitando a sensação da brisa tocando a superfície das ondas, as gotas de água quase invisíveis e a névoa que pendia no ar num dia de iminente tempestade, a pressão constante da maré, apenas um movimento delicado de braço aqui, um giro do pulso ali, um gingado de quadris acompanhando a leve ascensão da música, o som doce e triste do flautim unindo-se ao dedilhado suave da harpa e à batida da percussão, como a garoa que começa a cair. Eram os primeiros sinais da tempestade que se formava.

E, então, começava o segundo movimento, as notas mais sombrias da clarineta e do oboé, o tambor abafado do primeiro sinal de trovão em formação, a energia encrespando-se na água e em mim, as ondas aumentando e meus movimentos tornando-se igualmente mais intensos, mais rápidos, mais atléticos.

Agora eu possuía a plateia, quase invisível, e o ritmo. Podia relaxar, olhar em volta, pensar. Conhecia cada passo; cada balanço da melodia estava tatuado em minha pele. O ritmo combinava com a batida do meu coração e o bombear do sangue, e me transportava, impensadamente, para o final de meu número. Não como se eu estivesse sendo derrubada pelas ondas, empurrada de um lado para o outro pelo diálogo incessante entre o vento e o mar, mas como se cavalgasse a tempestade, regesse a orquestra, fosse responsável pela ascensão e queda do oceano.

Às vezes não era tão romântico. Só uma questão de treinamento. Chey dizia isso de quase tudo.

Era sempre uma questão de treinamento, ou o velho e simples "sangue, suor e lágrimas". Mas, olhando de fora, parecia instintivo, eu sabia. Eu podia ver no modo como os espectadores silenciosos me observavam, os rostos ansiosos, como se fossem celebrantes que vinham assistir à estranha mulher ou ao ilusionista do meu livro, sem saber de todas as outras engrenagens da máquina; cada passo da entrada, da bilheteria aos cheiros e sabores particulares de cada bebida; a qualidade do ar; a roupa da recepcionista; os trajes complicados, mas sempre de bom gosto, de Madame Denoux; sua máscara branca; o jeito peculiar com que ela se portava, um langor experiente e aperfeiçoado que fazia com que parecesse mística quando era apenas uma mulher comum, como o restante de nós, mas que ganhava a vida vendendo o corpo de outras mulheres.

Esta noite não estava tão movimentada como eu esperara. Era antevéspera de Ano-Novo, e Nova Orleans já se tornara uma cidade festiva. O ar era tomado de expectativa, denso, com a promessa de um fim se chocando com um novo começo. Todos os moradores da cidade saíram para ver um ano ir embora e outro nascer. Era a época em que todos nas ruas se tornavam iguais: os vigaristas, os turistas, as prostitutas e as crianças engraxates, todos unidos no sentimento de que suas vidas estavam escapulindo naquela noite, desbotando com a passagem do ano. Assim como os fogos de artifício que floresciam sobre o Vieux Carré, iluminando o céu por um breve instante para depois desaparecer, deixando apenas um clarão de beleza, a lembrança de um bom momento e, na maioria dos casos, uma ressaca.

Perguntei-me o que eu deixaria para trás. Ser dançarina não era o mesmo que ser músico. Ninguém registraria minha contribuição a essa noite para assistir posteriormente. Eu seria esquecida, os passos suspensos no tempo, por uma fração de segundo refletidos nos rostos de quem me via, talvez gravados a fogo em suas lembranças, se gostassem mesmo, mas que jamais seriam repetidos da mesma maneira.

Duas pessoas chamaram a minha atenção. Um dos poucos casais presentes. Diferentes dos demais. As outras mulheres com seus maridos ou amantes pareciam entediadas, já tinham visto tudo aquilo e muito mais, ou pareciam frustradas, enciumadas, temerosas do que seus homens pudessem querer delas em casa depois de assistirem à minha apresentação; constrangidas pelo modo como seus corpos se mexiam quando estavam nuas; os seios pendentes, afetados pelo peso inevitável do tempo e da gravidade, a flacidez de suas coxas.

Mas a ruiva de vestido preto parecia ter fogo no olhar, cheio de calor. Seu corpo estava teso, e o braço, estendido, agarrando a coxa de seu acompanhante como um torno enquanto seguia cada movimento estudado de meus braços e pernas. Ele não olhava para mim. Observava a mulher olhando para mim, seu olhar fixo, concentrado, como um leão que acaba de ver uma gazela isolada num descampado. Ele tinha cabelos pretos e bastos, ombros largos, um tronco pequeno e elegante e um ar confiante, seguro de si, sem ser presunçoso. Como Chey.

Fiz uma leve pirueta para ficar de frente para eles, mas ainda sem demonstrar consciência da minha plateia. Esse era sempre o conselho de Madame Denoux, embora poucas meninas o seguissem. "Dance como se ninguém estivesse olhando. O público quer se sentir *voyeur*, como se invadisse um momento particular, como se roubasse algo íntimo e interdito da dançarina. Caso contrário, você é só uma garota tirando a roupa em troca de dinheiro, nada mais."

Havia algo diferente na mulher que observava com seu acompanhante bonito. Ela lembrava a mim mesma. O modo como estudava meu corpo. Como devorava a teatralidade de tudo aquilo. Via a si mesma no palco, perguntando-se como seria ter toda aquela gente olhando para ela, não para mim. E isso não passou despercebido a Madame Denoux. Eu a vi circulando. Podia imaginar seus pensamentos, somando, até calculando, sem nunca perder uma oportunidade de depenar os bolsos de um homem ou de encontrar uma nova garota para sua coleção, como me encontrou.

Seria a expressão facial da ruiva ou do homem que lembrava Chey? Ou uma nota levando a melodia a uma variação sutil, embora eu conhecesse a música de trás para a frente? Não havia como saber.

Às vezes, as lembranças voltavam precipitadas, espontâneas, indesejadas. Fragmentos de meu passado se desenrolando contra a luz numa tela, como as imagens numa *drug trip*. Nítidas. Dolorosas.

O rosto de meus pais da última vez que os vi com vida. Acenando para mim enquanto o carro desaparecia ao longo da estrada de terra do Instituto Agrícola, onde eles moravam e trabalhavam. Eu tinha 5 anos. Meu pai administrava o instituto e minha mãe era pesquisadora nos laboratórios e na horta experimental. Foi assim que eles se conheceram e se apaixonaram. Ou, pelo menos, era a história contada pelos parentes.

Ele era engenheiro de São Petersburgo; ela, uma garota da região de Donbass. Ele tinha sido transferido para Donetsk em caráter temporário, e que se tornou permanente depois de se casar e ter sua primeira filha. Sua única filha. Eu.

Sei que fui querida e amada, e me dói terrivelmente que as lembranças de meus primeiros anos e de meus pais estejam caindo no esquecimento à medida que o tempo passa. Acho que me lembro de uma horta, de alguns brinquedos. Mas o que me escapa são suas vozes, as cantigas de ninar acalentadoras que minha mãe cantava para me ajudar a dormir. *Lubachka*. Acho que ela me chamava assim. Mas agora essas lembranças, aquelas canções, estão enterradas, e não consigo mais recuperá-las, não consigo imaginar o sorriso de minha mãe ou o comportamento severo e professoral de meu pai.

Nem mesmo sei a cor de seus olhos. E todas as falsas lembranças criadas pelas poucas fotografias que me restaram são em preto e branco.

Disseram-me que o motorista do caminhão que atingiu o carro deles na Moscou Highway estava bêbado. O caminhão articulado, cujo controle ele perdeu, transportava material de construção. Não serviu de consolo nenhum saber que ele também morreu no acidente, esmagado em sua cabine por imensos blocos de concreto, que se soltaram da traseira do veículo. Os três morreram na hora. Foi no meio da noite.

Fui adotada por minha tia, irmã de minha mãe. Ela era divorciada e não tinha filhos, além disso, morava perto de Donetsk. Quando jovem, sonhava ser bailarina e tomou como missão de vida cuidar para que eu seguisse esse caminho, incentivando-me a dançar e sacrificando grande parte do dinheiro e do tempo de lazer para que eu realizasse sua ambição e tivesse sucesso no que ela fracassara.

Fui matriculada na academia de dança local e tinha aulas três vezes por semana, depois da escola, e novamente no fim de semana. Para pagar minhas aulas, minha tia foi obrigada a dar aulas de piano todos os sábados em nosso apartamento, o que significava que naquele dia eu tinha de ir sozinha, a pé, para a academia, a mais de 4 quilômetros de onde morávamos, pela neve densa, debaixo de sol ou chuva, qualquer que fosse o clima. Passei a fazer esse trajeto com mais frequência, depois da escola, quando seu carro velho e usado começou a dar problemas e ela não pôde mais me buscar.

Isso me possibilitava muito tempo para pensar.

É claro que, como a maioria das garotinhas na União Soviética, principalmente na Ucrânia, eu sonhava em me tornar *prima ballerina* e ouvi repetidas vezes que possuía um talento natural. Mas teria eu a disciplina, a ambição?

A resposta não era tão evidente.

Eu era preguiçosa e tinha má vontade para aprender os passos clássicos. Detestava seu rigor. Preferia me perder na música e improvisar movimentos que me vinham naturalmente e não faziam parte de nenhuma coreografia que os severos professores tentavam inculcar em nossas cabecinhas.

— Lubov Shevshenko — gritavam para mim inúmeras vezes —, você é incorrigível. O que vamos fazer com você?

Acho que eu tinha 11 anos quando consegui ser aprovada nos últimos exames e fui convidada a me mudar para São Petersburgo, cidade natal de meu pai, para frequentar a prestigiosa Escola de Arte e Dança. Eu não tinha mais parentes conhecidos morando ali e, como órfã, recebia uma modesta bolsa para cobrir minhas despesas, embora não tivesse alternativa e fosse obrigada a morar em um alojamento — um antigo prédio da polícia secreta transformado em escola para os necessitados — com outras meninas do interior, igualmente à deriva na cidade.

A perspectiva de morar sozinha não me assustava porque, com o passar dos anos, a vida com minha tia havia se resumido a mal-entendidos e silêncio. Desde o dia em que assumiu minha criação, ela me tratava como adulta, quando eu ainda queria ser uma criança.

Ser jogada aos leões e ter de dividir em estreita proximidade um alojamento de oito camas com outras crianças, a maior parte alguns anos mais velha do que eu, foi uma experiência traumática. Vinham da Sibéria, do Tajiquistão, algumas da Ucrânia, outras do Báltico, com sua tez perfeita, maçãs do rosto proeminentes e dentes cariados. Rapidamente percebi que tinha pouco em comum com a maioria delas. Só duas de nós frequentávamos a mesma escola, enquanto as outras se espalhavam por institutos diferentes, nenhum com aspirações artísticas. E, assim, destacávamo-nos como faróis, Zosia e eu.

Eu nem mesmo poderia fingir que tínhamos nos tornado amigas íntimas. No máximo diria que, por ser 16 meses mais velha do que eu e pelo fato de seus peitos já estarem crescendo, ela me tolerava, achava minha presença conveniente, como mensageira, faz-tudo e intermediária. Luba, assistente-júnior quando se tratava de qualquer coisa ilegal ou proibida, como contrabandear cigarros para o alojamento ou esconder a maquiagem proibida das outras debaixo do colchão. Eu fazia esses trabalhos. Meu treinamento inicial na criminalidade...

Alguns anos depois de minha chegada a São Petersburgo, Zosia engravidou. Ela estava saindo com um rapaz do Instituto de Física e eu, naturalmente, encobria suas ausências por ocasião de suas missões proibidas. Zosia tinha apenas 16 anos na época. Quando foi descoberta, as consequências foram definitivas. Num dia ela estava ali, no outro não estava mais. Foi expulsa da escola e mandada de volta para casa, perto de Vilnius, uma mercadoria estragada. Disseram-nos que uma grave doença na família exigira seu retorno, mas sabíamos muito bem, conhecíamos a verdade.

Quase dois anos depois, em meu último ano na Escola de Arte e Dança, quando pensei que depois de formada faria parte do corpo de baile de um dos grupos de dança menores da cidade, recebi uma breve e inesperada carta de Zosia. Ela havia dado à luz um menino, chamado Ivan e tinha se casado com um homem mais velho que trabalhava na assembleia do estado. Disse que estava feliz e mandou uma foto de sua família. Havia sido tirada num jardim onde as árvores pareciam esqueletos e até a grama era de um verde doentio. Zosia, na ocasião, aproximava-se dos 19 anos, mas, para mim, já aparentava ser mais velha do que era de fato, com os olhos fundos, cabelos opacos, nem uma centelha de juventude.

Foi nesse dia que jurei a mim mesma que não me casaria, nem teria filhos.

Naqueles anos na escola, tínhamos nossas aulas normais pela manhã: gramática russa, literatura russa (minha preferida), aritmética, e mais tarde matemática e geometria, história, geografia, educação cívica e outras durante as quais eu divagava com grande distração. Nossas tardes eram assim: aprendendo, ensaiando, praticando e dançando na escola. Tínhamos, cada uma, três trajes de dança, um deles para ser usado somente nas apresentações, quando a peça de balé em que trabalhávamos por meses finalmente pudesse ser exibida num evento de gala. Nunca fui solista, e tinha a sensação de que sempre seria um cisne bebê em meio ao esvoaçante elenco de corpo de baile. Na verdade, eu me sentia mais um pato estrebuchando. Ah, como eu detestava Tchaikovsky!

As aulas de balé se estendiam aos sábados; então, o único dia livre que nos sobrava era o domingo, e, ainda assim, a maior parte das manhãs era ocupada com tarefas como lavar, passar e cerzir nossas roupas e arrumar o alojamento, o que nos deixava livres apenas às tardes. Na maioria das vezes íamos ao cinema e a uma sorveteria próxima. E tínhamos a oportunidade de conhecer meninos, antes de irmos embora, as meninas menores de 15 anos tinham de voltar às 20h, e as mais velhas, às 21h30. O toque de recolher era aplicado com rigor, e qualquer uma que desafiasse ou infringisse as regras sempre era punida com a perda dos privilégios no fim de semana.

Meninos...

Como eu poderia não me interessar por eles, vivendo anos a fio — a adolescência parece durar para sempre — com sete mulheres, num mundo de confidências dissimuladas, histórias exageradas, hormônios tempestuosos e inveja das colegas? Controlávamos umas às outras com a ferocidade de um falcão, ronronando de curiosidade, fermentando a inveja como se não houvesse amanhã. Quem era a mais bonita, a mais alta, aquela cujos seios cresciam mais rápido? Algumas escondiam a notícia da primeira menstruação, outras a proclamavam para tudo e todos. Eu não era um patinho feio entre elas, a órfã da Ucrânia. Não era a mais alta, a mais opulenta, não fui a primeira nem a última a menstruar, mas em minha mente sempre soube que era especial. Percebia que, ao contrário de minhas colegas, eu desejava ver o mundo enquanto as outras pensavam no futuro imediato, numa forma de sucesso acadêmico e na perspectiva de um bom casamento. Tudo à minha volta me sussurrava que havia mais na vida do que aquilo.

Sexo...

Outro tema popular durante conversas em noites escuras num alojamento feminino. Uma tagarelice interminável que se estendia aos camarins, às salas de ensaio, aos vestiários e ao muro de tijolos aparentes nos fundos do prédio, onde sabíamos que ninguém da equipe se dava ao trabalho de vasculhar e onde todas nós nos revezávamos para fumar quando, a qualquer preço, arranjávamos cigarros americanos.

Como era uma das mais novas, tornei-me uma *voyeur* na casa do desejo. Ao longo daquele tempo, todas as minhas companheiras de alojamento floresceram; eu, porém, apesar de todas as aulas de balé e dos exercícios árduos que me eram prescritos, inicialmente tive dificuldades para me livrar das gordurinhas da infância. Todas diziam que eu tinha um rosto lindo, mas meu corpo demorou a desabrochar. E assim, no banho comunitário, eu me comportava como uma espiã; a água escorrendo por meu corpo, olhando interminavelmente, invejando as outras meninas e a curva de seus quadris, os seios pendentes, o alargamento do traseiro. Eu era apenas um saco de ossos presos por uma pele flácida, sem definição nem elegância.

Depois que as luzes eram apagadas, elas falavam muito. Sobre os meninos que tinham conhecido e aqueles com quem se encontrariam, sobre as coisas que iam fazer. Em silêncio, eu escutava, tentando distinguir verdade de mentira, às vezes intimamente chocada, outras, ardendo por dentro a cada novo conhecimento interiorizado. Sempre confiante de que um dia eu seria uma delas. Eu me tornaria adulta, mulher.

Sempre íamos à sorveteria na Lugansk Avenue, uma antiga relíquia dos anos stalinistas. Em nove entre dez visitas, o único sabor que podiam oferecer era baunilha, e mesmo assim não era natural, deixando um resquício químico e amargo na boca. Mas as duas velhas *babushkas* que administravam o estabelecimento —

em nome do Estado, naturalmente — não se importavam que nós meninas ficássemos ali por horas e horas, fofocando e trocando dicas de maquiagem, conhecendo os rapazes de fora da cidade que contrabandeavam meias-calças. Eles sempre pressionavam as meninas mais velhas para roubar-lhes beijos, não como forma de pagamento — porque não se escapava disso —, mas como um tipo de gorjeta, garantindo que voltariam em outra oportunidade e concordariam em nos vender meias que não estavam disponíveis fora do mercado negro.

E então, à medida que ficávamos mais velhas, algumas meninas começaram a se gabar por conceder mais do que um beijo aos homens.

Eu não podia mais pagar pelas meias-calças e, assim, tudo era uma questão prática. Mas, desde minha primeira menstruação, sempre que ia à sorveteria na Lugansk, acho que ruborizava quando um zumbido curioso disparava por meu ventre e minha imaginação criava asas. E tornava palatável o falso gosto de baunilha.

No ano seguinte à súbita partida de Zosia, a menina que passou a ocupar a cama deixada por ela era da Geórgia e se chamava Valentina.

Valya era rebelde e estava sempre metida em confusão, não que fosse má em sua essência, mas ela gostava de provocar. Foi ela que me instruiu na arte de pagar boquetes. Insistia em dizer que os homens gostavam e que davam a nós livre acesso ao coração deles; ou, como descobri mais tarde, às suas virilhas. Ela insistia em brincar que eu jamais seria uma verdadeira mulher russa se não aprendesse a chupar o pau de um homem. Ela até roubava bananas da cozinha, nas raras ocasiões em que nossas estimadas amigas cubanas recebiam carregamentos da fruta de sua terra natal, em troca do apoio moral que lhes proporcionávamos, segundo os jornais e o Comitê Central.

No começo, eu me interessava mais pelo gosto delicioso e pela consistência das bananas do que por sua forma, mas Valya insistia que eu praticasse por noites seguidas até que ela declarasse que eu estava pronta para a prática.

O nome dele era Boris, ou Serguey. Não me recordo muito dos detalhes de suas feições, nem de seu nome, pois, alguns dias depois de Boris (ou Serguey) veio Serguey (ou Boris), à medida que eu rapidamente adquiria experiência. Ele estudava — bem, os dois estudavam — no Instituto Técnico vizinho. Eu tinha 16 anos e acho que ele era só um ou dois anos mais velho. Valya arranjou nosso encontro, anunciando que eu estava disposta e, sem dúvida, embolsando alguns rublos pelo serviço. Nós nos encontramos na sorveteria. Lembro-me de que naquele dia havia sabores diferentes, e decidi provar o de morango silvestre junto com a clássica baunilha artificial. Ele pagou. Depois, andamos de mãos dadas até o muro vermelho atrás da minha escola, e Valya ficou de vigia. Ele abriu o cinto e puxou a calça de veludo puído e cintura fina para baixo dos joelhos. Sua roupa íntima era algo entre branco e cinza. Olhou-me nos olhos. Parecia ainda mais apavorado que eu. Cautelosamente, passei a mão por sua virilha e segurei o pênis sob o tecido de algodão barato. Parecia mole, flácido, como um pedaço de carne de segunda. Ele congelou. De repente, eu não sabia mais o que fazer, apesar de todos os ensaios a que Valya me obrigara nos preparativos para esse momento.

E foi quando me lembrei de tudo. Fiquei de joelhos. O chão estava frio. Empurrei o tecido para o lado e vi o pau de um homem pela primeira vez na vida. O espetáculo foi ao mesmo tempo assustador e fascinante. Não era o que eu esperava. Menor, talvez. Respirei fundo. Um cheiro almiscarado alcançou minhas narinas; cheiro de homem.

Então segurei o pau de Boris (ou seria de Serguey?). Ele deu um salto. Eu podia sentir a pulsação por ele.

Abri a boca, endireitei o pênis dele e apresentei-o aos meus lábios.

Estiquei a língua e primeiro lambi a glande, depois corri pelo comprimento, descendo até o saco, algo que Valya recomendou caso ele não endurecesse logo de cara.

Mais uma vez, um tremor correu pelo membro dele.

Enfim, respirei fundo e coloquei a cabeça em forma de cogumelo em minha boca.

Em questão de segundos, antes que eu pudesse chupar, lamber, segurar ou fazer qualquer outra coisa, senti que ele aumentava e me preenchia.

Foi uma revelação.

Enquanto meus lábios se firmavam mais no pênis que endurecia rapidamente, senti sua solidez lisa, sua resiliência, como de uma esponja.

Ele gemia, mesmo quando eu não fazia nada.

Minha mente acelerou, armazenando a experiência, notando as sensações, dissecando as emoções conflitantes. Era como se eu entrasse num mundo totalmente novo.

Mas o momento durou pouco mais de um minuto, até que Boris (ou seria Serguey?) brutalmente tirou o pau de minha boca e ejaculou um jato branco no meu queixo e na parte de cima do meu vestido. Ele me olhou rapidamente, resmungou um pedido de desculpas e vestiu as calças. Virou-se e fugiu, deixando-me ajoelhada, em posição de súplica, ainda de boca aberta e mente alvoroçada.

— E então, como foi? — perguntou Valya. — Emocionante?

— Não sei — respondi com sinceridade. — Foi interessante, mas foi tudo muito rápido. Eu queria tentar de novo.

— É mesmo?

— Acho que eu não fiz nada de errado — acrescentei. — Talvez tenha sido ele.

Na manhã seguinte, enquanto escovava os dentes, dei uma longa olhada em mim mesma no espelho e vi uma nova pessoa. A criança tinha desaparecido. Finalmente eu olhava nos olhos de uma mulher. Sabia que a transformação não tinha se dado da noite para o dia, mas era como se uma ponte imaginária tivesse se estendido e eu a tivesse atravessado, conquistando outro território de modo triunfal.

Percebi que tinha alcançado uma espécie distinta de poder sobre o pênis do menino e fui eu quem mais desfrutou da sensação, contrariando as expectativas e a tradição.

O segundo, que pode ter sido Serguey, já estava excitado quando o puxei para fora da calça. Seu pênis era ainda mais bonito; reto como uma régua, de um lindo tom rosado, sem marcas de veias, e com o saco pesado pendendo baixo.

Até o gosto era diferente.

Durante o ano seguinte, levada pela curiosidade insaciável e por uma profunda atração pelo mundo do sexo, passei a conhecer uma ampla variedade de paus. Não tinha interesse nenhum pelos homens a quem eles pertenciam. Eram típicos moradores locais, logo, costumavam ser grosseiros, desarticulados, desajeitados, alcoólatras em sua maioria, nada atraentes para mim. Mas eram os únicos que eu tinha por perto.

Em meus sonhos, imaginava *bad boys* mais sofisticados, homens elegantes e pervertidos que me seduziriam com toda impunidade e urdiriam suas maldades por minha inocência deflorada. Eu queria os melhores, os homens cujas vozes pudessem fazer meus joelhos tremerem e eletrizarem meus sentidos. Sabia que eles estavam em algum lugar e esperavam por mim, prontos para me saquearem e me excitarem. Mas, até que cruzassem meu caminho, eu tinha de me satisfazer com os meninos provincianos, que não eram maus o suficiente, mas ainda assim me davam um gosto do proibido.

Quando se espalhou em nosso pequeno círculo o boato de que eu gostava e estava disponível — para os boquetes, pelo menos —, eles apareceram rapidamente. Poucos ficavam satisfeitos apenas com isso e invariavelmente procuravam mais. Porém, eu deixava as regras bem claras. Meu corpo preservaria seu mistério, e qualquer tentativa de ultrapassar os limites resultaria na suspensão imediata de meus favores. É claro que eles tentavam avançar, mas minha determinação era implacável. Eu chupava paus, nada mais. E, é claro que nenhum deles tinha permissão de tocar em mim.

Os jovens russos que tive a oportunidade de conhecer pareciam talhados de acordo com um mesmo padrão; nada atraentes, mas corriam boatos de que os estrangeiros eram uma espécie totalmente distinta. Nina, uma de nossas veteranas, que uma vez teve o privilégio de viajar para o exterior como substituta no corpo de baile de uma companhia itinerante menor, informou-nos que os estrangeiros não só tinham o pau maior, como também eram poetas.

Em minha ingenuidade, foi uma jornada de busca. Como eu estava enganada! E, para aumentar minha inquietação, minha disposição de entreter os rapazes me conferiu péssima reputação, e tive dificuldade para fazer amigas. Por um lado, as meninas me invejavam, mas, por outro, temiam que um dia eu roubasse seus homens. A mente de jovens moças funcionava de forma misteriosa.

Embora hoje eu não me lembre mais dos rostos de nenhum de meus *bad boys* russos, ainda me recordo com um sorriso nos lábios — pode me chamar de maldosa, se quiser —, dos pênis a que servi no interesse de minha educação cosmopolita. Ah, meus *bad boys*! No entanto, rapidamente me cansei deles e de sua pouca originalidade, além do vocabulário e da falta de jeito, e ansiava conhecer *bad men*.

Resolvi que ia me mudar para o exterior na primeira oportunidade.

Mas, sem Valya para providenciar os homens, como fazia com os meninos do lado de fora da escola, minha descoberta sexual teve um fim repentino quando saí de São Petersburgo.

Até Chey.

Meu primeiro amante verdadeiro. O primeiro homem que me penetrou, que me possuiu.

Ele era um homem, não um menino como aqueles da sorveteria. Sabia exatamente o que fazer com seu pênis e, melhor ainda, o que fazer comigo. A vida com ele fez de mim uma egoísta na cama, entediada com homens inferiores.

Minha relação com Chey me marcou com linhas permanentes, como aquelas que eu mais tarde tatuaria em minha pele na forma de um revólver minúsculo e fumegante, só a 3 ou 5 centímetros da face interna da minha coxa, um lugar que a maioria das mulheres mantinha oculto, para que só os amigos e amantes mais íntimos pudessem ver. Na época eu já havia me tornado dançarina de striptease, e a arma de Chey era exibida para um salão cheio de gente, noite após noite. Eu via quando os olhos dos homens se deparavam com ela. Primeiro a curiosidade, perguntando-se o que seria aquilo, talvez um botão de flor; depois, o choque quando percebiam que eu tinha uma arma gravada em minha pele, apontando diretamente para a arma mais poderosa delas, minha boceta. E então a ânsia dos homens, e às vezes das mulheres, que viam em minha tatuagem um sinal de que eu era devassa, perigosa na cama, ou que procurava dor. Uma *bad girl*.

Mas eu não era uma *bad girl*. Eu era a garota de Chey.

Lembro-me do dia em que nos conhecemos. Eu tinha acabado de chegar a Nova York, estava com 19 anos.

Encorajada por um professor mais velho e bem-intencionado, no ano anterior fiz um teste de vídeo para uma bolsa da American School of Ballet, no Lincoln Center.

Não fui aprovada.

A vaga ficou com outra menina do mesmo ano que eu, mas ela era de família rica, o pai tinha feito fortuna rapidamente comprando siderúrgicas e fábricas de fertilizantes a troco de nada durante a crise econômica dos anos 1980, enquanto o restante da população passava fome.

A menina tinha o rosto pálido, pernas e braços finos como palitos de fósforo, mas era dona de uma elegância e de uma flexibilidade evidentes, uma uniformidade de movimentos que deve ter chamado a atenção da banca de exames.

Peguei o endereço dela e a usei como contato para meu pedido de visto depois que me formei. Por intermédio de minha tia, que tinha parentes distantes nos Estados Unidos, consegui uma bolsa de pós-graduação de três meses, tempo suficiente para descobrir meu caminho e adquirir uma breve experiência de trabalho como garçonete. Quando meu visto de permanência expirou, misturei-me às ruas de Ridgewood, no Queens, um bairro cheio de europeus orientais. Eslavos, albaneses, ucranianos, romenos, todos tinham vindo procurar uma nova vida nos Estados Unidos e acabaram, à sombra de prédios diferentes, vivendo na nova terra praticamente da mesma forma como viviam na terra natal.

Encontrei um apartamento velho bem barato, numa rua tranquila, e perto do metrô, que me levaria rapidamente a Manhattan, onde consegui um emprego numa pâtisserie na Bleecker Street. A loja pertencia a um francês chamado Jean-Michel, que acabara de se separar da mulher e não se importava que eu fosse imigrante ilegal, desde que fosse bonita e aplicasse só o mais delicado toque a suas massas. Os *croissants* e *petit pains au chocolat* que ele assava eram os melhores do Village; leves, fofos e com um aroma extremamente agradável, perfeito para estômagos delicados. E os *millefeuilles* eram de matar, então não havia dificuldade para vendê-los. Sempre fui uma pessoa paciente, talvez pelo fato de não ter nenhuma ambição específica. Nenhum relógio biológico batia, ninguém me apressava a seguir em frente, ninguém a quem me subordinar. Assim, nunca apressava a massa, sempre deixava que a mistura para *croissant* descansasse pelo tempo necessário antes de rolar gentilmente de um lado a outro por um tablete de manteiga, virando a massa e rolando novamente, sem parar, dobrando em torres a cada vez, por fim acrescentando a mistura agridoce de chocolate e levando ao forno até que a loja se enchesse do aroma delicioso de duas dúzias de *pains au chocolat* prontos para serem exibidos numa travessa de vidro na vitrine. E as mãos de Jean-Michael, que frequentemente encontravam meu traseiro enquanto ele repetidamente me instruía na arte do forno segundo seu estilo, eram um inconveniente menor, porque deixei muito claro que seria o máximo permitido.

O outono começava a se transformar em inverno. Os dias ainda eram luminosos, e o céu, azul. Os nova-iorquinos começaram a levar cachecóis e luvas em suas bolsas, preparando-se para as noites geladas, mas eu estava acostumada a um clima muito mais frio e gostava dos arrepios que tomavam meus braços nus ao andar pela West Broadway. Era o primeiro domingo de novembro e eu estava sozinha na loja. Jean-Michel tinha ido correr a maratona de Nova York, golpeando a calçada numa tentativa desesperada de se livrar dos quilos que inevitavelmente tinham se acumulado quando ele sucumbiu à meia-idade e aos pratos americanos, fazendo sua barriga crescer na mesma proporção que os croissants.

O sino na porta tilintou, fazendo-me pular e quase deixar cair a bandeja de lindos macarons em tom pastel que havia passado a manhã inteira preparando, misturando claras de ovo com amêndoa moída e açúcar, canalizando a massa doce e amendoada numa folha de papel, com o extremo cuidado de fazer cada círculo perfeitamente redondo, liso, exatamente do mesmo tamanho, para que fossem recheados depois de esfriar e guardados em caixas com fitas. Seriam vendidos a mulheres da cidade que entravam procurando um petisco, ou a maridos culpados que não conseguiam encontrar uma floricultura a caminho do metrô.

Queimei a ponta dos dedos e uma parte da palma da mão na pressa de endireitar a bandeja antes que meus doces caíssem no chão, e estava irritada e impaciente quando fui correndo da cozinha ao balcão para atender a meu próximo cliente.

Chey.

— Você devia colocar gelo nisso — disse ele, assentindo para a nítida marca vermelha da queimadura na minha mão. Encolhi-me quando ele pôs as moedas no balcão em vez de colocá-las em minha palma estendida, como pagamento por um croissant de chocolate e um cappuccino.

— É — respondi, porque não conseguia pensar em mais nada para dizer.

Ele se vestia informalmente, com um casaco de moletom de universidade, calça jeans e tênis discretos, e seu cabelo louro e despenteado brilhava sob o sol que entrava pelas vidraças da loja, como se ele tivesse acabado de sair para uma caminhada no Central Park ou numa das ruas que não estavam interditadas para a maratona.

Uma aparência totalmente americana, tirando o olhar, que era evidentemente estreito, mas também frio. Seus olhos encontraram os meus quando se desviaram de minha mão. Os dele eram cinza azulados, a cor do mar num dia nublado, e de algum modo não combinavam com seu porte e sua voz. Ele não tinha o sotaque nova-iorquino. Era de outro lugar, que eu não consegui descobrir.

Parecia deslocado em suas roupas informais, como alguém que acordou na casa errada, diante do guarda-roupa de outra pessoa.

Estremeci quando entreguei o troco a ele. Vinte e cinco centavos.

Ele se sentou numa das banquetas junto à bancada de frente, virada para a vidraça, folheando um livro com tal rapidez que parecia não estar realmente lendo. Eu me escondi entre a cozinha e o balcão e o observei fixamente, vendo-o segurar o croissant com a mão esquerda e mergulhar na espuma cremosa e no chocolate em pó que decoravam seu café, deixando para trás pedaços da massa leve que flutuavam e se grudavam nas laterais da xícara.

Estava quente na loja pequena aquecida pelos fornos, e ele logo tirou o casaco pela cabeça, levantando a camiseta por alguns instantes antes de puxá-la para baixo, revelando costas bronzeadas e musculosas e o vislumbre de uma tatuagem que se prolongava pelo lado direito do corpo. A camiseta tinha manga curta e era justa o suficiente para exibir braços firmes, com músculos que se contorciam quando ele levava a xícara à boca.

De repente, ele se virou para mim.

E percebi que eu estava prendendo a respiração.

2
Dançando ao luar

Passei uma semana sem vê-lo, e então ele voltou, vestindo um elegante terno executivo cor de carvão, desta vez acompanhado. Sentaram-se no mesmo lugar perto da vidraça, de costas para mim, Chey e o amigo gordo de jaqueta creme com zíper. Ele pediu uma segunda massa e outro cappuccino e ficou olhando para os meus seios enquanto eu os servia.

— Garçonete — chamou ele, estalando os dedos no ar, como se eu não fosse notar sua presença a pouca distância, sendo eles os únicos clientes na loja.

Quando levei a bebida, a mão dele disparou para o açucareiro, na mesma altura da bandeja que eu pousava na bancada, esbarrando na xícara de café e derrubando-a em minha blusa branca. Quando o líquido quente escaldou minha pele, gritei e dei um salto para trás, sem conseguir manter a compostura e evitar soltar uns palavrões para os dois.

O gordo pegou um guardanapo e avançou na minha direção, tentando limpar meus peitos, até que Chey se levantou e o puxou à força de volta para a banqueta.

— Já chega — decretou ele, e seu companheiro murchou visivelmente, toda a bravata lhe escapando como o ar de um balão.

Ele tinha falado em russo.

No dia seguinte uma encomenda foi entregue na loja, diretamente da Macy's, com um bilhete que dizia simplesmente: *Peço desculpas. Pela blusa.*

Era de seda pura, com uma gola de renda fina, muito mais bonita e sem dúvida muito mais cara do que a blusa básica que eu tinha manchado. O proprietário francês ergueu uma sobrancelha para mim enquanto eu colocava o pacote ao lado de meu casaco e da minha bolsa, e não fiz menção de devolvê-lo. O amigo de Chey havia sido grosseiro, e eu aceitaria este presente em forma de compensação.

Uma semana depois completei 20 anos, e ele me convidou para jantar.

— Como você sabia que era meu aniversário? — perguntei quando ele entrou na loja aquela tarde, para saber se eu tinha recebido a encomenda. Meu tom era de acusação. A última coisa de que precisava era um cara me perseguindo, em particular com amigos desajeitados, mesmo que fosse bonito.

— Não sabia. — Ele sorriu. — Feliz aniversário. Espero que tenha servido e que seja uma boa substituta para aquela que meu amigo estragou.

— Ah. Sim, claro. É linda. Obrigada. Não precisava...

— Não há de quê.

Ele estava prestes a sair da loja quando minha curiosidade me venceu e perguntei em minha língua materna:

— Você é russo?

A pergunta caiu entre nós como uma pedra, mais pesada do que o desejado. Senti-me uma tola e uma completa enxerida. Xeretar era um traço de caráter que eu reprovava.

— Não, não sou — respondeu ele em inglês. — Só falo algumas palavras. Mas só a trabalho.

— Que pena. Às vezes tenho saudade de minha língua.

Ele hesitou, como se refletisse sobre alguma coisa. Arrependi-me de ser tão franca com um estranho. Eu não tinha amigos íntimos em Nova York, estava sem companhia havia muito tempo e agora tinha feito papel de boba na frente desse homem. O sino da porta continuava silencioso, por mais que eu desejasse que outro cliente entrasse na loja e me salvasse daquele constrangimento.

— Posso levá-la para jantar, Luba? — perguntou ele depois de uma longa pausa. Ele tinha visto meu nome no crachá preso no avental. — Não vou falar com você em russo, mas, por uma noite, posso evitar que você se sinta sozinha. Sei como é ser novo numa cidade. E é seu aniversário, afinal.

Eu sabia que os americanos eram os homens mais atirados, mas Chey era meu primeiro sinal disso. Se um homem bonito e simpático queria me levar para jantar, eu não o rejeitaria sem um bom motivo. Aceitei.

Comemos no Sushi Yasuda, na 43 East, cercados de paredes e mesas de bambu; era como se tivéssemos entrado num templo a um mundo de distância do trânsito pavoroso da Times Square, só a algumas quadras dali. Foi a primeira vez que comi peixe cru. Vesti a blusa que ele me dera, é claro, e uma saia preta básica, com um sapato de saltos baixos que comprei certa vez para entrevistas de emprego. Seu traje — uma camisa branca simples e calça jeans — combinava com o meu em termos de formalidade, o que foi um alívio.

Chey me ensinou a misturar *wasabi* no molho de soja, e contei sobre minha vida na Ucrânia. Ele, por sua vez, falou-me de sua vida.

O pai servira no Exército e, por consequência, ele havia sido criado em bases militares pelo mundo, onde aprendeu algumas palavras de russo, bem como um pouco de alemão, espanhol e, com fluência, francês e italiano.

Agora ele ganhava a vida no mercado das joias, especificamente âmbar, o que lhe proporcionava muitas oportunidades de praticar o russo no contato com negociantes de Kaliningrado. Os pais já eram falecidos, como os meus. O pai foi morto, não em combate, mas numa briga de bar quando Chey tinha 15 anos; a mãe cometeu suicídio pouco depois disso.

Chey fugiu do abrigo para meninos em Nova Jersey, onde o Estado pretendia mantê-lo até a maioridade, e começou a trabalhar em uma casa de penhores. O tino para os negócios e um enorme apego pelas joias levaram-no ao comércio internacional de pedras preciosas. Mais tarde ele se especializou no âmbar.

Perguntei por que havia escolhido fósseis em vez de pedras mais bonitas, mais populares e certamente mais valiosas, como diamantes e rubis, e ele me disse que, aos 16 anos, na primeira vez que viu uma peça de âmbar, negociada por uma mulher da Letônia em sua loja, sentiu como se segurasse um pedaço do sol poente. A pedra era de um dourado intenso, com uma textura muito lisa e sedosa. A peça aprisionava uma criatura mínima, talvez de milhares de anos, e o jovem Chey se perguntou como seria ver-se preso dentro da luz. Assim começou seu caso de amor com o âmbar.

O jeito como ele me contou a história de sua vida era um tanto poético a meus ouvidos e, ruborizando levemente com o pensamento, lembrei-me de alguém me dizer certa vez que os poetas tinham os paus mais bonitos (ou seriam maiores?). Eu não podia negar que estava atraída por ele. Sentia-me propensa a ele, ao magnetismo de seus olhos, ao ângulo reto dos ombros quando ele se curvava para me falar algo, num tom quase confidencial. À mesa, nossos joelhos às vezes se tocavam, ou os dedos dele roçavam minha camisa quando eu estendia a mão para pegar água ou molho. Era um homem de verdade, complexo, carismático e, uma vozinha em minha cabeça não parava de me lembrar, potencialmente perigoso. E eu orbitava à sua volta como uma mariposa circunda uma chama.

Quando ele me acompanhou até a rua e pagou a um taxista para me levar em segurança para casa, para que eu não precisasse ir de metrô até o Brooklyn àquela hora da noite, esperei que ele tomasse a iniciativa, que se jogasse para cima de mim e cobrasse o pagamento pelo jantar ou por sua gentileza. Era o tratamento a que eu estava acostumada. Os homens querendo um beijo ou mais em troca de seus presentes. Mas as mãos dele não passearam por meu traseiro, nem os olhos se desviaram dos meus, procurando vislumbrar que segredos eu esconderia por baixo da blusa com que ele havia me presenteado.

Chey me beijou suavemente no rosto, segurou a porta para eu entrar no táxi e prometeu me telefonar. Fui para casa decepcionada, sentindo-me rejeitada e com certa raiva dele. Estava acostumada com homens que me desejavam de maneira explícita. Com o passar dos anos, concluí que encontros eram uma transação e, de qualquer modo, a ideia de fazer sexo oral nele não teria sido uma inconveniência — longe disso. O cavalheirismo frio de Chey me deixava de mãos abanando, sem as armas habituais que eu usaria para garantir seus favores.

Fiquei mais irritada quando me vi procurando por ele na loja, pulando sempre que o sino da porta tocava, correndo ao balcão na expectativa de que fosse ele o próximo cliente.

Dois dias depois ele telefonou para a pâtisserie enquanto eu polvilhava açúcar no *choux Chantilly*, cuidando para bater na peneira com muita delicadeza de modo que as conchas de massa fossem cobertas com uniformidade e leveza, e não sobrecarregadas de açúcar e enjoativas de tão doces.

Ele perguntou se eu gostaria de vê-lo novamente. Concordei, e dessa vez me levou ao cinema no grande multiplex da Union

Square. Esperei que Chey pousasse a mão em meu joelho ou que seus braços me envolvessem durante o filme, mas ele foi um perfeito cavalheiro, e senti que ele não era a favor de apalpar uma mulher no escuro no segundo encontro.

Tomamos um café no University Place depois do filme e, quando saímos, ele me puxou para si e me beijou suavemente nos lábios, sem se demorar, mas com sentimento. Ao se afastar, sorriu e ergueu o braço para o táxi que passava. Colocou-me dentro do carro e fechou a porta, pagando ao motorista para me levar ao Brooklyn. Fiquei um tanto decepcionada, na esperança de que, depois daquele beijo, ele desse um passo adiante.

Minha impaciência aumentou ainda mais nas semanas seguintes, enquanto desfrutávamos de outros dois encontros, e novamente ele não avançou. Era como se me observasse em silêncio, julgando-me, orquestrando a franca ascensão do meu desejo. É claro que eu não queria deixar claro que estava demais, mas minha frustração crescia. Eu gostava dele, e era evidente, por suas maneiras sedutoras e seus beijos suaves e sensuais ao fim de cada encontro, que ele se sentia atraído por mim em igual medida.

Foi quando ele soltou a bomba.

Contou, ao telefone, que tinha de fazer uma viagem de negócios inesperada à República Dominicana.

E queria que eu o acompanhasse.

Quando confessei que, se saísse do país, muito provavelmente jamais poderia voltar, ele me informou que às vezes tinha um jato particular à disposição, e que as autoridades do aeroporto não representariam problema. Presumi que ele planejava subornar os funcionários responsáveis por monitorar os registros dos passageiros que estavam com a documentação em ordem, tanto na partida como na chegada.

Foi assim que descobri, de uma só vez, que Chey era um homem rico, poderoso e influente num nível que eu não havia percebido em nossos encontros.

Naturalmente, essa devia ter sido a primeira pista de que seus negócios no mercado de âmbar não eram nem tão modestos nem tão legais como eu havia pensado. Mas eu crescera em meio ao mercado negro, num mundo onde subornar a polícia fazia parte da vida. Quanto ao dinheiro, Chey era tão despreocupado que era fácil fazer vista grossa. Ao longo dos dias, ele raramente ostentava, sempre bem-vestido, mas com discrição, e jamais planejando encontros absurdamente dispendiosos. Se ele tinha uma riqueza escondida à qual não dava muito valor, eu não conseguia pensar em motivos para criticá-lo por isso. Nem perguntaria como havia juntado tanto dinheiro. Uma herança, talvez, um investimento bem-sucedido, ou até um prêmio de loteria. O que quer que fosse, resolvi lembrar a mim mesma que ele nunca havia mentido para mim sobre sua renda e, se por acaso era mais do que eu esperava, podia ser boa notícia.

Eu não ia deixar escapar a oportunidade de tirar uns dias de férias no exterior. A menos que eu conseguisse um Green Card ou estivesse disposta a deixar os Estados Unidos para sempre, jamais teria outra chance como aquela.

Então, aceitei o convite e cheguei a La Romana com apenas alguns pertences numa bolsa de mão. Usei parte de minhas minguadas economias para comprar uma roupa de banho — um biquíni dourado e minúsculo, que cintilava sob a luz — e um par de sandálias de salto grosso. Levei um vestido de algodão, uma saia e a blusa branca; se não fosse o bastante para que eu frequentasse qualquer estabelecimento refinado que ele tivesse planejado me levar, ele teria de me comprar mais coisas.

Um carro com motorista foi me buscar no aeroporto. Ao que parecia, Chey estava numa reunião de negócios e não podia vir pessoalmente. Sentei-me sozinha no banco traseiro do sedã. Com a janela aberta, desfrutei o ar cálido que roçava minha pele e o cheiro doce que o vento trazia das fábricas de açúcar, enquanto passávamos em disparada pelas largas ruas ladeadas de palmeiras até a casa particular de Chey no resort. A casa era tão grande que, quando paramos, pensei que o anel de construções brancas e arejadas, com seus telhados de palha de frente para o mar, correspondesse ao resort inteiro, onde teríamos um quarto. Na realidade, o motorista explicou que tudo aquilo era só meu e de Chey, pelo menos pelos próximos dias.

Fui conduzida por um empregado uniformizado e silencioso até um enorme quarto desocupado com vista para a praia particular, com uma interminável faixa de areia. Larguei a bolsa na cama king-size e contemplei brevemente o ambiente ao meu redor.

O piso era de mármore polido e brilhante e as varandas proporcionavam uma vista perfeita do mar cintilante, de um lado da casa, e de uma piscina oval, do outro. Eu nunca havia estado num lugar tão luxuoso, e quase me senti deslocada. O mobiliário era elegante e desprovido de ostentação, apesar do bom gosto e da riqueza.

Tirei a roupa num dos extensos banheiros, deleitando-me com a sensação do piso frio sob meus pés. Lavei a poeira da viagem, vesti o biquíni e desci para a piscina. Pedi um coquetel de frutas a um garçom que aparentemente surgiu do nada no momento em que apareci. Com a bebida na mão, peguei meu livro na bolsa e me acomodei para esperar junto à piscina, maravilhada com as estranhezas da vida e como uma garota de Donetsk tinha ido parar num lugar como aquele.

Chey apareceu justo quando o sol se punha: um imenso globo laranja que lançava seus tentáculos de chama no céu, como se tentasse resistir à própria queda. Tons de rosa e tangerina, intensos como a manga que decorava minha bebida, luziam intensamente contra o azul profundo do mar.

Eu não o vi se aproximar da piscina, mas senti o calor de sua pele quando ele se empoleirou ao lado de minha cadeira, curvou-se e me deu um beijo no rosto. Levantei os olhos. Ele estava sem camisa, vestia apenas um short creme e sandálias. Sua pele tinha uma viva cor de bronze, sem dúvida resultado de vários dias ao sol do Caribe antes de minha chegada.

— Quer dar um passeio? — perguntou ele.

Sem esperar por minha resposta, ele me jogou o vestido largo de algodão que eu pendurara nas costas da cadeira e pegou minha mão, levando-me de novo para a entrada da casa, onde uma scooter estava parada na grama. Ele subiu e deslizei atrás dele, passando os braços por sua cintura forte e musculosa. Fiquei abraçada ao acelerarmos para a orla em La Caleta; passamos por uma fila de feias construções de concreto, que compunham um estranho contraste com os telhados de palha e as paredes pintadas em cores vivas dos bares vizinhos de tema tropical, e com as fachadas de loja onde cachos de banana estavam empilhados junto a equipamentos de pesca e placas anunciando variadas atividades turísticas.

Chey alugou um barco na marina, uma pequena lancha branca com o nome *Valya* pintado na lateral em preto desbotado. Parecia-me um presságio ver o nome de minha velha amiga, a menina que fora responsável por meu despertar sexual. Não sabia se aquele seria um bom ou um mau presságio, mas, por instinto, senti que levaria a sexo.

E levou.

Singramos o mar no *Valya*, meu cabelo balançando ao vento em minhas costas e o gosto de sal no ar como um beijo do oceano.

— Esta é La Isla Catalina — anunciou ele, quando ancoramos o barco numa pequena marina destinada ao resort, e ele me ajudou a sair. A areia era quase branca, e a água, clara e pura como cristal ao andarmos com dificuldade pela praia.

Caminhamos pelas dunas, sob palmeiras e passamos por outras pequenas baías com apenas algumas pessoas pontilhando a areia quente e fina. Crianças brincavam com baldes de plástico e nadadores se espalhavam na água, subindo e descendo nas ondas suaves. Chey andava à minha frente, e, assim, pude ver melhor a tatuagem que cobria o lado direito de suas costas, nuas exceto pela alça grossa da bolsa que ele carregava e que encobria parcialmente minha visão. Era uma espécie de felino, gravado em tinta dourada. Pensei num leopardo. O corpo elegante do animal ondulava com os músculos de Chey conforme ele caminhava; a cabeça estava escondida sob a alça da bolsa.

Pude observar melhor quando chegamos a uma praia afastada, rodeada por árvores que bloqueavam a visão de qualquer um que andasse por perto. Chey se curvou diante de mim e tirou uma manta da bolsa, revelando os ombros e a cabeça do leopardo, seus olhos pretos e os dentes expostos em um rosnado feroz.

— Sou só um gatinho manso, na verdade — disse ele com um sorriso, quando se virou e me flagrou observando.

Ele se abaixou, estendeu a manta na areia e tirou outros itens da bolsa: uma garrafa de champanhe, duas taças, pão e queijo.

Comemos e conversamos. Pouco sobre ele, mais sobre mim.

— E então, o que as meninas fazem para passar o tempo nos internatos da Rússia? — perguntou ele com um sorriso sugestivo.

— Quando não estamos subornando os meninos para conseguir cigarros, você quer dizer?

— É. Por que você veio para os Estados Unidos? O que a pequena Luba queria ser quando crescesse?

— Uma *prima ballerina*, como todas as meninas russas. Mas eu não era boa o bastante. Era preguiçosa demais.

— Ora, nisso eu não acredito. — Ele serviu mais do champanhe gelado em minha taça. — Você ainda costuma dançar?

— Nunca. Nem quando canto no chuveiro.

— Dançaria para mim?

Talvez o champanhe tivesse subido muito suavemente à minha cabeça, misturado com o coquetel que eu tomara mais cedo; ou talvez fosse o ambiente onírico digno de um filme de Hollywood, ou o fato de eu sentir que devia alguma coisa por ele ter me convidado a vir para cá. E eu sempre pagava minhas dívidas. Então me levantei e comecei a me mover sobre a areia, gingando suavemente no ritmo do movimento das árvores e das ondas que se erguiam e quebravam atrás de mim.

Eu estava ciente do efeito que tinha sobre ele. Meu corpo estava quase nu naquele biquíni minúsculo, meus mamilos visíveis através do tecido dourado e fino, agora que o ar começava a esfriar.

Os olhos de Chey brilhavam, fixos em mim.

Meu mundo congelou por um momento sob a intensidade de seu olhar, e fui tomada por uma onda de adrenalina, como havia experimentado próximo ao muro de tijolos aparentes do pátio da escola, em Donetsk. Mas, em vez de um garoto russo e provinciano, eu estava diante de um homem lindo e generoso, e que evidentemente queria me olhar. A ideia de me expor para ele e deliciar-me com seu olhar fazia todo o meu corpo ferver.

Levei uma das mãos às costas e abri o pequeno fecho que prendia a parte de cima do biquíni, deixando que o tecido caísse na areia enquanto eu erguia os braços e continuava a dançar.

— E o resto — exigiu ele, descendo os olhos de meus seios expostos ao triângulo dourado da calcinha do biquíni.

Ela estava presa por cordões amarrados num laço em cada lado de meus quadris, assim pude me desfazer dela apenas com alguns puxões. Então congelei, não de medo, mas propositalmente, permitindo que ele examinasse meu corpo imóvel sob a intensa luz da lua tropical.

— Você é uma sereia — disse ele. — Você se move como o mar.

Ele pegou minha mão e me puxou; sentei-me com uma perna de cada lado de sua cintura, remexendo um pouco o corpo para sentir o volume duro de seu pau pressionando o short e desfrutando a sensação do tecido áspero contra minha pele.

Antes de Chey, eu só havia sido beijada por um rapaz. Um menino que encontrou o caminho até mim e o muro de tijolos aparentes da escola por intermédio de Valya. O único que não queria que eu o chupasse, que preferia alguma ternura. Ou talvez ele só fosse tímido. Seu nome era Sasha e, quando me ajoelhei e levei as mãos até suas calças, ele me puxou para cima e apertou os lábios nos meus.

Agora Chey me puxava para baixo e me beijava. Ele tinha gosto de champanhe. Seus lábios eram firmes e sua língua sondava gentilmente minha boca. Ele segurava meu queixo, guiando nosso beijo. Em seguida, passou as mãos em meus ombros, acariciando meus braços, meus seios, parando na cintura. Rebolei num movimento súbito e comecei a desfazer o laço e a abrir o botão que prendiam seu short a fim de mostrar a ele meu truque, o único que eu conhecia.

Chey sorriu quando percebeu o que eu estava tentando fazer.

— Não, minha sereia, deixe comigo. — Ele me ergueu e me virou para que eu deitasse de costas, os olhos voltados para as estrelas que brilhavam como vagalumes no céu noturno, enquanto ele baixava o rosto entre minhas pernas e passava a língua firme pela minha boceta.

Arquejei, tomada por uma onda de prazer.

Nunca me ocorrera que um homem pudesse retribuir o favor com tanta rapidez, e nunca tive nenhum motivo para imaginar como seria se ele o fizesse. No alojamento da Ucrânia, fofocávamos fervorosamente sobre muitas coisas, mas esta sempre havia sido uma das mais chocantes para nós. As meninas se gabavam de sua habilidade em botar um pau na boca, mas a ideia de homens nos chupando era inconfessa, vergonhosa.

É claro que eu havia me tocado muitas vezes e orquestrado toda uma paleta de prazer, mas quase sempre no escuro, sob os lençóis e as cobertas, esforçando-me para ficar em silêncio. Eu conhecia a anatomia de um pênis como a palma da mão, mas nunca tivera a oportunidade de ver a mim mesma sob a luz e nunca imaginara como seria, para os meninos, aprender a dar prazer às mulheres. Se isso fazia parte de sua educação de nível médio, se eles passavam a esperar por mais do que ter as calças puxadas para baixo, se eles ficavam na vontade.

Assim, o toque da língua de Chey em meu ponto mais sensível parecia um golpe no coração. Eletrizante. A experiência física transmutou-se imediatamente em outra, psicológica, e acendeu uma chama ardente dentro de mim.

Era como cair na superfície do sol. Fechei os olhos, entregando-me à sensação de suas carícias, às vezes rápidas, outras lentas, curtas e incisivas, ou longas e lânguidas, mexendo-se no ritmo do meu corpo conforme eu reagia a cada nova carícia.

Ele então acrescentou os dedos, e isso também foi uma revelação. Eu nunca havia usado um consolo. Não que eu me sentisse constrangida de ver nas lojas da Broadway aquelas vitrines cor-de-rosa, vermelhas e roxas e a lingerie cafona em cabides de plástico, mas contava com precisão militar cada dólar que ganhava e tinha apenas o suficiente para meu aluguel, comida, metrô, economias de emergência e livros, o único luxo a que me permitia. Gastar dinheiro com brinquedos sexuais teria sido uma extravagância ridícula.

A dança de Chey com a língua tinha me deixado molhada, e seu dedo entrou facilmente, movendo-se dentro de mim, explorando, provocando. Ele logo adicionou mais um.

— Nossa, você é apertada — sussurrou ele enquanto eu empurrava meu quadril contra sua mão, querendo que ele me preenchesse mais e fosse mais fundo. Eu achava que já era virgem há tempo demais, e aquele era o último obstáculo que eu ainda tinha de derrubar no caminho para me tornar mulher.

Não estava me guardando para o casamento. Eu era prática demais para isso. Só não queria que fosse com um dos meninos no muro de tijolos, ou num bar com um homem com bafo de bebida, que me deixaria com um bebê e sem futuro, como Zosia no quintal das árvores sem folhas. Que melhor oportunidade haveria do que o lindo Chey sob a luz de uma lua tropical? E, embora a areia embaixo da manta fosse um pouco fria e dura se comparada à cama king-size do resort, era uma inconveniência que eu estava disposta a suportar.

Estendi a mão, ansiosa para sentir seu pau, para descobrir que tipo de homem ele era. Já tinha muito tempo que não fazia isso, e sentia falta. Queria pesar suas bolas na palma de minha mão, envolver sua grossura com os dedos, passar a ponta dos dedos por cada ressalto e cada fresta.

— Você é impaciente — disse ele, e enxotou minhas mãos, continuando suas explorações do meu corpo.

Ele pôs um dedo em meu ânus, penetrando os dois orifícios ao mesmo tempo, continuando a afagar meu clitóris com a língua. A sensação era ofuscante. Melhor do que tudo que eu havia experimentado na vida, multiplicado por cem, e esqueci inteiramente dele enquanto meu próprio prazer me consumia. Agarrei seu cabelo com as mãos e ergui o tronco, empalando-me em sua língua e prendendo sua cabeça contra mim, caso ele por um momento pensasse que podia se afastar ou parar ou respirar, pois qualquer mudança no ritmo poderia arruinar tudo. Então gozei numa grande onda, como aquela do mar atrás de nós, chegando à crista e se quebrando, e depois esmorecendo.

À medida que a sensação diminuía, meus movimentos ficavam mais lentos. De súbito, tomei consciência do farfalhar das árvores, da pressão firme da areia sob minhas costas embaixo da manta, do estalo ocasional de galhos que podiam ser de um animal ou mesmo de alguém nos espionando, a brisa suave que roçava minha pele e o número de estrelas que brilhavam no céu, como testemunhas silenciosas de minhas aventuras sob elas.

Ele se deitou ao meu lado, alinhando meu corpo contra o dele, até que o calor que me enchia arrefeceu, e eu relaxei em seus braços.

— Shhh — disse ele, acalentando-me como se eu fosse uma criança.

Era a primeira vez que um homem me proporcionava um orgasmo.

Ele não protestou quando me coloquei de joelhos e mexi no fecho de seu short, puxando-o para baixo e jogando-o na areia junto ao meu biquíni. Seu pau ainda estava duro como uma pedra e era tão bronzeado quanto o resto de seu corpo, como se ele tivesse passado semanas tomando sol nu.

Ele gemeu quando baixei a cabeça até sua virilha e lambi toda a extensão da haste, até a ponta.

— Ah, Luba. — Ele estremeceu quando o levei à boca.

O gosto de Chey era maravilhoso, e seu pau enchia minha boca de um jeito que eu nunca havia sentido. Não tive pressa nenhuma com ele, minha língua disparando pela glande e circulando a cabeça enquanto ele continuava a gemer meu nome e passava os dedos com muita gentileza por meu cabelo. Mas eu queria abandonar toda a sensação de dever e técnica e simplesmente senti-lo entrando e saindo de mim, alcançando minhas profundezas.

Ele tremeu e tirou o pênis de minha boca, gentilmente acariciando meu queixo ao fazê-lo.

— Luba... — repetiu ele, com reverência.

— Quero montar em você — respondi.

Eu havia esperado tempo demais, e agora saberia como era ter um homem dentro de mim, preenchendo-me até o fundo. Mas não queria acabar grávida de um filho dele e, embora soubesse que poderia tomar uma pílula do dia seguinte, não sabia como consegui-las aqui. Assim, fiquei aliviada quando ele tirou de sua bolsa uma caixa de camisinhas e mais aliviada ainda quando, em vez de entregar um preservativo para mim, ele mesmo rasgou a embalagem e desenrolou-o até a base de seu pau. Uma coisa era arranjar uma banana para praticar um boquete, mas ser apanhada com camisinhas no alojamento, mesmo que pudéssemos consegui-las, teria resultado em expulsão imediata.

Eu ainda estava molhada depois de meu primeiro orgasmo e ansiosa para saciar minha excitação. Montei nele, baixando-me lentamente em sua rigidez, reprimindo um grito quando ele atingiu minha parede ainda não rompida e um raio agudo de dor disparou contra mim. A pontada durou apenas um momento, depois percebi que era assim, eu estava fazendo sexo. De início foi decepcionante em comparação com a língua dele em mim, e por um breve instante me perguntei por que todo o estardalhaço em torno daquilo.

Depois comecei a me mover, e ele pôs as mãos em meus quadris, balançando-me para a frente e para trás, a princípio lentamente, acelerando aos poucos. Descobri que podia estimular ainda mais a mim mesma se me curvasse um pouco e esfregasse meu clitóris nos músculos de sua barriga. Observei as expressões de prazer e abandono passando rapidamente por seu rosto e concluí que todos os boquetes do mundo não eram nada se comparados ao poder que uma mulher tinha quando montava num homem.

Chey não se acabou em minutos feito os meninos do pátio da escola. Quando comecei a me cansar de arremeter sobre ele, virou-me novamente com um giro rápido do braço, e assim fiquei de quatro, de frente para as dunas de areia na fila de palmeiras que ondulavam ao longe, sentindo seu saco pesado bater nas minhas coxas a cada estocada, deleitando-me com seus gemidos enquanto meneava o corpo, levando-o ao clímax.

Depois ele gozou, agarrando meus ombros com mãos fortes e metendo seu pau incrivelmente fundo em mim, até ficar esgotado e eu não aguentar mais. Então nos separamos ofegantes e em êxtase.

Por um momento ficamos deitados, entrelaçados nos braços um do outro, desejando poder ser transportados como que por mágica de volta ao resort, sem ter de encarar a longa caminhada e o percurso de barco que tínhamos pela frente, por mais romântico que fosse passear à luz da lua.

Ele correu as mãos por meu corpo, por minha barriga e minhas coxas, parando quando encontrou os riscos de sangue que enfeitavam minhas pernas.

— Foi sua primeira vez — disse ele, com a voz cheia de assombro. — Eu não sabia.

— Tenho que correr atrás do tempo perdido — respondi, e ele riu.

— Eu ficaria feliz em colaborar.

* * *

Nos dias que se seguiram, fizemos amor em cada oportunidade possível, até que estávamos os dois esfolados e exaustos. Correndo atrás do tempo perdido.

— Seu corpo foi feito para foder, Luba — disse-me Chey um dia, quando estávamos deitados em lençóis de seda na cama king-size. Àquela altura eu já sabia. Todos aqueles anos de balé e imaginação fértil tinham sido apenas um trampolim até esse ponto.

Mas nossas férias não podiam durar para sempre e, depois de cinco dias, voltamos a Nova York. Nos aeroportos, testemunhei Chey passando maços de notas a autoridades diversas, e fomos conduzidos tranquilamente pelos acessos VIP, sem que jamais nos importunassem.

Eu amava Nova York de paixão, mas, ao chegar, ela parecia muito opaca e cinzenta, embora nem tanto quanto os deprimentes panoramas de concreto de Donetsk.

Fui levada de volta à minha residência no Brooklyn, e Chey me garantiu que entraria em contato. Em breve.

Ele foi fiel a sua palavra, e dois dias depois, quando eu concluí meu turno na pâtisserie da Bleecker Street e saí porta afora, lá estava ele, na calçada, esperando por mim, em seu uniforme para os dias de folga: calça jeans e camiseta branca. Ele me levou a seu apartamento.

— Quero você de novo — disse ele.

Mas não demorou muito e ele teve de viajar novamente a negócios. Alguns dias aqui, outros ali, cada ausência mais longa do que a anterior, com pouco aviso ou explicações. Nem uma vez ele me convidou a acompanhá-lo novamente.

Não que eu fosse possessiva — ser criada como órfã rapidamente doma esse instinto —, mas, depois da chama inicial de nossa relação, comecei a me ressentir muito de suas constantes ausências, dos compromissos cancelados, das promessas quebradas.

Junto com seu primeiro presente, ele me deu um broche maravilhoso de âmbar num delicado engaste de aço, uma peça que agora eu usava diariamente. Ele me entregara antes que o carro me deixasse no Brooklyn, quando voltamos do Caribe. Depois ele me deu as chaves de seu apartamento no Meatpacking District, na Gansevoort Street.

Era um prédio antigo, anteriormente usado como depósito, convertido em grandes unidades individuais. Somente o banheiro era maior do que minhas modestas acomodações no Brooklyn.

O apartamento era uma sinfonia em preto e branco, saído diretamente da imaginação de um designer minimalista. Cada mobília elegante e utensílio doméstico, especialmente a cozinha bem-equipada, toda de aço inox e superfícies reluzentes, parecia vir das páginas de uma revista da moda. Parecia caro em todos os aspectos e, pela primeira vez, fez com que eu me perguntasse de onde vinha o dinheiro de Chey. Certamente o mercado de âmbar não era tão lucrativo.

Meu lado pragmático era mais forte do que o romântico, e eu sabia que me arrebatar por capricho até a República Dominicana devia ter lhe custado uma fortuna. Ele disse que eu era sempre bem-vinda, mas, com frequência, quando eu o visitava sem aviso, ele estava fora.

Em uma ocasião, tirei a roupa e me deitei nua em sua imensa cama, esperando por sua chegada, mas acabei dormindo e acordei com o sol da manhã em minha pele exposta, ainda sozinha e me sentindo meio tola.

Irritada com o que eu considerava uma rejeição pessoal, peguei no closet uma de suas camisas impecavelmente bem-passadas, vesti-a e explorei o apartamento. Descobri apenas que, além das cômodas e armários em que ele guardava as roupas incrivelmente caras, ternos, camisas, gravatas e sapatos, todo o restante estava trancado, o que só me deixou ainda mais curiosa.

Mas era mais fácil continuar cega e curtir o momento. Sempre que estávamos juntos, o sexo era fantástico e Chey, apesar de esconder muita coisa de mim, era tudo o que eu sempre quis de um homem. Forte, atencioso, irônico, decidido.

E então, um dia na pâtisserie, as mãos errantes de Jean-Michel se demoraram um pouco demais e acabamos numa briga inflamada. Não tive alternativa senão deixar o emprego. Não pretendia procurar Chey, de chapéu na mão, e pedir a ele apoio moral e financeiro. Toda mulher tem seu orgulho. De qualquer modo, não teria adiantado grande coisa, porque isso coincidiu com sua ausência mais longa de Manhattan.

Da última vez que nos encontramos, estávamos na cama e eu notei uns hematomas leves sobre as juntas de sua mão direita. Não dei importância, sabendo que ele ia se fechar se eu perguntasse, como tinha feito o tempo todo no Caribe quando eu questionava sobre a origem das cicatrizes paralelas que tomavam seus ombros, e sobre o significado de sua enigmática tatuagem de leopardo. Eu sabia que os veteranos durões das prisões na Rússia tinham muitas tatuagens com simbologias variadas, mas a dele não parecia ser do mesmo gênero.

Suas cicatrizes e a tatuagem aumentavam ainda mais meu fascínio e, quando fazíamos amor, eu passava os dedos por elas, numa triste tentativa de ao mesmo tempo mapeá-las e extrair seu significado. Ah, como eu adorava explorar o corpo dele, a superfície fluida da pele, os músculos ondulantes ocultos sob a superfície; como cada parte dele era ligada a outra e o transformava em uma máquina perfeita para me amar, cada canto adaptado aos meus ritmos internos, o movimento selvagem de suas estocadas quando ele me penetrava fundo, a brisa fragrante de sua respiração aos arrancos quando me fodia, o motor rígido de seu pau enterrado em mim.

Agora eu podia esquecer todos os meninos russos e sua falta de sutileza e sofisticação. Chey era um homem a quem não precisavam ensinar como segurar uma mulher, tomar suas rédeas, soltá-las no momento certo e vê-la seguir a jornada do desejo até a satisfação plena.

Eu adorava o jeito como seus dedos percorriam minha pele, provocantes, brincando, até me machucando, levando-me ao limite, até aquele instante mágico em que finalmente vinha o alívio. Com ele, eu me sentia uma flor; e me abria como nunca tinha feito. Eu havia sido um casulo, uma larva, e agora era uma borboleta e alçava voo.

Alto.

E, quando gozava, sussurrava o nome dele.

Chey.

Logo caía no sono em seus braços, segura, protegida, aquecida e branda, meus braços e pernas largados, banhada na liberação do desejo.

Numa manhã, quando acordei, ele tinha saído. Havia apenas um bilhete escrito às pressas na bancada da cozinha, dizendo-me que ele tivera de partir inesperadamente, e não sabia quanto tempo ficaria fora, mas me garantia que o amor dele por mim era o bastante para ir à lua e voltar. Sorri. Era uma expressão que tínhamos ouvido de alguém numa série de TV, e, na ocasião, havíamos soltado uma gargalhada ao mesmo tempo. Aquela tinha virado uma piada nossa, embora eu começasse a sentir que havia verdade nela.

No bilhete, Chey sugeria que eu ficasse e cuidasse do apartamento enquanto ele estivesse fora. Grande coisa, pensei, irritada por ele me deixar com tanta facilidade. Para abrandar minha frustração, fui andando até o trabalho na Bleecker e entrei direto na discussão acalorada que levou à perda daquele emprego.

Minhas economias duraram exatamente três semanas e, sem visto, não era nada fácil conseguir outro emprego. E ainda não havia sinal de Chey. Não tive alternativa senão abrir mão de meu apartamento alugado no Brooklyn e transferir meus poucos pertences para a casa dele no Meatpacking District, temendo um pouco sua reação quando descobrisse. Mas, ainda assim, seis semanas depois, não havia sinal ou qualquer notícia dele, e seu telefone não recebia mais recados.

Numa manhã, eu tinha encontrado alguns trocados na mesa de Chey e estava tomando um café na Starbucks mais próxima, olhar à frente, focado nas colunas de aço enferrujadas do High Line e pensando em meu limitado curso de ação, quando alguém chamou meu nome.

— Luba!

Era o amigo russo e gordo de Chey, aquele que tinha derramado café de propósito em minha blusa. Seu nome era Lev e, quando fomos apresentados por Chey alguns meses antes, ele pediu desculpas profusamente por seu comportamento naquele dia. Estava claro que tinha medo de meu companheiro, o qual tinha supremacia no que eu supunha ser a relação de negócios dos dois. Nunca conversamos em nossa língua materna, e Lev tinha um sotaque da Costa Leste.

Cumprimentei-o com desânimo evidente, a raiva pela ausência de Chey tingindo minha atitude para com os conhecidos dele.

— E aí, como vão as coisas? — perguntou-me ele.

— Mais ou menos — respondi. — Você não saberia dizer para onde Chey se mandou, não é? Ou quanto tempo ele vai ficar fora?

— Ele nunca me diz nada.

— Típico — xinguei baixinho.

Sem ser convidado, ele se sentou diante de mim à mesa. Olhei-o de cima a baixo. A camisa explodia nas costuras, os botões gritavam de agonia com a barriga se forçando para fora, malcontida pelo tecido. Como era possível que aquele homem estivesse ligado a Chey?

Ele confundiu o desdém em meu rosto com tristeza.

— Qual é o problema? — Sua expressão era preocupada.

— Seu amigo, é esse o problema — respondi. — Um dia aqui, no dia seguinte em outro lugar, sem uma palavra ou aviso. Isso não facilita as coisas.

Depois expliquei o que havia acontecido na pâtisserie, como eu tinha perdido o emprego, e que agora estava numa situação complicada. Ele me ofereceu dinheiro emprestado, mas eu simplesmente não podia aceitar. Não de Lev. Ele esperaria que eu pagasse de uma maneira ou de outra, e isso era algo que eu não estava disposta a dar a ele. Em vez disso, rejeitei a oferta e disse que precisava arrumar um emprego, contando por que não era tão fácil como parecia.

Um sorriso largo e bobo iluminou seu rosto.

— Eu também sou ilegal — declarou ele, como se fosse motivo de orgulho.

— Meus parabéns! — respondi com amargura. — Tenho muito orgulho de fazer parte do mesmo clube...

— Mas o Chey, ele me disse que você é uma dançarina maravilhosa. Você estudou na Rússia, não foi?

— Estudei. Mas isso já faz muito tempo. E eu não era assim tão boa, não tinha técnica.

— O que há de técnico na dança?

— Acho que você não entenderia — observei, tomando um gole de meu café, que esfriava rapidamente.

— Se quiser dançar de novo, como um emprego, sabe como é, acho que posso ajudar. Até ele voltar, se você quiser.

— Fale mais — pedi, embora já desconfiasse de que não seria no Lincoln Center, nem com o New York City Ballet.

Ele explicou.

No início, tive dúvidas.

— Tem certeza de que você não sabe quando Chey vai voltar? — indaguei, na esperança de que aquela não fosse a única opção. Como eu poderia dançar nua para outros homens quando sabia, lá no fundo, que era só para Chey que eu verdadeiramente queria dançar?

— Não. É impossível saber. Negócios. Sabe como é.

— Então me leve até lá — falei.

O nome da boate era Tender Heart e ela se destacava no final da Bowery, perto da Lafayette Street, com persianas de aço, paredes tomadas de grafite e toldo cor-de-rosa desbotado. Antigamente havia sido um clube popular de rock durante os dias de glória do punk, como fiquei sabendo depois. As paredes do porão ainda estavam saturadas de várias gerações de suor alcoólico, e eu quase vomitei quando Lev me guiou pelo saguão estreito até uma área afastada onde ficavam os escritórios.

— É melhor quando o ar-condicionado está ligado, a partir do fim da tarde, quando a boate abre para o público — observou ele. — Barry, o gerente, está sempre tentando economizar dinheiro, então, ele desliga quando a boate fecha.

Barry era um britânico diminuto com um bigode antiquado e duvidoso e cabelo rareando. Durante qualquer conversa, não deixava de lembrar a todo instante que era de Liverpool. Mas não era nada parecido com nenhum dos Beatles.

Ele estava sentado a uma mesa velha que sobrevivera a todas as guerras mundiais, diante de pilhas de livros contábeis desordenados. Só um contador metido a besta, supus, sem a menor pinta de ser o verdadeiro proprietário da boate. Por um breve momento suspeitei de Chey, mas o lugar era decrépito demais e concluí que carecia de classe para ter alguma ligação com ele.

Lev havia telefonado antes para avisá-lo de nossa visita.

— E então, você é a menina do Chey? — Ele sorriu.

— Prefiro que diga que sou uma mulher — respondi. — Esperei muito tempo para me tornar uma e gosto mais desse título. E não pertenço a ninguém.

— Esta aí é rabugenta — concluiu ele com um sorriso divertido. Ele devia pensar que parecia irônico.

— É, na Rússia criam a gente para ser durona. — Forcei o sotaque de propósito.

Ele me olhou de cima a baixo, como um açougueiro avaliando um corte de carne.

— Nosso amigo em comum disse o que fazemos?

— Disse.

— Você sabe dançar?

— Sei. Mas não o tipo de dança que você tem em mente.

— Isso é um problema?

— Não.

Barry lançou a Lev um olhar e o acólito russo e gordo saiu do escritório apertado.

— Posso ver você? — perguntou ele então.

— Ver?

— Seu corpo. Pelada. Num trabalho desses, você deve entender, é o que eu chamaria de... — ele procurou a palavra certa — um pré-requisito. Veja bem, os clientes precisam ter algo decente para alegrar os olhos.

— Tudo bem — assenti.

Ele se recostou na poltrona de couro e me olhou fixamente.

Tirei a roupa.

Seus olhos se demoraram em cada centímetro de minha pele, deslocando-se de uma parte a outra, de uma área a outra, examinando-me quase como um médico forense, avaliando, julgando.

Fiquei de pé ali, de frente para ele, sentindo o calor opressivo flutuar pela sala, penetrando por baixo da porta da área pública da boate, as pernas ligeiramente afastadas, tentando conservar o mínimo de recato e elegância enquanto era examinada.

— Muito bonita — declarou ele por fim.

Baixei os olhos.

— Os seios são pequenos, mas verdadeiros, empinados e firmes. Isso é bom. Pernas de dançarina, finas, mas fortes. Vire-se. — Ele me ordenou.

Obedeci.

— Linda bunda. Uma verdadeira obra de arte — proclamou ele. — Vire-se de novo.

Mais uma vez, ele me olhou de cima a baixo, seus olhos demorando-se na região da minha virilha.

— Isso aí vai ter que ir embora — disse ele.

Baixei os olhos para meu corpo nu, perplexa.

— Todo esse pelo — observou ele. — Uma linda cor, combina com seu cabelo. Muito raras louras verdadeiras hoje. São todas de farmácia. Algumas meninas de outros estabelecimentos nossos até pintam aí embaixo, mas fica muito falso, eu sempre percebo. Alguns fregueses se deixam enganar. Mas, nesta casa, sempre fazemos questão que as dançarinas sejam lisinhas...

Talvez eu ainda parecesse desconcertada.

— Depiladas — continuou ele.

Confirmei que concordava. Não era algo que eu já tivesse feito. No alojamento, os monitores não permitiam. Mais tarde, na escola em São Petersburgo, ordenavam que aparássemos as laterais para que nenhum pelo impróprio escapulisse de nossas malhas, embora sempre usássemos meias-calças grossas, tanto nos ensaios como nas apresentações.

A visão de minha boceta completamente exposta cruzou minha mente e me causou um arrepio perverso.

Lisinha... Tudo como parte de uma nova Luba, americana.

Saí de meu breve devaneio num estalo conforme a voz de Barry alcançou meus ouvidos, monocórdia.

— Temos algumas regras que não devem ser quebradas nunca — explicou ele. — Você nunca mostra a parte rosa. Nunca fala com ninguém da plateia, a não ser que solicitem uma *lap dance*. Tem permissão para rejeitar *lap dances*, mas não faça disso um hábito. O que você faz depois do expediente, fora da boate, é problema seu. Está claro?

Eu não estava totalmente familiarizada, mas assenti, aprovando, apesar de tudo. Precisava do emprego, mas também algo dentro de mim crescia e me fazia ansiar pela dança, pelo *striptease*. A impressão era de que eu não apenas desfrutaria, mas que isso me daria uma sensação de controle. Da vida. Dos homens. A mesma percepção a que eu havia chegado depois de meus primeiros boquetes amadores e na noite em que perdi minha virgindade. Uma sensação de poder.

Barry continuava a tagarelar com o sotaque de Liverpool.

— Estou partindo do pressuposto de que você sabe dançar e, como é amiga do Chey, não vai ter de pagar uma taxa à casa por cada apresentação, como fazem as outras garotas. Assim, o dinheiro que ganhar pelas gorjetas e pelas danças particulares é todo seu. Mas, por favor, não conte para as outras dançarinas. Pode gerar ressentimentos.

De novo concordei com a cabeça.

— E então, quando quer começar? — perguntou ele por fim.

Eu começaria minha carreira de *stripper* no dia seguinte. Lev me adiantou algum dinheiro para eu adquirir um figurino; improvisei-o com várias peças garimpadas nas barracas do mercado que ocupava o antigo estacionamento, ao lado do prédio onde antes funcionava a Tower Records na Broadway, a pouca distância da Shakespeare & Co., onde eu adorava ir para ver os últimos lançamentos literários. Também procurei a música certa e passei horas decidindo o que dançaria. Minha primeira ideia era escolher algo clássico, até russo, mas pensei que podia ser um passo artístico exagerado para a Bowery. Escolhi então "A Murder of One", do Counting Crows. Havia algo de melancólico na música que tocava minha alma russa.

Depois de arrumar e desarrumar a bolsa pela décima vez naquela tarde, verificar se tinha tudo de que poderia precisar e ouvir a tranca da porta do apartamento estalar quando bati a porta, eu estava prestes a correr de volta até a pâtisserie e oferecer minha bunda a Jean-Michael para ele agarrar de novo, desde que isso significasse que eu não precisaria subir no palco que me esperava, como um cadafalso à espera do próximo condenado. Mas não exatamente. Eu era teimosa demais para permitir que uma coisinha mínima como o medo me vencesse e, quando chegou minha vez, saí de trás da cortina do camarim compartilhado, com manchas de cerveja e queimaduras de cigarro, levantei o queixo e jurei que ia seguir em frente.

Todas as coisas mais importantes da vida, o nascimento, a morte, a perda da virgindade, pareciam envolver alguém se despindo em algum momento e, para mim, tirar a roupa era só uma das experiências a cumprir, algo em que estivera trabalhando desde o instante em que decidi faltar aos ensaios do balé para satisfazer aos meninos da sorveteria no muro nos fundos da escola. À medida que a música se iniciava e a letra conhecida era despejada dos alto-falantes, perguntei-me que tipo de passarinho eu escondia dentro de mim, que criatura eu poderia soltar quando largasse meu figurino mínimo e revelasse minha nudez aos fregueses, que mal eram visíveis atrás do facho de luz em que eu me colocava.

Senti, por instinto, que tinha cruzado uma fronteira, escolhido uma bifurcação na estrada da qual não haveria volta. O que quer que eu decidisse fazer no futuro, não haveria como apagar esse momento.

Ergui os braços como um par de asas e comecei a dançar.

3
Dançando com os cavalos

No início, na Tender Heart, fiquei distraída com o estado precário e dilapidado da boate, e achava complicado conciliar minhas intenções de ser ao mesmo tempo graciosa e sensual. A atmosfera melancólica do salão principal — decorado com papel de parede barato que mal escondia cartazes rasgados de outras épocas, que anunciavam apresentações antigas de Patti Smith, Richard Hell & The Voidoids e Television —, combinada às músicas de discoteca extravagantes que minhas colegas dançarinas usavam durante seus números, logo desmotivavam qualquer tentativa minha de continuar superior àquela ralé.

Em minha primeira noite, além de me sentir terrivelmente constrangida e pouco à vontade com meu corpo à mostra, cometi o erro de vestir um biquíni minúsculo e echarpes finas e sortidas de seda que pensei que combinariam bem e me dariam algo com o que trabalhar, o que me deixou no meio do palco, no meio da música, totalmente nua e sem nada para fazer. Ali, isolada, confrontada pelos olhares vagos de meia dúzia de clientes entediados, cujas feições eram indistintas, eu me sentia mais um manequim do que uma dançarina. Tentei um *entrechat* e quase caí no chão quando meu pé escorregou no palco de madeira encerada. Rapidamente desisti da ideia de fazer movimentos de balé, por medo de parecer ainda mais ridícula.

Rebolei um pouco, rodei algumas vezes, sorri o máximo que pude. Depois repeti sem parar aqueles movimentos débeis, na esperança de que a música chegasse ao fim. Fiquei bem longe do poste de metal rígido que dominava o palco, com o qual todas as outras *strippers* naquela noite haviam feito provocações, dançando em volta dele, envolvidas num abandono pseudoerótico.

O silvo do silêncio nos alto-falantes veio como um alívio profundo, assim como a escuridão, da qual me aproveitei para me abaixar e catar as echarpes, o biquíni brilhoso e uma única nota de 5 dólares que um dos espectadores depositara à beira do palco.

Mais tarde, algumas das outras garotas, um grupo variado com vertiginosa rotatividade — chegavam num dia, sumiam no outro —, ensinaram-me a dançar em volta do poste. Mas aquela nunca foi uma disciplina a qual eu me dedicasse.

Eu queria ser diferente.

Também aprendi a sincronizar meus efeitos e os estágios em que revelava meu corpo, meus bens. Não cortava o cabelo desde que Chey e eu havíamos voltado da República Dominicana, onde meu tom de louro havia clareado bastante ao sol. Ele nunca havia estado tão comprido quanto agora. Chey gostava dele assim. Gostava de puxar as pontas com vontade quando metia em mim por trás. Estava longo o suficiente para cobrir meus peitos quando eu o jogava para a frente, meus mamilos surgindo em vislumbres através da cortina de cabelo, um elemento a mais de provocação que parecia agradar aos anônimos que me olhavam e aos clientes regulares que comecei a cativar.

Assistindo às outras, também notei como elas continham a revelação final, permitindo aos clientes apenas um breve e limitado vislumbre da boceta pouco antes de as luzes se apagarem e a música chegar ao clímax, como um último capricho tentador. É claro que eu sentia que era trapaça; não era por isso que eles tinham vindo aqui?

Agora que eu estava depilada, deliciei-me no espetáculo de minha lisura e um pequeno fogo invariavelmente se acendia em meu ventre antes de cada número, diante da perspectiva de revelar a minha parte mais íntima a todos aqueles estranhos, sabendo que tudo o que eles poderiam fazer seria olhar, sem tocar; imaginar, sem provar. Isso me dava a sensação de que podia levá-los aonde quisesse, fazê-los obedecer a minha vontade, apenas pela visão de minha boceta.

— Você está ficando cada vez melhor, garota — observou Barry depois de ver meu número uma noite, algumas semanas depois de eu começar a trabalhar na boate. — Você era bastante desajeitada nas primeiras tentativas, e eu não teria mantido você se não fosse amiga de Chey e não tivesse um corpo lindo. Mas você evoluiu depressa.

— É bom saber disso — respondi.

— Na verdade, você é boa demais para este lugar. Deveria dançar onde dessem valor a algo de classe. Está perdendo seu tempo aqui, devia estar na área nobre da cidade, onde as gorjetas são melhores.

Isso era um fato; as ofertas financeiras dos espectadores avarentos da Tender Heart não eram nada impressionantes. E alguns eram tão desagradáveis e grosseiros que, em meu segundo dia, decidi rejeitar *lap dances* particulares e informei a Barry formalmente a decisão como uma condição para minha permanência.

Ele me deu alguns nomes e fui a entrevistas e testes. Ainda não tinha notícias de Chey.

* * *

Depois de deixar claro que não tinha disposição para a palhaçada do teste do sofá e que só estava ali para dançar e entreter os clientes, logo tive a oportunidade de me apresentar num estabelecimento de melhor categoria, e também a chance de escolher onde faria isso.

Comecei alternando dois clubes exclusivos para sócios no Upper East Side, ambos frequentados pela clientela sofisticada local e pelos hóspedes dos hotéis quatro e cinco estrelas que pontilhavam o entorno do Central Park, em sua maioria estrangeiros.

As gorjetas eram consideravelmente melhores, e logo criei uma rotina, dormindo na parte da tarde e trabalhando à noite e nos fins de semana na Sweet Lola ou na The Grand, onde minha formação clássica era admirada e até estimulada, pois duas noites por semana eles contavam com um pianista, e as meninas faziam números mais lentos com música ao vivo, no estilo cabaré. Eu agradava a todos e logo caí nas graças de Blanca, a linda tcheca que gerenciava as dançarinas, graças a uma versão de "Makin' Whoopiee!" que envolvia tão pouca dança e tanta contorção no tampo do piano que eu sempre sentia ter trabalhado pelas gorjetas da noite.

Até concordava com *lap dances* ocasionais, porque os clientes das novas boates eram muito mais sofisticados do que aqueles da casa administrada por Barry. Usavam ternos caros e ficavam muito felizes em lançar um desfile interminável de notas de dólar à menor provocação. Um deles não queria que eu fizesse nada além de tirar os sapatos e mostrar meus pés descalços para ele. Pagava somas principescas apenas em troca de um vislumbre de meus dedos dos pés, e ainda mais se eu permitisse que ele apertasse o rosto contra meus tornozelos enquanto eu ficava *en pointe*, embora eu nunca permitisse que ele me tocasse. Tinha muito medo de perder minha posição, agora confortável, para me arriscar a infringir as regras da gerência só por uns trocados a mais.

As meninas e eu tentávamos pegar o mesmo táxi para casa sempre que podíamos, por questão de segurança — todas nós havíamos levado um susto quando Gloria, uma das dançarinas com quem eu trabalhava regularmente, foi abordada no beco atrás da Sweet Lola por um fã maluco que lhe deu um soco depois de ela ter rejeitado suas investidas — e também para poupar dinheiro. Eu ganhava mais do que havia sonhado ser possível quando estava na Tender Heart, mas ainda era frugal com o dinheiro, e assim, naquela noite, pedi ao motorista que parasse quando o taxímetro totalizou a quantia que eu tinha no bolso, mais uma pequena gorjeta, e andei as poucas quadras para casa, da esquina da rua 14 Oeste com a Décima Primeira Avenida. Eram seis horas da manhã de domingo, e as ruas normalmente movimentadas perto da West Side Highway estavam silenciosas. Assim, tomei um atalho, subindo o grande arco de aço do Píer 54 e, observando a água do rio Hudson em seu fluxo suave, cintilando à luz do sol nascente. Uma trupe de dança local fazia apresentações e dava aulas ali, e eu sempre pensei em me juntar a eles, talvez até fazer alguns amigos.

Agora as coisas estavam indo bem para mim em Nova York, mas, embora eu estivesse acostumada a ficar sozinha, às vezes me sentia terrivelmente frustrada e solitária sem Chey. Não teria sido tão ruim se ele ao menos tivesse me falado aonde ia e quando voltaria. Eu não queria parecer chata ou rabugenta e era perfeitamente capaz de sobreviver sem ele, mas nasci em um mundo de linhas retas, de uniformidade e precisão, e me ressentia do caos a que meus arranjos eram lançados por suas ausências imprevistas e sem explicação. Eu queria impor algum tipo de ordem à minha existência, solidificar o sentimento de que minha vida, por mais deplorável que fosse, devia ter algum propósito.

Quando cheguei ao apartamento, estava reflexiva e ainda cansada dos esforços da noite, e por isso não percebi o blazer de Chey jogado nas costas da cadeira do quarto que ele usava como escritório, nem o jornal dobrado na bancada da cozinha, e muito menos o zumbido suave de sua máquina de lavar da era espacial.

Eu já havia começado meu ritual pós-expediente — jogando a bolsa com meu figurino no sofá da sala de estar, para desfazê-la apenas quando acordasse; ligando a chaleira elétrica para despejar água quente num saquinho de chá e acrescentar uma fatia de limão, lembrando-me de meu país natal; lavando o rosto com água fria para limpar a personalidade de dançarina noturna da pessoa comum do dia a dia, que ficava vestida a maior parte do tempo — quando notei sua presença no quarto. Eu não era uma pessoa distraída, mas Chey se movia como um felino, gracioso, silencioso, sempre uma mola retraída pronta para ser liberada. Ele podia chegar de mansinho no meio de um bando de pombos sem que eles voassem.

Meu prazer inicial ao vê-lo rapidamente foi substituído por outras emoções mais fortes quando me lembrei do fato de ele ter me abandonado e de que dessa vez eu pretendia repreendê-lo, dizer a ele que não seria tratada daquele jeito. Depois notei o que estava ao lado dele. Uma pilha colorida de chiffon e renda. A roupa que eu havia experimentado apressadamente e descartado em favor de outra ao preparar minha bolsa para o turno da noite.

Ele deu uma olhada no misto de culpa e postura defensiva que se espalhava por meu rosto e sua expressão endureceu.

— Pensei que você só dançasse para mim — disse ele. — É assim que você se veste na pâtisserie agora? Fui até lá procurar por você, mas fiquei sabendo que foi embora...

— Pois pensou errado — respondi com arrogância. — Eu danço para mim. E para mais ninguém.

Isso era verdade. Até ter completado aquele primeiro turno na Tender Heart, eu não havia percebido o quanto sentia falta do rigor dos passos, do fluxo da música, do prazer que extraía dos aplausos de uma plateia satisfeita. Como me deleitava ao ver todos os olhos fixos no ritmo do meu corpo.

— Por quê? — perguntou ele. — Não pensou que poderia ter me ligado, que eu cuidaria de você?

— Não sou seu bichinho de estimação — respondi, nervosa —, nem uma noiva por correspondência que só quer ficar em casa esperando você. Gastando seu dinheiro e trepando em retribuição, como uma puta.

— Você sabe que eu não penso assim — respondeu ele, visivelmente irritado.

Endireitei os ombros e levantei o queixo, preparada para discutir até o amargo fim. Minha independência foi duramente conquistada e, por consequência, era algo que eu valorizava muito. E se Chey não gostasse disso, eu o deixaria, usaria o dinheiro da dança para tocar minha vida sozinha.

— Eu gosto de dançar. Sentia falta disso. E não devo nada nem a você nem a ninguém.

— Você sabe que não é uma *prima ballerina* num lugar assim, Luba. — Ele agitou um cartão da boate de Barry, que encontrara amassado dentro de minha bolsa.

Suspirei.

— Não estou mais lá. Já me transferi para uma boate mais sofisticada, mais de acordo com meu estilo. E eu não me apresento como uma *stripper* comum — insisti. — Você ainda nem viu meu número.

Por fim, chegamos a um acordo. Ele assistiria a uma de minhas apresentações. Se gostasse, deixaria que eu continuasse. Se não gostasse, eu desistiria de dançar por dinheiro, mas só se encontrasse outro jeito de manter mente e corpo ocupados e ganhar a vida sozinha.

Naquela noite, ele fez amor comigo como um possesso. Como se o ardor e a dureza calculada que me infligiu enquanto me dava repetidas estocadas fossem uma forma de aprofundar nossos laços num nível primitivo.

Eu não sabia que Chey podia ser terno e ao mesmo tempo bruto, e era uma combinação que me deliciava e me assustava, como se eu estivesse conhecendo o verdadeiro Chey, um novo "ele", e ele, de repente, fosse a um só tempo um príncipe e um demônio em forma humana.

Olhando em seus olhos enquanto ele me fodia implacavelmente — suas mãos agarrando minhas nádegas e eu, deitada de costas, amortecendo a necessidade selvagem de seu assalto —, vi que ele já imaginava como eu ficaria nua para outros homens quando dançava, e esta era sua tentativa de me marcar como sendo dele de uma vez por todas e me manter longe das garras dos outros. Uma espécie de ciúme, mas que o tornava muito mais imperioso, um amante como nenhum outro poderia ser.

Levei um tempo ainda maior planejando o primeiro número a que Chey assistiria do que preparando a primeira apresentação na Tender Heart. Do que ele gostaria, o que ele aprovaria? É verdade que eu estava convicta de que não devia nada a ele e podia fazer o que bem entendesse. Mas eu gostava de Chey e, das duas alternativas disponíveis, manter o *status quo* com a bênção dele era, sem dúvida, minha opção favorita.

Senti por instinto que minha dança agradaria a ele, como tinha agradado na praia. Ele gostava de me olhar. Mas eu queria ter absoluta certeza de que ele veria que eu estava fazendo algo diferente. Que eu não era meramente uma *showgirl* balançando os peitos em troca de gorjetas. Havia mais nisso tudo. Uma arte. Eu queria mais do que sua aprovação. Queria seu respeito.

Assim, fiz o máximo para que cada detalhe de minha rotina fosse de seu gosto, da iluminação do palco — branca, e não vermelha — aos meus trajes — um vestido branco de algodão simples e longo, como aquele que usei durante as férias, que podia simplesmente tirar pelos ombros, sem qualquer *striptease* complicado. Subi ao palco descalça e apresentei meu número completo posicionada de um dos lados, com o poste central no escuro. Quanto à música, escolhi uma das canções preferidas dele, algo que ouvi tocar em seu escritório em algumas ocasiões em que ele estava em casa, trabalhando no computador. "Devil in the Details", canção genuinamente americana dos Walkabouts, uma faixa de início lento que ganha um crescendo mais atlético e me dava a oportunidade de começar aos poucos, com movimentos mais delicados, avançando para passos mais insolentes. Também era meu sinal a Chey de que não me esquecia dele enquanto dançava.

Ele apareceu para minha apresentação na Sweet Lola. E quando me disse depois que eu era boa, fiquei vermelha de orgulho.

Seu comentário seguinte, porém, foi como um tapa na cara.

— Mas você pode ser melhor — acrescentou ele, digitando o código na entrada gradeada de seu prédio.

Imediatamente me enfureci, mas me contive para não brigar com ele, lembrando-me de que meu plano era conquistar a aprovação e o apoio de Chey para meu novo empreendimento. E, se havia algo que eu aprendera sobre os homens, era que eles gostavam de sentir que tinham o controle, ainda que não o tivessem.

— É mesmo? — respondi com toda a doçura que pude invocar. — Explique.

Se Chey percebeu a acidez em meu tom, não disse nada.

— Passos clássicos devem ser acompanhados por música clássica.

— Pensei nisso, mas achei que seria ir longe demais para a boate. A Grand permite que eu use um pouco de clássico...

— Deixe as boates comigo — respondeu ele com firmeza.

— Tudo bem... — Se Chey podia influenciar as madames a meu favor, melhor ainda. Eu não era orgulhosa a ponto de rejeitar sua ajuda, se isso significasse que eu teria mais liberdade criativa.

— E seus movimentos têm algo selvagem.

— Você está começando a parecer uma das minhas professoras russas de balé.

— Bom, suas professoras russas de balé estavam certas. Você ganharia muito se tivesse mais moderação.

No início, os planos dele para influenciar minha rotina eram inteiramente físicos. Ele me levou ao seu dojô, uma escola de artes marciais na 27 West, onde soube que ele treinava quando estava em Nova York, para manter o corpo em forma e os músculos rijos, um hábito que de maneira nenhuma eu pretendia desestimular, pois eu não namoraria um homem que ficasse satisfeito em engordar como seu amigo Lev.

Além da dança, eu nunca havia sentido qualquer necessidade ou desejo de fazer exercício físico como parte da rotina. Via todo aquele suor como algo tosco e desnecessário. Desde que perdera as gordurinhas de adolescente, sempre fui naturalmente magra. Nem o café da manhã diário na pâtisserie — um *pain au chocolat* ou *choux Chantilly* e café *espresso* — fizera minha fina silhueta aumentar sequer um grama.

Chey me conduziu pela recepção, passando seu cartão de sócio e colocando o meu nome no livro de visitas enquanto eu estudava o ambiente — o cheiro de suor seco e toalhas úmidas, os poucos homens e as ocasionais mulheres com roupas de ginástica baratas e desalinhadas — e me perguntava como ele pensava que isso podia melhorar minha dança.

Passamos por um conhecido dele, que usava apenas um short de cetim de cores vivas e tiras de proteção nas mãos, fazendo pose de luta para o espelho, e reprimi um riso quando ele se pavoneou ao nos ver passar. Ele e Chey se olharam num gesto de reconhecimento, depois o homem baixou a cabeça, como um cachorro numa matilha que reconhece quando se sente intimidado.

Fiquei satisfeita ao descobrir que, na companhia de Chey, ninguém ficava babando por mim; ninguém encarava, nem parecia achar minha presença incomum. Parecia que eu me destacava aqui tanto quanto o fizera quando subi pela primeira vez num palco. Mas o comportamento naturalmente confiante de Chey e sua expressão um tanto feroz pareciam desviar a atenção de mim, o que era bom para variar. Eu não gostava de ser observada, a menos que tivesse dado permissão explícita ao espectador, como fazia quando dançava.

Ele demonstrou alguns alongamentos e movimentos básicos. Muay Thai, ele chamou, e descobri, para minha surpresa, que meu corpo de dançarina se adaptava naturalmente aos exercícios. Minhas pernas e abdômen eram fortes e eu tinha equilíbrio, assim, quando passamos aos sacos, pude chutar e golpear com tranquilidade e com uma força surpreendente.

Em seguida, ele mostrou uma variedade de técnicas de combate corpo a corpo, colocou luvas nas mãos e me convidou a bater nele enquanto se esquivava e bloqueava, tentando me evitar.

Evidentemente ele estava deixando que eu acertasse a maioria dos golpes e continha a própria força para não me machucar. Mas, embora eu soubesse que ele estava me deixando vencer, fiquei satisfeita com a elasticidade familiar de meus músculos, a dança com Chey como um adversário em vez de amante, o impacto de meu corpo no dele, o modo como ele me olhava quando se abaixava e dava um passo para o lado a fim de evitar um golpe de meu cotovelo ou do pé, o brilho em seu rosto, com uma leve camada de suor começando a se formar, destacando ainda mais seus músculos definidos.

Parei por um momento para recuperar o fôlego e ele se curvou para a frente e me beijou, mordendo meu lábio inferior com tanta força que quase gritei de susto.

— Você devia ter bloqueado. — Ele me provocou. — Não estava prestando atenção.

— Eu já sabia o que você ia fazer — insisti. — Só não quis impedir...

Ele me levantou num puxão e passei as coxas por sua cintura, prendendo-o com as pernas enquanto ele nos levava em direção à parede e me pressionava no espelho.

— Mas a porta está aberta. Alguém vai ver... — sussurrei, sabendo que não queria realmente que ele parasse. Apertada entre Chey e o espelho frio e liso, senti minha excitação aumentar. Estávamos em um dos estúdios menores, com tatames para alongamento e alguns sacos de pancada, ao lado de uma sala maior que exibia um ringue completo, vários sacos presos a aros no teto e uma área para levantamento de pesos.

— Não me importo — respondeu ele, levantando minha blusa e expondo meus seios — os mamilos já rijos — a qualquer um que escolhesse aquele momento específico para entrar na sala. — Além disso, ninguém vai nos incomodar. Eu cuidei disso.

Perguntei-me apenas por um momento o que Chey tinha feito para que os outros frequentadores da academia demonstrassem medo dele. Talvez ele fosse um lutador particularmente forte. Talvez fosse dono do dojô. Mas todos esses pensamentos fugiram de minha mente quando ele baixou o elástico de minha legging e um dedo deslizou para dentro de mim, depois outro.

— Pelo jeito você curtiu nossa sessão mais do que deu a entender — disse ele, passando o dedo pela umidade que tinha se infiltrado por entre minhas pernas, em resposta tanto ao caráter físico da situação como à visão de seu corpo firme se movendo junto ao meu.

— E aí? Vai deixar que eu a treine, sereia? — Este passou a ser o apelido com que ele me chamava, desde aquela dança na praia.

— Vou — respondi.

— Que bom. — Ele abriu um sorriso de enfurecer.

Chey baixou a cabeça até minha orelha e apertou os lábios em meu lóbulo, seu hálito quente em minha pele.

— Sua primeira tarefa é aprender a esperar.

Ele estava me provocando, e minha profunda irritação por estar tão impotente naquele momento foi dominada pela enormidade de minha excitação. Eu estava tão desesperada para sentir suas mãos em mim de novo, sentir seu membro dentro de mim mais uma vez e desfrutar o que quer que sua imaginação fértil tivesse preparado, que permiti que ele simplesmente afastasse minhas pernas de sua cintura e arrumasse minhas roupas para que parecessem mais ou menos em ordem.

Sentia-me drogada, inebriada de desejo enquanto ele me levava pela mão até a saída, inteiramente consciente e desfrutando do fato de que meus mamilos estavam visíveis sob o tecido fino da camiseta.

Mas, assim que voltamos ao apartamento, ele foi chamado para sair de novo e, em meio às desculpas de que ia me compensar mais uma vez, ele se foi e eu fiquei sozinha, para comer, dançar, dormir e esperar que ele voltasse de novo.

Cerca de uma semana depois, cheguei em casa e encontrei um traje incomum estendido na cama. Eu nunca tinha visto nenhuma das garotas da boate vestindo nada parecido com aquilo. Uma série de tiras de couro, fivelas de metal e um par de grampos com sinos, que eu imaginava terem sido projetados para serem presos nos meus mamilos.

Eu já tinha visto uma garota na Sweet Lola apresentar um número com um espartilho de couro, botas pretas de cadarços e um chicote que ela estalava a cada pirueta, mas seu figurino não era nada parecido com esse, e tampouco era o tipo de roupa que eu imaginaria que Chey pensaria para mim. Na minha opinião, couro, PVC e similares eram itens vulgares, o tipo de coisa que se via pendurada em vitrines de sex shop, mais adequados às garotas que precisavam de algo ostensivo para despistar o fato de que elas na realidade não dançavam nada, apenas se esfregavam no poste do palco e torciam para que ninguém notasse como seus olhos eram apáticos ou seus passos, desajeitados.

Ao lado da roupa havia um bilhete: *Experimente.*

Chey compreendia bem meu temperamento. Não éramos, no fundo, tão diferentes: ambos tremendamente obstinados, e só gostávamos de uma ideia se pensássemos que fosse nossa.

Corri o dedo pelas tiras. O couro era grosso, mas macio. Não era barato, nem arranhado. As fivelas cintilavam sob a luz, e a coisa toda era muito bem-feita, como se criada por um artesão experiente e não por uma fábrica que produzia roupa barata aos montes.

Tive de me postar na frente do espelho e fazer algumas tentativas antes de entender como prender as tiras, mas, quando consegui, fiquei agradavelmente surpresa. O traje formava um arnês que delineava meus seios e minha boceta num formato de losango, com uma alça nas costas que puxava suavemente meus ombros para cima, firmando a postura.

Quando me virei, Chey estava parado à porta, sorrindo.

— Você está ótima — disse ele. — Gostei.

— Não era o que eu esperava. Não é... clássico. Acha que eu devia dançar com isto?

O arnês não era espalhafatoso, mas muito diferente do meu habitual estilo discreto para o palco, que eu sentia que chamava atenção para a delicadeza de meus movimentos e sublinhava o fato de que minhas apresentações não se tratavam de sexo. Ou, pelo menos, não só de sexo.

— Só para mim — respondeu ele.

Ele levantou a mão para mostrar um acréscimo ao traje. Um par de botas de salto plataforma pretas, de cano longo, e com um anel de metal na base, parecendo o casco de cavalo.

Ergui uma sobrancelha, indagativa.

— São boas para o equilíbrio — disse ele. — Mas é muito difícil andar sobre elas. Foi o que me disseram.

Chey deixou as botas estranhas na porta do quarto e me olhou por mais um momento, depois afrouxou a gravata e seguiu para seu escritório.

A ideia de me vestir como um animal me parecia meio boba, mas reagi de imediato à perspectiva de um desafio. Minhas professoras de dança haviam me criticado por muitas coisas, mas nunca por minha postura ou por minha capacidade de ficar *en pointe*.

As botas eram feitas de um couro fino e macio, com um zíper camuflado interno, correndo por três quartos de minhas pernas longas, terminando na metade da coxa. No início, tive de me escorar num móvel enquanto me punha de pé, hesitante, equilibrando-me na plataforma do sapato de modo a dar alguns passos curtos. Não era nada parecido com um passo de balé, pois eu não conseguia esticar completamente os pés, mas, depois de algumas tentativas fracassadas, consegui me equilibrar razoavelmente e manter a postura, embora não tão graciosa como gostaria.

Para completar o visual, peguei os grampos com os sinos sobre a colcha da cama e os prendi cuidadosamente em cada um dos mamilos. A sensação não era dolorosa, a não ser que eu batesse neles ou os sacudisse. Dei outra olhada no espelho.

Depois andei com cuidado, a passos curtos, até o escritório dele para lhe mostrar o resultado.

Chey ergueu os olhos do computador e sorriu com malícia.

— Linda — disse ele. — Venha cá.

Andei sem muito equilíbrio até ficar exatamente diante de sua cadeira, onde ele estava reclinado, agora sem a camisa social e a gravata, vestindo apenas jeans largos de cintura baixa, expondo o V de seus músculos abdominais inferiores.

— Abra as pernas.

Obedeci, deliciando-me no fervor de seu olhar, o apreço com que ele admirava meu corpo.

Ele testou minha abertura com os dedos, vendo o quanto eu estava molhada. Avançou a ponta do dedo em torno de meu clitóris, fazendo círculos mínimos, começando lentamente, acelerando enquanto eu começava a relaxar e a me apertar contra ele. Minhas pernas bambeavam e quase perdi o equilíbrio quando ele aumentou o vigor de suas carícias e soltei um gemido baixo, convidando-o a continuar a dança de suas mãos em meu corpo. Ele me pegou quando minhas coxas cederam e me virou, afastando os papéis, abrindo espaço na mesa para que eu me apoiasse nela.

O corte peculiar das botas me obrigava a ficar numa posição inclinada. Eu estava na ponta dos pés, a bunda empinada e as costas arqueadas, os antebraços pousados na mesa. Ouvi a respiração entrecortada atrás de mim; ele admirava meu corpo e imaginei como eu devia estar, com as botas de cano alto, o arnês de couro emoldurando minhas costas e limitando meu movimento natural. Sempre que eu me mexia para a frente ou para trás, os sinos dos grampos dos mamilos tilintavam, lembrando-me de que eu havia me vestido assim a pedido de Chey, um fato de que parecia desfrutar tanto quanto eu desfrutava de sua estima.

Ele agarrou minha bunda, puxando, massageando, depois me mantendo aberta, afastando bem minhas nádegas, e em seguida explorando meu ânus com muita gentileza, usando apenas a ponta do dedo.

Ouvi a gaveta de sua mesa se abrindo, o estalo da tampa de um frasco, depois ele voltou ao meu corpo, deslizando um dedo, depois outro pelo meu ânus, provocando meu clitóris com a outra mão.

Meus joelhos doíam por causa da posição desconfortável que as botas me exigiam, e meus mamilos latejavam sob os grampos, mas tudo isso desaparecia com o prazer de seu toque inundando meu cérebro e cada pensamento transformado em sensação, como se a minha parte consciente transbordasse de minha cabeça para o corpo.

— Isso, relaxe. — Ele me tranquilizou e senti que me abria mais a ele, permitindo que entrasse, e empurrei o quadril para trás, sentindo a cabeça de seu pau pressionar o meu ânus.

Se havia algo que certamente provocava um silêncio sepulcral nas conversas das madrugadas no dormitório da escola, em Donetsk, era a menção de que o pau de um homem podia entrar não só na boceta da mulher, ou na boca, mas também em outro lugar, o mais íntimo e mais proibido de todos. Sexo anal.

Mas, depois de me recuperar do choque inicial do desejo de Chey de me explorar ali, descobri que eu adorava, ou, pelo menos, que a sensação de seus dedos dentro de mim ao me foder ou brincar com meu clitóris certamente ia me levar como um jato a um orgasmo. Agora eu queria sentir mais, sentir o pau dele dentro de mim, deixar que ele me possuísse toda, que me enchesse até a borda.

Segurei na mesa, reprimindo um estremecimento, minha abertura lutava para permitir sua entrada. Ele parou, esperando que o desconforto inicial passasse, acariciando minhas costas, meu pescoço, estimulando-me com toques suaves até que relaxei mais e empurrei-me para trás, estendendo-me para acomodar cada centímetro que restava dele.

E então ele começou a dar estocadas, no início gentilmente, depois mais forte, acompanhadas por meus gemidos de prazer. Ele puxou meu cabelo com força, enrolando-o no pulso e puxando, guiando meus movimentos, ao passo que eu me arqueava contra ele até senti-lo enrijecer e gozar dentro de mim.

Endireitei as costas, preparando-me para me virar e beijá-lo, mas ele manteve a mão na base de minha coluna, para que eu permanecesse imóvel.

— Não. Fique aí — disse ele suavemente, ajoelhando-se para que eu ficasse acima dele. Ele me provocava com a língua, lambendo meu clitóris, indo fundo entre meus lábios exatamente como sabia que eu gostava, depois fazendo círculos com a língua, até que gozei, dando um grito. Chey continuou pressionando o rosto contra mim, como se quisesse beber meu orgasmo, engolir cada gota de prazer que eu expelia.

Eu não aguentava mais ficar naquela posição e, quando meus joelhos cederam, ele me pegou nos braços e me deitou no chão, apertando os lábios nos meus num beijo lento e apaixonado.

Chey ajoelhou-se sobre mim e retirou gentilmente os grampos do mamilo, abrindo em seguida o zíper das botas e tirando-as de meus pés, massageando meus tornozelos e os dedos enquanto eu sentia o sangue voltar a sua circulação normal.

— Por que você está sorrindo? — perguntei a ele, vendo uma expressão irônica em seu rosto.

— Eu não sabia se você ia aceitar e usar a roupa que eu lhe trouxe. Pensei que podia ser um passo grande demais.

Refleti sobre seu comentário.

— Eu usei por mim — falei. — Para saber se eu conseguia. Para saber como ficaria. A curiosidade é minha motivação para muitas coisas.

— Minha gatinha curiosa.

De certo modo eu esperava que ele insistisse naquele clima e comprasse logo depois um *catsuit*, mas não o fez. Em vez disso, me deu uma correntinha de prata para prender em volta do tornozelo, com um pingente tão pequeno cuja forma só podia ser identificada se olhada atentamente. Uma ferradura, feita de âmbar.

Foi um dos muitos presentes que ele comprou para mim, cada um deles entalhados na mesma pedra. Aquelas pedras mágicas que ele supostamente negociava, aquelas pedras das profundezas do tempo na Terra.

A primeira vez que dancei depois disso, imaginei que ele montava em mim, que eu era sua égua. A dança foi desvairada, excessiva, animalesca. Minhas bochechas ficaram tão vermelhas que, para meu último número da noite tive de pegar uma base branca emprestada com outra dançarina, ou pareceria a Branca de Neve. Depois de ter sido comida pelo Príncipe Encantado, é claro.

Blanca, nascida na República Tcheca, fez um muxoxo quando saí do palco, mas havia um brilho de cumplicidade em seus olhos, como se ela soubesse em detalhes o que Chey tinha feito comigo na véspera. Fiquei ainda mais vermelha ao passar por ela a cami nho do camarim.

— Sem rosinha, Luba. Sem rosinha. — E ela não se referia ao meu rosto. Em minha desinibição, eu havia mostrado demais aos homens na plateia.

Mas nenhum deles reclamou com a casa.

* * *

Até conhecer Chey, nunca soubera que o âmbar podia aparecer em muitas formas e cores.

Na República Dominicana, em resposta a algumas de minhas primeiras perguntas sobre seus negócios, ele me levou ao pequeno museu particular situado num centro comercial caindo aos pedaços, que abrigava uma coleção incrivelmente variada de âmbar. Explicou como as pedras haviam evoluído de fósseis para peças raras, e que o nível de turbidez e o tom afetavam seu valor. Eu nunca tivera uma peça de âmbar, e meu primeiro presente foi uma pedra grande, que ele pediu a um artesão local para engastar num medalhão de aço. Era pesada demais para usar como colar, então Chey sugeriu que eu a usasse como um bracelete naquela mesma noite. Eu havia passado muito tempo ao sol e descobri que, apesar da palidez natural de minha pele, me bronzeava com uma facilidade extraordinária sem me queimar, embora obviamente tivesse tomado a precaução de passar protetor solar nos ombros e nos braços. Chey ficou admirado com o jeito sobrenatural com que a cor da pedra combinava com meu tom de pele, numa minissinfonia de castanho e laranja em que a linha entre a carne viva e a substância morta era tênue. O vestido que eu usava era branco.

Alguns dias depois, ele me deu uma pedra menor, de aparência quase leitosa. Presenteou-me na cama, acordando-me de um cochilo à tarde, pedindo que eu me deitasse de costas e quase escancarasse as pernas sobre os lençóis frescos, enquanto uma brisa suave balançava as cortinas abertas da varanda com vista para a praia adjacente. Gentilmente, depositou a peça na cavidade pronunciada do meu umbigo.

— Ela destaca o tom felino da sua boceta — disse Chey, apontando para meus pelos pubianos e passando o dedo entre a umidade de minha abertura, apreciando meus encantos. Tentei não ruborizar. E, é claro, uma coisa rapidamente levou a outra e nos atrasamos para o jantar. Naquela noite, no restaurante que havia reservado exclusivamente para nós, ele me convenceu a me sentar à mesa sem calcinha e com a vagina ainda sensível, gritando silenciosamente pelo ataque recorrente de suas carícias e vigorosas arremetidas.

Em Nova York, ele aumentou minha coleção de peças de âmbar com uma generosidade exagerada, cada peça feita sob medida segundo meu estado de espírito, segundo as roupas que comprava para mim ou segundo os tons que meu corpo adotava quando ele me fodia e transformava nossa transa numa cerimônia quase sagrada.

Eu podia jurar que, sempre que dançava no máximo um dia depois de ser comida por Chey, os olhares masculinos e anônimos na plateia sabiam de tudo, só de ver a forma como meus peitos balançavam, minha boceta e minha bunda reluziam sob os refletores. Isso me excitava. Loucamente.

Eu era devassa. Era uma mulher. Eu era a mulher de Chey.

Se ao menos ele não continuasse desaparecendo de repente, recusando-se a me dizer aonde ia ou por que partia. Meu coração e meu corpo clamavam por ele no meio da noite na cama vazia, e aquelas noites duravam uma eternidade, sentindo falta dele com toda minha alma, meu corpo preso em abstinência, minha carência a ser satisfeita como uma fome que jamais podia ser saciada.

Foi depois de outra dessas longas noites que o pior aconteceu.

Eu estava comemorando um recorde de gorjetas com Alice e Maya, duas outras dançarinas russas que trabalhavam no mesmo circuito que eu. Estávamos no bar do Algonquin, na rua 44, vestidas com nossas melhores roupas, pelas quais eu já podia pagar na época. Estávamos saindo do hotel, pegando táxis diferentes para nossos respectivos lares, no meu caso, o apartamento quase vazio na Gansevoort Street que eu dividia com Chey, quando vi uma silhueta conhecida na calçada do outro lado da rua. Eu não via Lev há semanas, desde que ele me apresentara a Barry e ao Tender Heart.

Chamei por ele, que olhou rapidamente, com um ar furtivo e constrangido ao me ver. Em princípio, parecia que seu primeiro instinto era fugir de minha presença; depois, pensou melhor e esperou que eu atravessasse a rua e me juntasse a ele na escada que levava ao Royalton Hotel, cujo bar, Phillippe Starck, era um dos lugares de classe em Manhattan.

— Luba.

— Oi, Lev.

— Você está... Ótima... — Parecia que seus olhos evitavam os meus.

Seu nariz estava inchado e nitidamente torto, havia círculos pretos e roxos sob os olhos e seu porte indicava uma claudicação ou dor em uma das pernas.

— O que houve com você? — perguntei.

— Você não soube?

— Não.

— Chey não te contou?

— Eu o vejo muito pouco, mas me diga.

Ele hesitou por um momento, depois me olhou nos olhos.

— Foi ele. Ele bateu em mim.

— Por quê? — perguntei, sem acreditar.

— Por sua causa.

— Por minha causa? — O que havia acontecido? Eu estava genuinamente perplexa. Se essa tivesse sido a reação imediata de Chey, eu poderia ter compreendido. Imaginava que Lev ou Barry deviam ter contado a Chey como eu havia chegado ao Tender Heart, e sua raiva não era de surpreender. Eu sabia que os homens podiam ser ciumentos. Mas agora já estava dançando fazia semanas e, depois do choque inicial, Chey parecia aceitar meu trabalho e até ter orgulho de mim e de como eu dançava. Eu começava a ferver por dentro, aumentando a longa lista de coisas que Chey escondia de mim, sobre as quais ele mentia.

— Bom, ele não estava feliz por eu ter sugerido que você fosse... dançar. Ficou furioso. Nunca o vi tão irritado.

— Ele fez... isso com você? — Avaliei suas feições machucadas. Ele não era atraente nem em seus melhores dias, mas agora parecia uma gárgula em recuperação. Lembrei-me de como os homens do dojô evitavam o olhar de Chey. Não era de admirar, se era isso o que ele fazia com os amigos à mais leve provocação.

— Tive que operar o nariz — disse Lev. — As marcas vão sumir com o tempo. E minha perna vai melhorar.

Eu estava furiosa. Lev era apenas um conhecido e não alguém que eu escolheria ter como companhia por muito tempo. Mas havia me ajudado quando precisei. Como Chey podia não só ter feito aquilo, mas também esconder de mim?

— Ele é um homem ciumento, Luba. É que você não percebe o poder que tem dentro de si. Pode fazer isso com os homens, sabe.

O táxi amarelo que finalmente peguei não desceu a Quinta Avenida até o Meatpacking District rápido o bastante para o meu gosto. Eu fervia por dentro e estava decidida a ter uma conversa derradeira com Chey e descobrir quem ele realmente era, quer isso fosse bom para mim ou não.

É claro que, quando cheguei, ele não estava em casa. Pior ainda, a porta de seu armário tinha ficado aberta e parecia que ele havia feito as malas com pressa e repentinamente. O que significava que ficaria fora por pelo menos uma semana, se não mais.

Em minha mesa de cabeceira, seu presente de despedida era outra peça de âmbar. A décima, pelos meus cálculos. Mas eu estava decidida a não deixar que ele se safasse dessa vez. Entrei no banho e, dominada pela raiva, esfreguei meu corpo vigorosamente, como se lavasse Chey da minha pele.

Mais tarde, vagando pelo vasto apartamento no escuro e incapaz de me recompor para ir para a cama e dormir, notei que uma gaveta em seu escritório estava aberta.

Inevitavelmente, como ela sempre estava trancada como tantas outras áreas do apartamento, aproximei-me para ver se descobria alguma coisa.

Documentos de remessas nada informativos em várias línguas, uma quantidade surpreendente de clipes de papel e elásticos e, por baixo dessa bagunça, uma arma.

Preta e reluzente.

Cheirando a óleo.

Meu coração disparou.

Peguei-a cautelosamente e olhei mais de perto.

Uma Sig Sauer.

Parecia perigosa, mas era linda.

Como meu amante.

Meu coração afundou.

Depois de fugir da Rússia, eu tinha acabado com um *bad man* americano, um gângster?

4
Dançando com as armas

Quando descobri a arma, todo o meu mundo esfriou.

Eu sabia que, sendo o país do jeito que era, parecia relativamente comum ter uma arma nos Estados Unidos. Mas não uma como essa. A arma de Chey, como quase tudo que ele tinha, parecia cara. Era lustrosa, cinza-aço, havia sido polida recentemente e estava facilmente acessível na primeira gaveta à direita de sua mesa, onde a maioria das pessoas guardaria objetos de uso frequente, canetas e clipes de papel, talvez uma agenda. Não uma arma letal.

Podia ter inventado desculpas, fingido que ele a mantinha como proteção contra ladrões, se não tivesse encontrado um silenciador junto a ela. Nunca tinha visto um na minha vida, só na televisão, mas o acessório longo e fino não podia ser outra coisa. E não fazia sentido usar um silenciador para se proteger. Quem defende a própria casa certamente quer fazer o maior barulho possível, para alertar os vizinhos e chamar ajuda. Só caçadores precisavam de silenciador, não os caçados. Só quem tinha algo a esconder. Como Chey.

Juntei todas as peças do quebra-cabeça.

As mentiras. As ausências longas e sem explicação. Sua associação com Lev. Seu guarda-roupa de trajes malcombinados sem um estilo específico, ternos de grife pendurados em meio a moletons de universidades que eu sabia que ele não frequentara. Todo o dinheiro, os subornos, o estilo de vida caro e as reuniões de negócios em locais estranhos pela cidade. As gavetas trancadas. Os papéis em sua mesa nos idiomas mais variados, anotações escritas de próprio punho num russo muito mais complexo do que ele alegava saber.

Ele era um gângster. De que tipo eu não sabia, se de drogas, armas ou coisa pior. Não importava, eu não queria saber. Eu tinha visto muitos filmes de Hollywood, e aprendera o bastante sobre o mercado negro com os rapazes que ganhavam a vida nos vendendo meias-calças e cigarros para perceber que, quanto mais você sabia, maior a chance de aparecer boiando no rio Neva, ou, em meu caso, no Hudson.

Eu devia ter fechado a gaveta naquela hora e me afastado, mas a arma de Chey me chamava como o canto de uma sereia, mortal e linda, e minhas mãos entraram na gaveta e acariciaram o objeto prateado e duro antes que qualquer pensamento pudesse me dizer para sair, para fugir, fingir que nunca tinha visto aquilo.

Ela coube nas minhas mãos como se fosse feita para mim, o cano liso e esbelto como o corpo de uma mulher e o gatilho pedindo para ser tocado, apertado, acariciado.

Segurei a arma com os braços estendidos à frente, como eu vira em muitos filmes de ação. Passeei pela casa, girando para um lado e para o outro, dando piruetas repentinas e apontando para um inimigo imaginário. Vi a mim mesma no espelho do quarto, onde, da última vez, eu me observara vestida no arnês de cavalo de Chey, antes de transarmos em seu escritório. Bem ao lado da gaveta na qual a arma esteve guardada.

Minha atitude era confiante. Braços totalmente esticados, cotovelos junto do corpo, músculos abdominais tensos, olhos brilhando numa expressão entre o desejo e a violência.

Naquele momento, parecia que eu enfim o compreendia.

O animal dentro dele, a atração pelo perigo, o impulso de sobrevivência que subjugava todos os outros instintos, mesmo quando isso significava ferir as pessoas que amávamos.

E então a dor me atingiu como um golpe, a fúria engrenando por trás dela para um segundo golpe.

Uma bola de dor, perturbação e traição cresceu em meu ventre, voou pelos meus membros e correu pelo cano da arma.

Oscilei.

Levantei os braços.

E atirei.

Houve um estouro alto. Depois um choque, um estrondo e a TV de tela plana de 40 polegadas se espatifou no chão. Recuei no quarto, meu ombro quase saindo do lugar pela mera força do cartucho ao se deslocar pelo cano.

Meus ouvidos tiniam. Lá se fora o silenciador e todos os filmes a que eu tinha assistido, que prometiam nada mais do que um "ploc" quase inaudível. O som do disparo por si só reverberara como uma avalanche pelo prédio e, em minha imaginação, muito provavelmente acordara todos os vizinhos, sem contar a tela de TV espatifada sobre o piso de madeira encerada.

Eu não ia esperar para dar uma explicação — para Chey, para os vizinhos, para a polícia, para ninguém — e com isso revelar que agora eu tinha consciência do segredo dele. As autoridades poderiam pensar que eu era cúmplice. Os inimigos de Chey — que sem dúvida eram muitos, ou ele não teria a necessidade de usar armas — poderiam pensar que eu também era inimiga deles. Poderiam pensar que eu tinha informações que me tornavam perigosa. O próprio Chey poderia pensar que eu descobrira algum segredo que não era para eu saber.

Então eu fugi.

Jogando todos os meus pertences na bolsa de viagem que ele comprara para que eu guardasse minhas coisas do trabalho, desapareci pelas ruas. Sempre me sentia mais segura quando estava cercada de gente, por isso andei para a correria da Times Square e de Midtown. Sabia que estaria invisível em meio aos turistas e trabalhadores que se apertavam como sardinhas em lata nas calçadas, todos se deslocando num ritmo silencioso, os rostos cravados nas telas que os cercavam, exibindo sua procissão incessante de clipes de música e anúncios publicitários, as mãos ocupadas digitando nos smartphones ou mexendo em outra engenhoca, ninguém prestando a menor atenção em mim.

No início, estava com medo demais para ficar aborrecida ou mesmo irritada.

Cada passo perto de mim, o tinido de metal na pedra quando um cachorro passava correndo, a guia arrastando na calçada e o dono se esforçando para acompanhá-lo, as buzinas dos táxis amarelos competindo por espaço nas ruas secundárias, tudo fazia minha pulsação acelerar e o sangue zunir nas veias.

Parei para comprar um refrigerante e um saco de pretzels de um vendedor de rua, para ter o que fazer com as mãos trêmulas, depois encontrei um banco vago no qual me sentei e pensei em minhas opções.

Meu estômago estava embrulhado, cada nervo, músculo e tendão tenso e pronto para disparar, como se eu esperasse permanentemente pela próxima batida numa música empacada. Meus pensamentos voavam como pombos ao vento, as lágrimas escorriam pelo rosto conforme minha tristeza se misturava à raiva, e eu não sabia se queria esmurrá-lo ou beijá-lo.

Então era assim que a gente se sentia ao ter o coração partido.

Joguei um pedaço de pretzel na calçada à minha frente e o amassei com o pé, imaginando todas as coisas que eu gritaria para Chey se tivesse a oportunidade de dizer exatamente o que pensava dele, como eu ficaria melhor sem ele, quão pouco eu precisava dele.

Mas, instantes depois, lembrei-me de todas as coisas que amava em Chey e meu coração se partiu de novo.

Um garoto de cabelo moicano roxo passou disparado num skate amarelo e cuspiu, quase atingindo minha perna. Gritei uma obscenidade em russo e ele deu uma risada, deslizando até se juntar aos amigos, todos sorrindo para apoiá-lo e gritando para mim.

Essa provocação adicional se misturou ao bloco de fúria que se acomodara em meu peito e ele foi ficando cada vez maior, dominando minha mágoa e meu coração partido, lembrando-me do presente e de minha nova realidade. Não tinha a quem pedir ajuda. Estava sozinha, e a primeira coisa de que precisava era um lugar seguro para passar a noite, onde pudesse planejar o que faria.

A primeira pessoa para quem pensei telefonar foi Blanca.

A única pessoa.

Ela era a recepcionista-chefe na The Grand e a mulher por quem eu sentia mais afinidade. Talvez porque ela também fosse do Leste Europeu e tivesse trocado sua terra natal por Nova York. A maioria das outras garotas na Sweet Lola e na Grand era de origem americana, e eu tinha pouco em comum com elas. Selma e Santi eram do México e Gina, da Argentina, mas eram novas, e mal havíamos trocado uma palavra. Eu deveria fazer um esforço maior para ser simpática, mas via pouco sentido quando as outras não estavam dispostas a serem agradáveis comigo e quando a maioria delas não durava mais do que algumas noites.

Blanca apareceu na escada quando eu me aproximava de seu apartamento em Williamsburg, no Brooklyn, não muito longe de meu antigo lar, no Queens, porém muito mais sofisticado. Ela tinha conseguido se dar bem, pensei, enquanto ela me mostrava a cozinha, com sua bancada de aço inox reluzente e a arejada sala de estar adjacente, onde eu dormiria num sofá-cama. Provavelmente embolsava parte das gorjetas de algumas dançarinas, além de seu salário e da taxa que outras garotas pagavam por cada apresentação. Mas, na minha opinião, ela valia cada centavo, porque cuidava para que a Grant mantivesse seu ambiente refinado e não baixasse o padrão, como outros bares na área fizeram para ter garotas baratas e dinheiro fácil.

Era a primeira vez que eu a via fora do trabalho, quando ela costumava usar vestidos longos e soltos, com generosos decotes que exibiam seus seios como pães em uma vitrine de padaria pedindo para serem devorados.

Hoje ela vestia calça jeans e uma blusa branca e simples, seu cabelo castanho-arruivado preso num coque frouxo no alto da cabeça. Tinha quase a minha altura, mas, em contraste com minha magreza, Blanca tinha o corpo cheio, as formas amplas. Parecia ter 30 anos. Eu sabia que ela dançara durante anos na Grand antes de assumir a função de supervisora das garotas, e isso transparecia nela: seu corpo era arredondado nos lugares certos, mas também firme e musculoso e, quando ela se virou para me mostrar o apartamento, baixei os olhos para admirar seu traseiro, empinado e maravilhosamente carnudo, as coxas esculpidas por baixo do brim da calça.

Enquanto eu olhava a bunda de Blanca balançando a cada passo, ocorreu-me que eu podia ter outra opção além dos homens. Minha relação com a espécie masculina sempre havia sido uma questão de dar e receber. Um ativo trocado por outro. Uma questão de cálculo, de lógica. Romance, é claro. Mais do que isso, porém, havia a questão da sobrevivência, de sexo em troca de segurança e conforto. Não que eu não gostasse do sexo. Mesmo assim, era uma transação. Meu corpo pelo dele, um orgasmo garantido em troca de outro.

Talvez fosse diferente com as mulheres. Menos uma onda de poder e mais um encontro entre iguais.

Nas primeiras noites, distraí-me da dor com um misto de fúria e desejo, lembrando-me de todas as maneiras como Chey me magoara e de todos os motivos que eu tinha para odiá-lo, ou imaginando o corpo voluptuoso de Blanca despido sob a água do chuveiro em seu banheiro mínimo, indagando-me se seus mamilos ficavam rijos e separavam o fluxo de água que corria por sua pele enquanto se ensaboava, e se sua boceta ainda era raspada como a de uma dançarina ou se ela havia deixado que os pelos voltassem a crescer, cobrindo os segredos íntimos como uma cortina. Eu caía no sono passando a mão sob o cobertor fino e acariciando meu próprio monte liso até que o orgasmo me enviasse a sonhos felizes e a uma cabeça mais leve, mais rápido do que qualquer droga.

Mas Blanca não me dava nenhum motivo para pensar que corresponderia a meus afetos, e seu traseiro continuou firmemente preso ao jeans pelo tempo em que fiquei ali. Pior ainda, eu não era a única a quem ela dava refúgio, e logo estava dividindo o sofá-cama com Dee-Dee, uma jamaicana recém-chegada a Nova York, caído diretamente nos braços de um Lev ou de um Barry, que a promovera para Blanca ao perceber que a moça tinha certo ritmo nas pernas longas e seios bons o bastante para aparecer num catálogo de lingerie.

Com Dee-Dee ressonando a meu lado, braços e pernas grossos tomando a maior parte da cama, meus episódios noturnos de prazer solitário desapareceram, e meus sonhos ficaram mais sombrios, cheios de balas e canos de aço que eu imaginava de todas as formas diferentes. Às vezes, eu estava dentro da arma, dançando como uma *Bond girl*. Às vezes, a arma estava apertada contra minha testa, com Chey segurando o gatilho. Em outras, estava dentro de mim, a extensão gelada da Sig Sauer me preenchendo por completo e me deixando à beira de um clímax que era ao mesmo tempo terrível e imenso em seu prazer.

Tentar tirar Chey da cabeça, e a dor subsequente em meu coração quando o fazia, era como tentar represar um rio com barro. Certeza de fracasso. Eu ainda sentia sua falta, embora tentasse fingir que não. Sentia falta de sua conversa, de sua companhia, de seu corpo rijo e de seu pau e de todas as coisas maravilhosas que ele fazia comigo nas raras noites em que estava em casa.

Era doloroso saber que morávamos na mesma cidade e que, a qualquer momento, nossos caminhos poderiam se cruzar. Na rua, num bar, em qualquer lugar. Eu evitava o Meatpacking District e o prédio de Chey, assim como o Upper East Side, onde ficavam as boates em que ele sabia que eu trabalhava. Sabia que, se o encontrasse, talvez não fosse forte o bastante para resistir à atração e daria ouvidos a qualquer história que ele pudesse inventar para justificar suas frequentes ausências quando estávamos juntos e a arma na gaveta.

Parte de mim implorava pela oportunidade de um encontro fortuito, por mais improváveis que fossem as chances num lugar tão grande como Manhattan, enquanto meu lado mais sensato temia que uma coisa dessas acontecesse e a reação que eu poderia ter.

Eu estava obcecada por Chey.

Ele sabia que eu gostava de passar a maior parte do meu tempo de folga nas livrarias, em particular na Shakespeare & Co., na Broadway, cujos funcionários não se importavam que eu zanzasse por ali e pulasse despreocupadamente de um livro a outro, lendo uma página aqui, outra ali, até que normalmente me conformasse, mais ou menos uma hora depois, com uma brochura barata. Portanto, tive de evitar a loja e transferir minha lealdade à Strand, onde podia me perder na multidão. Caminhando entre os corredores e andares ou folheando livros diversos, eu às vezes sentia o olhar de alguém fixo e inquisitivo às minhas costas. Sempre pensava que seria Chey e, com o coração zunindo, me virava, apenas para descobrir que era só outro homem atraído por minha beleza, pouco acostumado a ver numa livraria uma loura com cara de estrangeira que destoava do estereótipo das leitoras.

Dois meses se passaram, e Blanca me informou que não havia sinal de que Chey estivesse tentando me localizar em nenhuma das boates, e que talvez eu devesse voltar ao trabalho. Possivelmente, trabalhando algumas semanas em lugares como Long Island e Nova Jersey, para recuperar minha magia na dança e acalmar meu nervosismo por me apresentar novamente na cidade.

Concordei e comecei a olhar os classificados de imóveis e anúncios em janelas, com a intenção de encontrar um lugar pequeno para alugar, talvez no West Village. Sozinha. Eu queria meu espaço, a oportunidade de pensar, descansar, relaxar à vontade, e as semanas na casa de Blanca, com ela e a grande rotatividade de dançarinas com quem eu tinha pouco em comum, começavam a se mostrar cansativas. As conversas eram limitadas e eu estava ficando farta que me pedissem roupas emprestadas e, invariavelmente, que eu tivesse de me maquiar com elas. Precisava de espaço para respirar.

Rejeitei a opção de sair da cidade.

— Não, quero voltar a trabalhar na Grand — falei para Blanca. — Se me aceitarem. Gosto do lugar, e nenhum homem vai me impedir de fazer o que quero. De qualquer forma, eles têm seguranças grandalhões...

— Ah, isso eles têm mesmo, minha cara — concordou Blanca.

Estava determinada e, junto com Blanca, planejamos minha grande volta à pista de dança. Aperfeiçoei uma nova coreografia. Refinei a música. Adquiri trajes perfeitos e acessórios discretos para a ocasião.

— O grande retorno de Luba à Grand.

Vertiginosamente, imaginamos um pequeno folheto anunciando minha primeira apresentação e ficou decidido que, depois de meu único número, no sábado à noite, eu faria apenas uma *lap dance*. Para quem desse o maior lance.

Eu estava animada, confiante de que Chey não se atreveria a aparecer e se intrometer.

E, se isso acontecesse, eu ia exibir cada nervo libertino do meu corpo, mostrando a ele o que estava perdendo agora, provocando até, ostentando a todos os homens tudo o que nunca mais daria a ele. Para provar que não era mais apenas sua potranca, mas uma mulher que todos os homens desejavam.

Havia uma grande convenção corporativa de tecnologia da informação na cidade, no Javits Center, e a boate, naquela noite, estava lotada, com filas de limusines estacionadas junto ao meio-fio, os motores possantes roncando suavemente, motoristas de prontidão e uma multiplicidade de executivos elegantes fazendo fila na entrada, depois de passar pela revista de nossos enormes seguranças.

Enquanto as outras dançarinas se apresentavam, fiquei sentada no camarim, vestida, maquiada e sem ter para onde ir, borboletas dançando tango em meu estômago. Ainda me perguntando se os olhos dele estariam na plateia, assistindo, desejando-me, sentindo minha falta, quem sabe?

Houve um silêncio ressoante quando as luzes se apagaram e assumi meu lugar no palco escuro.

Os alto-falantes despertaram e soltaram minha introdução: "Meu nome é Luba..." Minha voz, meu sotaque russo, minha rouquidão. Eu havia precisado de mais de uma hora para aperfeiçoar essas quatro palavras como uma abertura para a música de Debussy. Eu queria parecer misteriosa, distante, sedutora, a verdadeira essência de mim mesma.

A apresentação correu como num sonho.

Parecia que eu era a única pessoa presente.

Enterrada bem fundo no casulo da dança, uma prisioneira dos holofotes abrasadores, um corpo branco ligado ao círculo quente e vermelho de um sol particular. Até consegui que a gerência desmontasse o poste de dança, para que nada atrapalhasse a visão ou distraísse o olhar implacável dos homens durante meu número.

Eu era a luxúria em pessoa. Era a rainha da noite. Era sexo, peitos, boceta e bunda. Todos os detalhes nos ensaios foram planejados para que cada homem presente me quisesse com paixão, ofegasse, arquejasse, endurecesse feito pedra e me desejasse incontrolavelmente. Eu queria que todos eles ansiassem, que me quisessem mais do que já quiseram qualquer coisa na vida antes de eu subir ao palco da Grand e abrir seus olhos.

Mas, ao mesmo tempo, também dancei para mim mesma, sozinha, ignorando as ondas de ganância sexual que me banhavam, vindas da plateia num calor intenso e que percorriam o palco, meu território.

Deu certo.

Quando saí do palco, sentindo-me segura com a escuridão, o suor vertendo de mim, meu rosto em brasa, o couro cabeludo coçando em solidariedade, minhas entranhas literalmente em chamas de carência sexual, Blanca me olhou de lado e cochichou.

— Aquilo ficou na fronteira do totalmente obsceno e do belo, Luba... Você continua me surpreendendo... — E me deu uma piscadela de cumplicidade.

As outras dançarinas me lançaram olhares curiosos, como se eu as tivesse ofendido pessoalmente ou passado dos limites. Isso não me incomodava. Para elas, dançar era só um trabalho. Para mim, agora, era uma extensão de meu ser.

Pelo sistema de som, eu podia ouvir Blanca no palco, orquestrando entusiasmada o leilão da minha *lap dance* exclusiva.

O nome dele era Lucian e se tornou meu primeiro milionário e minha segunda trepada.

De longe, na Rússia, ou mais especificamente num buraco como Donetsk e a Ucrânia, a Califórnia era um paraíso inatingível. Um lugar idealizado onde o sol brilhava continuamente sobre uma paisagem de mares azuis, palmeiras e riqueza ostentosa. Muito parecido com o Caribe, aonde Chey me levara, mas sem a inescapável pobreza ao redor. Uma terra prometida a que só os gângsteres e suas putas tinham acesso.

E agora ali estava eu.

Cortesia de Lucian, meu extraordinário nerd do software.

Não sei quanto ele pagou pela minha apresentação particular na sala de *lap dance* da boate. Ao fim da noite, Blanca me entregou um maço de notas que nem me dei ao trabalho de contar. Correspondia não só à renda do leilão, mas também ao bombardeio de verdinhas jogadas no palco pelos homens cobiçosos da plateia no fim do meu número. Nunca me dispus a recolher tais gorjetas porque achava ao mesmo tempo indigno e degradante ter de me abaixar ainda nua, com as luzes novamente acesas, e pegar as notas. Blanca sempre cuidava disso para mim. Ela dizia que isso me conferia uma espécie de mística inacessível, outro aspecto meu de que as outras dançarinas se ressentiam profundamente.

A *lap dance* não foi nada excepcional. Ele não tentou me tocar e mal rocei nele, porque ele parecia satisfeito apenas em me ver rebolar e me contorcer a poucos centímetros, com meu biquíni branco e a pele clara, deixando que minhas mãos percorressem, sedutoras, seios, barriga e coxas numa forma de amor-próprio que eu sabia que agradava aos homens, seus olhos ansiosos numa simulação de adoração, nem mesmo o mais leve sorriso nos lábios cerrados. A música que eu havia escolhido — uma faixa do grupo de trip hop inglês Archive — diminuiu até parar e me afastei dele. À meia-luz, não havia como esconder o volume de sua ereção sob a calça cáqui. Seus óculos de armação pesada e antiquada estavam ligeiramente tortos.

— Isso é tudo — falei. — Espero que tenha gostado.

— Você é russa mesmo? — questionou ele.

— Cem por cento.

— Acho as russas lindas. Diferentes.

— Exóticas?

— Não, não foi isso que quis dizer. — Ele parou, como se procurasse as palavras. Fui em seu resgate.

— Todas nós somos diferentes. Como as mulheres de todo lugar. Na verdade, sou da Ucrânia. As mulheres de outras repúblicas soviéticas às vezes têm uma aparência muito diferente. Algumas de nós têm pernas muito compridas, outras têm maçãs do rosto pronunciadas e as da fronteira com a Ásia podem ter olhos mais apertados e bunda mais caída. A variedade é muito grande. Você não deve generalizar.

— Eu sei disso — disse ele. — Mas...

Ele ficou em silêncio. Estava prestes a sair quando ele me chamou.

— Luba é seu nome verdadeiro ou apenas nome artístico?

— É meu nome de nascença, sim. Na verdade, é diminutivo de Lubov, mas ninguém usa muito o nome inteiro.

— Luba — repetiu ele, como se saboreasse cada letra na ponta da língua, como uma iguaria culinária.

Ele tinha pouco mais de 40 anos, mas aparentava ser dez anos mais novo e se vestia de acordo. Fez fortuna desenvolvendo softwares e licenciando-os a algumas das maiores corporações na indústria. Depois investiu parte dos lucros em outras *start-ups*, inclusive Google e Facebook, e não precisaria mais trabalhar pelo resto da vida. Passava grande parte do amplo tempo livre desenvolvendo *role-playing games*, em sua maioria para uso próprio, raramente se dando ao trabalho de levá-los ao mercado. Tinha uma casa enorme e confortável junto ao canal em Venice Beach, onde os amigos e oportunistas entravam e saíam quando bem entendiam. Sua alma nunca amadureceu — ele ainda venerava o altar da beleza e tinha dificuldade para se relacionar com as mulheres.

Bem diferente de Chey. Que, naquele exato momento, havia me deixado marcada e vazia e que devia estar, mais uma vez, fora da cidade em alguma missão ou trabalho ilegal. Do contrário, teria ido ao leilão da Grand esta noite e se mostrado, ou até me implorado para voltar para os seus braços.

— Você dançaria para mim de novo? — perguntou Lucian.

— Não esta noite, certo? — falei. — Foi única. Preciso seguir as regras.

— Amanhã, então?

— Não trabalho todos os dias — respondi.

— Eu pago — acrescentou ele.

— Não é questão de dinheiro.

— Ah...

Ele era só um homem, e naquele momento entendi que eu era a mestre titeriteira.

— Você é de onde? — perguntei.

— Omaha, Nebraska. Mas agora moro na Califórnia.

Quando ele disse isso, de repente, Nova York me pareceu um lugar triste, frio e cinzento, repleto das lembranças de Chey e de tudo o que não tinha dado certo, e eu ansiava por algo novo.

— Vou dançar para você lá — disse a ele. — Me leve para a Califórnia e eu danço.

Seus olhos se iluminaram.

— Com duas condições. — Improvisei rapidamente, notando a reação do homem. — Vamos amanhã, e não posso prometer que eu vá dormir com você. Talvez durma, talvez não. Veremos. Vamos deixar rolar, mas sempre podemos ser amigos.

Ele engoliu em seco.

Era um bom homem, mas uma voz dentro de mim sussurrava maliciosamente em meu ouvido que os homens bons nunca seriam suficientes, e que agora só os maus podiam satisfazer a mim e a minha alma. Mas Lucian, naquele instante, era a segunda melhor alternativa, e eu aproveitaria aquela oportunidade.

Eu sabia que ele tinha dado o maior lance para a *lap dance*, mas nem mesmo suspeitava quão rico ele era.

Só descobri quando passamos pelo terminal VIP do aeroporto JFK e fomos conduzidos a um hangar privativo, onde ele tinha alugado um jato particular que nos aguardava.

Cumpri com minha palavra e dancei para Lucian na enorme sala de estar de sua casa em Venice Beach, que dava para um canal tranquilo. Todas as noites.

Virei sua dançarina particular.

Durante o dia, enquanto ele trabalhava em seu escritório nos fundos da casa, eu saía para uma caminhada pelo calçadão, às vezes esticando até Santa Monica, onde invariavelmente me recompensava com um sorvete no fim do píer. A cada vez uma combinação diferente de sabores, para quebrar a monotonia.

Virei turista na Cidade dos Anjos. Uma entre milhares de mulheres bonitas.

Depois de cada dança, Lucian deixava um maço de notas para mim, mantendo nossa relação como uma transação estritamente profissional.

Por trás de seus óculos, ele assistia aos meus movimentos como uma criança numa loja de doces, sempre constrangido por suas ereções. Eu disse que ele podia se tocar se quisesse, mas era tímido demais para fazer isso em minha presença. Depois de uma semana assim, fui a seu quarto uma noite e dormi com ele. Eu lhe devia isso.

Lucian era bom, mas não passava disso. Ternamente desajeitado, afetuoso e irritante de tão tagarela, embora eu prontamente levasse meus dedos aos lábios e o calasse sempre que seu papo se tornava piegas e sentimental demais.

Tirando o sexo, parecia que eu morava com o irmão que nunca tivera. Depois que me mudei para o quarto dele, continuei a dançar para ele no fim da tarde, mas me recusei a aceitar seu dinheiro. Não parecia mais a coisa certa a fazer.

Mas não fui feita para ser uma mulher de lazer, e a brandura da Califórnia e a personalidade gentil de Lucian logo começaram a me cansar.

— Eu sou dançarina — falei para ele enquanto bebíamos mojitos no terraço de um restaurante elegante no Figueroa Boulevard, uma noite. Eu tinha passado a tarde fazendo compras no centro, mas até as roupas na Califórnia haviam deixado de me entusiasmar. — Preciso dançar para uma plateia, não para um cara só. Ou não me sinto inteira...

Ele suspirou, como se soubesse o que eu tinha em mente.

— A vida é sua, Luba. Não vou impedir.

Fiz com que ele jurasse que não tentaria ir aos lugares onde eu poderia encontrar trabalho. Expliquei que queria manter nossa vida particular e minha carreira profissional estritamente separadas. Ele concordou, com relutância.

Arrumei um emprego na White Flamingo, perto de Burbank. Era uma espelunca, e as gorjetas eram poucas, mas eu podia me perder na dança. Os gerentes suspeitos que cuidavam do lugar não conseguiam controlar as próprias mãos e insistiram que eu usasse uma música mais animada. Eu não estava me enganando: aquilo era *strip*, não era mais dança.

Era como viver em dois mundos separados, ambos cuidadosamente isolados um do outro. As luzes extravagantes da boate de Burbank à noite e as ruas tranquilas e secundárias de Venice Beach e da casa de Lucian durante o dia. Qualquer garota teria ansiado pela última, mas algo dentro de mim era loucamente atraído pelo perigo e pelo glamour da primeira.

Lucian teve de ir ao Canadá para uma conferência em London, Ontário, e eu o acompanhei ao aeroporto. Ele contratou uma limusine para me levar para casa depois que partisse. A cinco minutos do aeroporto, o motorista tinha acabado de sair do Airport Boulevard e tomado uma rua menor que nos levaria pela costa, quando vi um grande prédio decrépito à nossa direita. Uma placa do lado de fora piscava fraca à luz do sol. "SIN CITY" e, sob as letras maiúsculas: "Precisa-se desesperadamente de dançarinas." Mais parecia um galpão extenso, com paredes caiadas e o telhado de ferro corrugado. Pedi ao motorista que parasse, saí e o dispensei.

O gerente era russo. Seu sotaque era do Báltico.

— Você sabe dançar? — perguntou ele. Seu hálito recendia a vodca.

— Sei.

— Ah, *Russki*... — Não havia como esconder o fato depois que eu abria a boca.

— Estou nos Estados Unidos. Aqui falo inglês.

Ele assentiu e me lançou um olhar que eu conhecia. Tirei a roupa e fiquei de frente para ele.

— Peitos pequenos — observou, segurando um deles e verificando sua firmeza. Sua mão era forte e calejada. — Os americanos preferem maiores. Se quiser, podemos pagar por cirurgia, depois você paga de volta em alguns meses. O que acha?

— Não — respondi. — Fico desse jeito. Grande não é meu estilo. — Olhei para ele, em desafio.

— Você tem nome? — perguntou ele.

— Luba.

Ele murmurou, apreciando, e anunciou as regras da casa. Ou o que se passavam por regras — ao que parecia, rolava de tudo por ali.

O demônio em mim queria saber quão baixo eu podia chegar. Será que eu completaria o círculo e acabaria pagando boquete nos fundos da boate, encostada em suas paredes caiadas?

Concordei em começar no dia seguinte. No último número do dia.

Havia um ponto de ônibus na esquina da Sin City e o ônibus me levou até a praia em Venice Beach, com seu excêntrico cortejo de quiosques de camisetas, patinadores e bares vagabundos. Eu estava prestes a pegar uma das ruas que levava aos canais e à casa de Lucian quando minha atenção foi atraída para a silhueta imponente de um louro alto com roupa de corrida saindo de uma loja. Por um momento meu coração parou, mas focalizei o olhar e percebi que não era nada parecido com Chey, só tinha a mesma altura e o mesmo porte.

Enquanto minha respiração voltava ao normal, notei as imagens coloridas que se espalhavam pela vitrine da loja. Era um estúdio de tatuagem.

Seria um sinal? Uma indicação a mais de que minha vida estava prestes a mudar? Para o que desse e viesse.

Entrei.

— Quero uma tatuagem.

O cara, um hippie de cabelo comprido em *dreadlocks*, olhou para mim.

Quando perguntou onde eu queria fazer, a resposta foi imediata.

Eu sabia que era uma criatura formada por sexo e que isto sempre faria parte de mim.

Tirei a saia e a calcinha.

— Aqui. — Apontei a área da minha boceta.

Ele não ficou nem um pouco surpreso e me entregou uma folha com possíveis ilustrações.

— As imagens mais populares aí são de rosas ou golfinhos. Você escolhe o tamanho. Cobro de acordo.

Rejeitei os exemplos.

— Eu já sei o que quero — falei.

E fez-se silêncio.

— O quê? — perguntou ele.

— Uma arma.

Sentei-me na cadeira de couro velho no fundo da loja, que me lembrava a de um dentista. Mas o resto do ambiente era surpreendentemente iluminado, limpo e estéril, quase *high tech* em suas linhas limpas. Eu esperava algo sórdido.

Doeu demais. A maior dor forte que eu já senti na vida.

Um pouco parecido com a sensação de um bisturi cortando lentamente a área de uma forte queimadura de sol. Um meio-termo entre a dor do calor intenso e do frio intenso. Mas também foi terrivelmente sexy, e a umidade se espalhou entre minhas pernas enquanto o tatuador habilidoso, mas aparentemente indiferente, continuava seu trabalho, seu toque leve e delicado como uma pluma.

Ele se afastou e me entregou um pequeno espelho retangular em que minha boceta nua olhava para mim.

E a nova tatuagem bem junto dela.

A arma minúscula.

Até parecia a Sig Sauer de Chey.

Eu estava completa, não mais vazia, e Chey era para sempre uma parte de mim.

A tatuagem abriu algo dentro de mim. Era como se o tatuador tivesse puncionado uma veia, marcado minha alma assim como minha pele.

Era um desenho mínimo. Uma arma, pouco visível de longe. Para os clientes que se sentavam às mesas, a alguns metros dos palcos em que eu dançava, podia ser qualquer coisa. Um símbolo chinês, meu símbolo astrológico (eu era de Áries), uma flor. Mas qualquer homem, ou mulher, aliás, que se aproximasse o bastante, reconheceria o cano da Sig Sauer apontando diretamente para meu sexo.

Percebi uma mudança tanto em mim como em meus clientes a partir do momento em que fiz a tatuagem.

Meus movimentos ficaram mais atléticos, mais ousados. Escolhi uma música mais sombria, dancei "Creep", do Radiohead, e "Voodoo Child", de Jimi Hendrix. Eu rebolava como uma *femme fatale*, me contorcia como se estivesse possuída e mostrava tudo o que tinha vontade. E se os gerentes não gostavam no começo, logo mudavam de ideia quando viam que eu era sempre a principal atração toda noite.

Os homens nos bares e nas boates baratas, para quem agora eu dançava, adoravam. Eu era a perigosa, a louca, a garota selvagem, e quanto mais selvagem eles pensavam que eu era, mais ainda eu me tornava.

Inevitavelmente, Lucian começou a me entediar. Ele trepava de uma entre três maneiras, sempre papai e mamãe, cachorrinho, ou comigo por cima. Sempre na cama, no mesmo horário, nas mesmas três ou quatro noites por semana, com a mesma expressão frágil. E ele metia até ficar esgotado, sem jamais se incomodar em perguntar se eu também chegara ao orgasmo.

Eu não fingia. As garotas nos alojamentos insistiam que isso era o melhor a fazer se você quisesse manter um homem feliz. Eu não dava a mínima. Em vez disso, esperava que ele saísse de cima de mim e adormecesse; depois me virava e eu mesma me levava ao clímax, molhando meus dedos com o sêmen que ele derramara dentro de mim, depois fazendo a dança familiar por meu clitóris até sentir o costumeiro fogo explodir entre as minhas penas, entrando em minha mente e no meu coração.

Quando não estava dançando, ou me masturbando, sentia-me vazia. A Califórnia era animada demais. Depois que a diversão acabou, achei a cidade e seus habitantes vazios. Sentia falta dos invernos frios e da melancolia de Nova York, e até de São Petersburgo. E como não sabia dirigir, era obrigada a ir de táxi para todo lado, o que, apesar da generosidade de Lucian, me irritava e me custava caro.

Eu estava vazia.

Naturalmente podia ter me voltado para as drogas e o álcool como as outras garotas nas boates, que entorpeciam seus sentidos antes e depois de cada turno para fazer o tempo passar e facilitar o *strip*, mas eu tinha pena delas. Comecei a achá-las deploráveis, toda noite cheirando o que ganhavam para aguentarem chegar à noite seguinte.

Mas, muito rapidamente, toda a brilhante cafonice da Califórnia começou a me fazer muito mal, a luz homogênea, a anomia, e percebi que até a minha dança sofria com isso. Com frequência eu simplesmente seguia a rotina e acabava me rebaixando ao nível das outras dançarinas. Estava descendo a ladeira.

Os homens que eu começava a aceitar em minha cama, sempre que sentia necessidade de algo mais substancial do que Lucian, não eram nem mesmo excitantes. Nem ruins o bastante. Eram apenas indiferentes.

Talvez tivesse a ver com minha natureza russa.

A gente fica filosófica com as coisas, até pragmática.

Eu sabia que alguma coisa teria de acontecer.

E aconteceu.

Depois de um número sem graça em uma casa próxima ao aeroporto, cheia de surfistas, motoqueiros vestidos em couro e mecânicos, conheci Madame Denoux.

Ela estava na cidade à procura de talentos nos lugares mais sofisticados de Beverly Hills e Hollywood, depois de uma viagem infrutífera aos palcos infestados de silicone de Orange County, onde as garotas eram mais novas e mais artificiais a cada dia. Seu voo de volta a Nova Orleans ia atrasar por causa do mau tempo no Noroeste e, acomodada num dos hotéis do aeroporto, ela estava passando o tempo, visitando as boates mais próximas por falta de coisa melhor para fazer.

Já havia tomado banho e me vestido depois da apresentação, a boate não estava cheia — a maioria dos surfistas havia ido embora para dormir cedo e pegar as primeiras ondas do dia, e os motoqueiros haviam voltado para suas famílias. Eu rumava para a saída, vestindo apenas uma camiseta velha e um short rasgado, quando ouvi uma voz feminina.

— Ei!

Parei de repente e me virei para a mulher mais velha, de pé junto ao bar, bebendo o que parecia scotch ou uísque.

— Pois não?

— Você é Luba, a russa?

Assenti.

— É um desperdício você estar num lugar como esse, garota.

A mulher tinha um sotaque incomum, americano, mas com um leve arrastar, que mais tarde descobri ser não só sulista, mas de Nova Orleans. Ela era uma cajun de quinta geração.

Seu corpo era voluptuoso, apertado num vestido de veludo verde, seios brancos e fartos derramando-se de sua roupa elegante.

— E eu não sei? — disse. — E daí?

Ela estava dando em cima de mim? Recentemente, isso vinha acontecendo com muita frequência. Seria uma coisa da Costa Oeste? De vez em quando, eu ficava tentada a experimentar, mas, como a maioria das mulheres que mostrava interesse em mim tinha sido barista nas várias boates ou, mais raramente, dançarinas, teria sido estranho. Nunca misture prazer com negócios, alguém me disse certa vez.

— Sou dona de um lugar. No French Quarter, em Nova Orleans, onde moro — disse ela, entregando-me seu cartão. Era vermelho-claro com a tipologia preta. Só o que dizia era "The Place" e trazia um número telefônico. Observei-o com estranheza.

— É bem exclusivo — acrescentou ela. — Não é aberto ao público. Costuma ser só para convidados. De classe.

Acenei para o atendente do bar da noite e pedi um chá gelado.

— Você tem a minha atenção — falei para Madame Denoux, depois de trocarmos um aperto de mão formal e ela me dizer seu nome.

— Luba. É um ótimo nome. É seu nome mesmo?

— É.

— Tem boatos correndo por aí sobre você, viu? Você esteve em Nova York, dançava na Grand, certo? Depois sumiu. Minha amiga Blanca ficou atormentada, pelo que soube. Alguma razão?

— Tenho meus motivos — comentei.

— Geralmente é problema com homem, não?

— Muito perceptivo da sua parte. — Forcei um sorriso.

— De qualquer modo, isso não é da minha conta. Mas as dançarinas são. Que coincidência encontrar você aqui...

Sorri.

— Nós, russos, acreditamos no destino. Sempre foi assim.

Ela colocou o copo no balcão com determinação.

— Gostaria que você trabalhasse para mim — declarou.

— The Place?

— Isso. Ficamos numa área discreta e sossegada no Vieux Carré. Uma apresentação por noite, apenas quatro dias na semana. Digamos, um contrato de três meses. Certamente vamos fazer valer seu tempo. Depois disso, você pode ficar, ou posso te arrumar contatos internacionais, se você quiser seguir em frente. Você tem classe, embora eu ache que não estava em sua melhor noite hoje, estou certa?

— Não estava mesmo. Só dançar? Sem atividades extracurriculares obrigatórias?

— Uma ocasional *lap dance*, para clientes específicos. Há outras possibilidades, mas isso é assunto para depois. Acho que você tem classe e percebo que o que oferecemos também pode ser artístico. Muito mais do que a simples nudez.

Ela me olhou de cima a baixo, não como um açougueiro avaliando uma peça de carne, mas como uma *connoisseur* em busca de coisas intangíveis.

Uma semana depois eu estava em Nova Orleans, minhas roupas e a bolsa cheia de peças de âmbar guardadas no frágil armário de bambu de um quarto asseado numa pousada familiar em Métairie.

Quando contei a Lucian que ia deixá-lo, ele não pareceu surpreso. Era quase como se esperasse minha partida. Creio que, no fundo, ele sempre soube que eu só estava de passagem e que só tinha ficado com ele esse tempo todo por dinheiro. Não estava inteiramente errado, é claro, mas eu tinha muito afeto por ele mesmo assim. Ele foi o homem certo na hora certa, mas as coisas mudaram rápido, e meus demônios assumiram o controle, reconhecendo que ele não era meu futuro. Generosamente, ele me deu sua bênção e me desejou boa sorte. Concordamos em manter contato, mas nunca o fizemos.

Mais uma vez, eu vivia para dançar, voltando ao meu ambiente e à música clássica, sem sequer tentar deixar alguém excitado, à vontade comigo mesma e com o que eu fazia.

Era véspera de Ano-Novo, só restavam algumas horas no último dia de dezembro. Eu estava quase tocando janeiro. Estava terminando minha apresentação, a música lentamente desaparecendo, impressionista, como pontos isolados numa paisagem. Despertei do sonho de meu passado e meus olhos caíram na bela ruiva sentada com seu companheiro em meio à plateia esparsa. E vi como ela olhava para mim, como se eu fosse um espelho.

5
Dançando com amantes

Sua conduta era a de um animal preso a uma coleira.

Era um poço de energia malcontida, fervendo em fogo baixo, uma combinação de substâncias químicas esperando por uma faísca de ignição.

Eu não tinha mais tempo para bancar a espiã, pois as últimas notas de Debussy escapavam dos alto-falantes e os holofotes mergulhavam no breu depois do branco intenso.

O silêncio tomou conta da plateia, como sempre acontecia em resposta ao caráter físico e erótico de meu número: seu término abrupto e a escuridão repentina pareciam se deslocar do palco e atravessar a pequena plateia como uma neblina, a surpresa abafando a fala por alguns momentos enquanto eu recolhia meu vestido e rapidamente me escondia atrás das cortinas dos bastidores, com o cuidado de não fazer barulho nenhum.

Madame Denoux esperava por mim na coxia, apenas o bico branco de sua máscara visível e brilhando em meio às sombras como um farol agourento. Cobriu minha nudez com uma capa de estampa de oncinha, minha deixa para voltar correndo ao palco para receber os aplausos. A voz dela saía sussurrada no sistema de som, dirigindo-se ao público com o mesmo caráter misterioso de uma rainha do vodu de Nova Orleans: "Mostrem seu apreço por Luba."

Este era outro sinal que me distinguia das demais garotas, que permaneciam no palco depois da apresentação, iluminadas pelo holofote para receber os aplausos e os gritos da plateia.

Em vez de sugerir que eu mudasse meu estilo para atender às expectativas, Madame preferia destacar meus diferenciais. Acreditava que uma segunda e breve visão do meu corpo vestido em pele de animal, iluminado apenas por um clarão, exaltaria minha imagem na mente dos clientes — devassa, rebelde, única — para que eles inevitavelmente voltassem, preparados para outra dose de sua droga preferida, Luba.

Era uma estratégia a que eu aderia satisfeita, no mínimo porque me deleitava com aquele tributo breve, mas veemente, todos os olhos concentrados em mim, ardentes.

Essa noite, aproveitei meus últimos segundos no palco para dar uma última olhada na ruiva e em seu belo companheiro.

Eles agora estavam completamente consumidos um pelo outro. A expressão dela era animada, palpável no pequeno círculo de espectadores. Ela irradiava animação, sua pele clara reluzindo como uma opala com o fogo de sua cabeleira.

Ele olhava para o rosto dela com um misto de avidez e satisfação, como se até então estivesse esperando por algum sinal dela, que agora recebia. Os dois mal se tocavam, mas a intensidade do desejo de um pelo outro era tão evidente que a visão dos dois sentados juntinhos, comportados e vestidos, mas evidentemente sem recato nenhum no pensamento, era quase pornográfica.

A escuridão voltou quando os aplausos esmoreceram e parei por alguns instantes a mais na penumbra da lateral do palco, ávida por observar o casal. Sua reação ao meu número me parecia importante.

De meu canto na penumbra, vi que eles estavam imersos numa conversa, mas não conseguia distinguir nada, por mais que tentasse acompanhar seus lábios — que se curvavam com sensualidade em torno de cada palavra silenciosa.

Madame Denoux se aproximou e se dirigiu ao homem. À mesa, eles travaram um breve diálogo que deixou a mulher vermelho-escarlate.

Ele e Madame se afastaram da mesa e saíram do meu campo de visão. Continuei observando a mulher, vendo sua pele passar por uma miríade de tons e seu corpo se contorcer, reagindo de acordo com a situação; vermelha de vergonha, pálida de medo, tensa com a crescente excitação, e com as costas eretas de orgulho.

The Place fornecia apenas um serviço adicional, até onde eu sabia: *lap dances*, embora Madame as chamasse de "danças particulares", que ela considerava um termo mais refinado.

Será que o casal havia pedido uma apresentação exclusiva? Isso explicaria o comportamento da mulher e o desaparecimento do homem com Madame. Ela sempre passava o cartão de crédito do cliente antes de entregar a mercadoria.

Normalmente, as danças particulares me entediavam e eu só aceitava fazê-las de vez em quando porque as gorjetas eram boas, porque era o esperado de minha parte e porque minha aquiescência ajudava a garantir a boa fama de minha empregadora.

Mas a ideia de transar com o homem e a moça provocou um arrepio lento por minha coluna.

A ferocidade dele. A docilidade dela. A visão dos dois loucamente envolvidos. O gosto que cada um podia ter.

Meu coração acelerou descontroladamente conforme eu imaginava as possibilidades a caminho da proteção do camarim, que agora estaria livre de todas que o usavam. As outras dançarinas já teriam partido para as ruas ou para suas casas, em busca de tranquilidade ou agitação antes que a véspera de Ano-Novo começasse de fato.

Voltei a meu lugar diante do espelho para limpar a pele e relaxar a mente, vendo pouco sentido em especular sobre os hábitos de meus admiradores misteriosos. Se eles haviam solicitado um número mais íntimo, eu logo seria avisada; e como Madame Denoux proibia terminantemente qualquer contato sexual entre clientes e dançarinas, fantasiar com algo além de uma *lap dance* com o intrigante casal só ia me levar à frustração.

Sem o zumbido da movimentação habitual, o camarim parecia sem vida, solitário, até que as meninas da noite seguinte chegassem e trouxessem com elas a algazarra constante de fofocas, trajes finos farfalhando, joias chacoalhando, sons de bolsas de maquiagem se abrindo e fechando.

A rara quietude me fazia bem e era um dos motivos pelos quais eu sempre me oferecia para trabalhar nos últimos turnos.

Eu usava o mínimo de maquiagem, mas sempre completava a rotina de limpeza antes de vestir roupas mais informais para voltar para casa. Era assim que passava de minha *persona* no trabalho para o que sentia ser minha identidade comum. Quanto mais crescia meu amor pela dança, mais as duas coisas se misturavam, até que eu não sabia onde terminava a Luba do dia e começava a Luba da noite, um fato que conferia uma importância ainda maior ao meu pequeno ritual.

Passar um chumaço de algodão no rosto não me distraiu do jeito que eu esperava. A tempestade de fantasias e lembranças continuou, uma procissão interminável de imagens dançando pela minha mente.

Primeiro, Chey e eu, entrelaçados em todas as posições possíveis, depois a mulher com o cabelo de fogo, e o homem, que acendia seu pavio. Seus corpos se contorcendo, virando-se, trepando com tal violência que era difícil dizer se eles completavam um ao outro ou se destruíam, ou talvez as duas coisas ao mesmo tempo.

Eu já tinha me sentido assim.

O calor entre mim e Chey jamais arrefecera, provavelmente porque não passamos tempo suficiente juntos para enjoarmos um do outro.

Aqueles primeiros dias no apartamento dele na Gansevoort Street ou no resort da República Dominicana foram como uma maratona de sexo incessante. Só saíamos da cama quando era absolutamente necessário comer ou tomar banho. Quando tais necessidades não podiam mais ser adiadas.

Ainda assim, eu havia passado refeições sem calcinha ou usando quaisquer dispositivos que Chey tivesse comprado para a ocasião; um extraordinário plugue anal de vidro, ou um consolo com controle remoto que vibrava dentro de mim sempre que ele apertava o botão guardado em seu bolso.

Estivera quase certa de que seríamos expulsos de um bar em La Caleta, quando, certa vez, ele insistira em se sentar ao meu lado no reservado, para beber coquetéis com guarda-sóis cor-de-rosa. Seu braço parecia estar apenas nas minhas costas, mas na realidade seus dedos estavam enfiados fundo em meu ânus enquanto os demais turistas à nossa volta continuavam inteiramente inconscientes disso.

Pelo canto do olho, notei uma centelha de movimento. Era Madame Denoux de novo, ainda de máscara e com seu vestido longo vermelho-sangue. O veludo se misturava tão bem à decoração da The Place que ela parecia um fantasma, como se não fosse a proprietária do estabelecimento, mas parte dele. Até em casa ela conservava um ar misterioso e uma sugestão do macabro que me preocupava: talvez, se eu ficasse nesse ramo por tempo suficiente, acabaria da mesma forma, incapaz de separar uma identidade da outra.

Ela parecia extraordinariamente satisfeita consigo mesma. Eu havia aprendido a julgar seu estado de espírito para além dos trajes, e até os pensamentos que flanavam por sua mente exótica, observando o jeito peculiar com que ela retesava ou relaxava o corpo.

A dança havia me deixado mais sintonizada não apenas com meu próprio corpo, mas também com o dos outros. O motivo do bom humor de Madame era sem dúvida o casal, e imaginei a grande soma que ela conseguira arrancar deles por serviços que presumivelmente ainda seriam prestados. Mas ela não tinha perguntado se eu toparia uma dança particular, e não parecia estar prestes a verbalizar uma pergunta.

Não. Ela guardava outro segredo e, qualquer que fosse, resolvi descobrir.

O único ponto fraco que eu encontrara na armadura impenetrável de discrição de Madame Denoux era seu orgulho. Ela gostava de se gabar de seus feitos.

— Uma moça muito impressionante — falei, abastecendo a fornalha de seu ego. — Fascinante.

— Não tente ser sutil, Luba. Não combina com você.

— Estou só curiosa. É normal, não?

— Bem, se conseguir ser paciente, você mesma verá — respondeu ela com presunção. Ela me deu a opção de apresentar uma dança mais cedo para que pudesse sair e comemorar o Ano-Novo, mas recusei. Eu não era supersticiosa, e essa data tinha pouco significado para mim.

Parei, sabendo que ela ia preencher o meu silêncio se eu esperasse um pouco.

Então, ela continuou.

— Eu tinha certeza de que ele ia pedir para passar um tempo com você, sabe. Mas tudo o que ele queria era ver a própria mulher dançar. Estranho. Justo quando pensamos que conseguimos entender os homens eles ainda nos surpreendem.

Fiquei ligeiramente magoada por ele não ter solicitado minha companhia. Estava claramente envolvido com a garota. Mas fiquei intrigada com o pedido de vê-la dançar. Em público. Nua. Lembrei-me da reação de Chey quando descobriu em que eu estava trabalhando. Seu choque e sua raiva.

Que tipo de homem, perguntei-me, chegaria a pagar para que sua mulher se despisse diante de uma plateia?

O tipo de homem que eu gostaria de conhecer, concluí.

— Então eles vão voltar amanhã? E ela vai dançar?

— Sim. Às duas da manhã do dia de Ano-Novo.

— A dança de um novo começo, ou de um fim? — Refleti em voz alta, fascinada com a psicologia dos dois estranhos que agora estavam incrustados em meus pensamentos.

— Às vezes você é tão melodramática, querida... É um hábito destrutivo. A curiosidade matou o gato, sabia?

Por um breve momento, perguntei-me se a ruiva iria mesmo até o fim. Mas eu sabia instintivamente que ela já havia se decidido, como eu me decidira na primeira vez, muito antes de subir ao palco. O desafio e a possível humilhação faziam parte da emoção.

Abandonei meu ritual de limpeza, guardei meus poucos pertences rapidamente e fui para casa. Eram quase quatro horas, àquela hora sossegada em que o ar parece leve e a atmosfera, estendida, como se preparasse para o nascimento do sol.

A maior parte do restante do dia foi passada num grande marasmo. Cochilei na cama e li bastante sentada na cadeira perto da janela.

Mas, novamente, não consegui dormir, e conforme a tarde se transformava em noite, comecei a ficar inquieta. Abandonei o livro surrado e voltei ao trabalho.

Eu não estava acostumada a não ter o que fazer e, como tinha algumas horas livres, resolvi passá-las planejando figurinos em meio às araras de roupas de uma parede a outra que Madame Denoux colecionara com o passar dos anos, e ensaiando um novo número. Seria a primeira apresentação em que eu adotaria um acessório de palco. Pretendia me vestir como uma pomba e me apresentar numa gaiola dourada pendurada no teto, e então me libertar das grades e dar uma pirueta como se estivesse em pleno voo, presa por um arnês invisível. Eu tinha muito orgulho da coreografia que imaginara numa das muitas noites insones em que eu me revirara na cama, febril em meus pesadelos, ou acordada, pensando em algo para afastar Chey de meus pensamentos.

O tempo passava devagar. Voluntariamente presa em minha gaiola no camarim, senti que fazia parte de outro mundo, um mundo nebuloso em que minha mente habitava o espaço entre o sono e a vigília, a dança e a quietude, e minhas lembranças eram apenas uma confusão de imagens que poderiam estar no *Kama Sutra*. Mal percebi os sons abafados dos fogos de artifício ao longe e os gritos que enchiam o bar, à medida que o número planejado por Madame para o grande final chegava a seu clímax e o Ano-Novo oficialmente começava.

A voz da garota me tirou de meus devaneios.

— Prefiro dançar pelada — disse ela, endireitando visivelmente as costas numa tentativa de ganhar altura e autoridade com sua postura.

Madame estava tentando fazê-la vestir um de seus trajes elaborados, mas a moça queria aparecer completamente nua desde o início. Parecia que a ruiva se considerava boa demais para o *striptease*.

Ela dançaria pelada, mas não tiraria a roupa para ninguém.

Perguntei-me mais uma vez que tipo de relação ela teria com o homem que providenciara para que ela dançasse para ele. O orgulho dela e o aparente desejo dele de possuí-la pareciam-me uma estranha combinação.

Ela podia ter vencido o primeiro *round*, mas havia subestimado Madame Denoux, que era teimosa feito uma mula e jamais permitiria que uma dançarina levasse a melhor. Num piscar de olhos, ela apareceu com a caixa forrada de veludo que eu tinha visto junto da bijuteria do figurino e da qual até pensara em fazer uso eu mesma, mas jamais o fiz, temendo ser atrevimento demais, até para a The Place.

— Você vai usar isto. É o que o seu benfeitor prefere.

Do refúgio de meu canto no camarim, de onde eu sabia que ela não podia me ver, observei, com a respiração suspensa, Madame Denoux supervisionar os preparativos da ruiva. Vi como ela se encolheu quando Madame prendeu as joias corporais contidas na caixa de madeira — os anéis nos mamilos, as finas correntes de metal em seus lábios vaginais — e por fim, decisivamente, quando ela inseriu o plugue anal. Enquanto Madame a levava ao palco vazio, saí do camarim e segui na ponta dos pés descalços pelos corredores estreitos até o fundo do salão, onde fiquei na escuridão absoluta. Eu estava começando a ficar cansada. Havia sido uma longa noite, meus braços e minhas pernas estavam rígidos depois de passar tempo demais na gaiola. Mas eu queria muito assistir àquilo.

Podia ver os ombros fortes do companheiro da jovem, sentado mais à frente, contra a luz fraca do palco, e lamentei não conseguir me esconder nas coxias e observar tanto as reações dele como a dança da mulher.

A cortina de veludo pesado se abriu.

A ruiva exibia em sua expressão um misto de medo e orgulho quando o brilho do holofote explodiu, destacando sua solidão na ilha deserta do palco.

O fogo vermelho e feroz de seus pelos pubianos parecia um alvo, para onde meus olhos eram atraídos.

Ela hesitou por um segundo até que o sistema de som ganhou vida, e um ar de pânico se espalhou por seu rosto branco quando ela percebeu que ainda estava imóvel.

Escolhera uma música erudita para dançar. Eu já a ouvira mil vezes, mas a princípio não consegui reconhecê-la, até que, repentinamente, visualizei a capa do disco abrigando sua versão em vinil, nos tempos das salas de ensaio das aulas de balé em São Petersburgo. Uma imagem pastoril, de aparência medieval, provavelmente da escola holandesa de pintura, com camponeses arando um campo e ninfas de coxas grossas vagando pela margem de uma floresta. *As Quatro Estações,* de Vivaldi. Nunca havíamos dançado com ela porque nunca fizera parte de repertório nenhum.

Não era música para dançar.

Perguntei-me por que nossa artista convidada a escolhera. Talvez o homem tivesse decidido por ela.

Os primeiros movimentos foram inseguros. A nudez lhe vinha com facilidade e ela ficou ereta, as costas firmes, quase em posição de desafio, confiante no poder de seu corpo. Mas havia uma falta de jeito inicial no movimento dos braços, fora de sincronia com as pernas, a pélvis gingando suavemente com a melodia. Não havia dúvida de que ela era musical, mas parecia não ter um treinamento em dança a que recorrer enquanto tentava acompanhar o som com toda a dignidade que conseguia reunir e combinar elegância com erotismo, ao mesmo tempo controlando o plugue que a preenchia impiedosamente e limitava seus movimentos ao contrair as nádegas para mantê-lo ali — embora não precisasse, uma vez que tais implementos costumavam permanecer onde eram colocados.

É claro que nós nunca havíamos sido submetidas a plugues anais no treinamento do balé, mas havia uma instrutora em particular, uma mulher magra e má de rabo de cavalo que arrancava nosso couro, que muitas vezes ordenara que imaginássemos estar usando um desses objetos. Corávamos intensamente, mas não nos esquecíamos disso, um recurso perfeito quando se tratava de manter a postura com um toque de graça.

Ela começou a relaxar, seus movimentos se afrouxando à medida que o próprio corpo se entregava à música e ao momento.

Seu rosto era um turbilhão de emoções conforme ela entrava no clima da apresentação, passando da apreensão inicial à aceitação resignada e assumindo plenamente os ditames de sua volúpia; seus fluidos internos sem dúvida começavam a correr e irrigavam sua alma e o poço fundo de seus desejos. Cada gesto se tornou mais suave, menos tenso, resvalando nas margens da obscenidade e da beleza ao manter os olhos fixos no homem na plateia para quem se exibia, mais do que nua e exoticamente adornada, despindo para ele a própria essência de seu coração como uma oferenda, um sacrifício.

Reconheci todas aquelas fases. Eu também as vivia quando dançava. Fingindo que era para Chey.

Abrindo a mim mesma.

A tentação era grande demais. Passei furtivamente pelo bar, permanecendo na escuridão, e encontrei um novo lugar, de onde finalmente pude observar o homem — Madame Denoux deixara escapar que o nome dele era Dominik — enquanto ele assistia à dança e sucumbia à vertigem das emoções mais secretas da ruiva.

Ele estava hipnotizado pelo espetáculo da dança de sua companheira; a boca entreaberta, a respiração presa, as belas feições marcadas com crueldade e anseio, ao mesmo tempo escravo e controlador.

Eu conhecia aquele olhar.

Fechei os olhos brevemente e imaginei a expressão de Chey quando ele montava em mim, o balanço elegante de seu tronco, o ângulo agudo de seu pau duro, o aroma fraco de seu hálito e de seu calor.

E entendi que, sempre que me apresentava no palco, desde que disparara aquela arma e fugira do porto seguro de seus braços, eu apelava para que ele me tomasse, me preenchesse, me abrisse até me fazer ofegar. E a maneira cada vez mais pornográfica com que eu me portava em todos aqueles palcos era apenas um grito desesperado, um substituto para o sexo que me definia, que me tornava inteira.

A jovem ruiva finalmente parou, as pernas afastadas, o peito arquejante, os pequenos anéis presos aos mamilos tremendo imperceptivelmente com a lembrança de seu balanço, os lábios cerrados, inchados e volumosos, todo o sangue deslocado em seu corpo para as zonas erógenas.

Ela andou para a lateral enquanto o refletor foi desligado.

Agora eu sentia inveja dela.

Porque sabia que, quando ela saísse da The Place e voltasse ao quarto de hotel onde o fascinante casal passaria a noite, o homem, Dominik, ia pegá-la. Treparia com ela, imprimiria sua alma nela de um jeito selvagem. E eu queria ser aquela mulher, queria que fosse eu nos braços de um homem forte, até mesmo mau, me excitando, me punindo, brincando cruelmente comigo, me satisfazendo.

Na manhã seguinte, levantei cedo e fui até o Mississippi, caminhando por todo o trecho da Jackson Square até o grande shopping, passando pelo Aquarium, pelo Imax Theater e pelos atracadouros para os grandes barcos a vapor de turistas, o *Creole*

Queen e o *Natchez*. O ar estava repleto de cheiros à medida que as longas barcaças desciam pesadamente o rio como monstros pré-históricos. Resquícios das festividades de Ano-Novo estavam sendo retirados, embora o cheiro de cerveja estivesse entranhado nas sarjetas da Bourbon Street. O céu estava cinzento e tive de vestir um moletom. Gaivotas pairavam acima das águas. Quando cheguei ao fim do rio resolvi voltar para o Café du Monde, em cuja calçada um palhaço enchia balões em formato de salsicha. Atravessei a praça e, cruzando a Dauphine, fui para a boate. Madame Denoux também costumava acordar cedo, e a encontrei fazendo contas num antigo livro de duas colunas — ela não levava jeito com computadores.

— Não é seu dia de folga? — indagou, quando bati na porta aberta de seu escritório.

— É — confirmei. — Mas queria conversar.

— Isso parece ruim.

— Na realidade, não. Só bater um papo.

— Então fale, criança. — Ela finalmente pôs de lado o livro contábil e me deu toda atenção.

— Acho que preciso de uma mudança — declarei.

— Ah, vocês, russas, sempre em movimento. Então já se desencantou de Nova Orleans?

— De forma alguma, eu adoro esse lugar. É único. Eu poderia passar a vida inteira aqui. Sou... eu. De algum modo dançar não me basta. Preciso de mais. Mas não sei exatamente o quê — expliquei.

Madame Denoux sorriu.

— Posso refazer uma proposta, Luba?

— Claro.

— Prometa que não vai ficar chocada, nem ofendida.

— Você já não me conhece bem o bastante para saber que não vou ficar?

* * *

Eu sabia que Madame Denoux tinha bons contatos. Suas ausências frequentes de Nova Orleans a negócios e os visitantes misteriosos que nós, as dançarinas, víamos procurando por ela durante o dia enquanto ensaiávamos, todos trancados em seu escritório, confirmavam essa impressão.

— Você gosta de homens? — Ela me olhou diretamente nos olhos e parecia mais uma declaração do que uma pergunta.

— Gosto — respondi. — Mas não vou me prostituir. Isso está completamente fora de cogitação.

— Ótimo — observou ela. — Porque não se trata disso.

— Vá direto ao ponto — exigi, irritada por ela aparentemente estar fazendo rodeios.

— Sim — continuou ela —, haveria sexo envolvido, e isso pode ser interpretado como sexo em troca de dinheiro, mas, a nossos olhos, os seus, os meus, será sexo como beleza, como arte. É por isso que nossos clientes pagam, certo? Quando vêm assistir a você e às outras meninas dançando. A ilusão do sexo. Bem, a ideia é dar a eles muito mais do que uma ilusão. Levar a questão a uma etapa adiante, para além da mera provocação. E existem homens que pagarão verdadeiras fortunas por isso.

Ela estava fazendo um apelo à artista dentro de mim. Porque, mesmo quando eu dançava e me tornava uma criatura impelida pelo sexo e pelo desejo inenarrável, também me considerava acima da ralé, expressando-me na dança sem inibição. Outras pessoas não reconheceriam isso como arte, mas eu sim, ou pelo menos era como justificava meu envolvimento em todo aquele jogo.

— Você ficaria com homens — disse ela. — Como você, eles são igualmente bonitos; seus corpos, primorosos e elegantes e feitos para o amor. E gente rica vai pagar para ver vocês juntos. Sem artifícios, sem truques. Como a sua dança, aconteceria bem no centro dos refletores para que todos os movimentos fossem vistos, cada gota de suor, para que ouvissem cada som que vocês emitissem, observar cada tremor correndo pela sua pele enquanto você trepa. Conheço você, Luba. Seria perfeita. Eles vão te adorar.

Prendi a respiração, fantasias loucas disparando pela minha mente ao tentar me acostumar à ideia.

"Interessante" foi a única palavra que chegou aos meus lábios.

— Existe uma rede em operação, da qual faço parte. Meu estabelecimento, em algumas poucas ocasiões, abrigou esse tipo de entretenimento para um pequeno círculo de convidados exclusivos, mas quem se apresentava sempre era trazido de fora, especializado numa área de atuação. — Ela mordeu os lábios, a lembrança desses eventos diante de seus olhos. — Por duas vezes oferecia à Rede dançarinas que eu havia descoberto ou colocado sob minha proteção. As duas estavam dispostas, mas não se saíram bem. — Ela suspirou.

— É seguro? — perguntei.

— Completamente. Todos os artistas fazem exames regularmente, sejam homens ou mulheres. É indispensável. Os critérios são rigorosos, nem todos são escolhidos...

Ela se calou por um momento e vi um poço de pesar nublando suas feições impecavelmente maquiadas.

— O que foi? — perguntei, sentindo a mudança no estado de espírito.

Ela respirou fundo e confessou.

— Eu costumava fazer parte desse circuito. Quando era mais nova. Por poucos anos. Não me arrependo de nada. Ganhei o bastante para adquirir este estabelecimento quando me aposentei. Jamais esquecerei aqueles anos...

Do lado de fora da janela de seu escritório, um típico aguaceiro de Nova Orleans caía no French Quarter, lavando os pecados da cidade sob uma grossa cortina de água, como a de um palco.

— O que eu tenho de fazer? — perguntei a ela.

A escola de treinamento ficava em Seattle. Era um antigo depósito, reformado e convertido em estúdio particular de dança a uma curta caminhada do Pike Place Market e das longas escadas que desciam até a beira da água.

Foi ali que aprendi outros ofícios da minha curiosa profissão e conheci os três homens que iam me comer pelos 18 meses seguintes, enquanto viajávamos pelo mundo separadamente e atendíamos a exigências do público para fazer o serviço, num sortimento de palcos construídos às pressas e em locais alternadamente obscuros e muitas vezes glamorosos para uma plateia pouco numerosa.

Jamais me disseram seus nomes, e eu nunca perguntei. Tampouco conheci as outras mulheres que também faziam parte da Rede — a Rede do Prazer, como eu mesma denominei por diversão.

Fiquei hospedada num hotel moderno, no último andar de um prédio bem alto, de onde podia ver algumas das ilhas distantes no Puget Sound. Ficava a uma curta distância a pé do estúdio onde eu me apresentava diariamente às nove horas, como uma funcionária que batia ponto. Fui pesada, medida, submetida a exames médicos e fotografada de todos os ângulos e perspectivas possíveis. Depois de alguns dias, tive permissão para expressar uma opinião sobre quais fotos minhas deveriam ser incluídas no catálogo da Rede. Minhas únicas interlocutoras em todas as sessões em Seattle eram duas mulheres de meia-idade, invariavelmente vestidas em severos terninhos cinza e blusas brancas abotoadas até o pescoço. Eram tão parecidas que eu as chamava de A e B.

O catálogo, depois que uma nova versão foi impressa para me incluir, também trazia outras seis jovens, mas nenhuma delas morava em Seattle, nem visitou a cidade durante minha estada lá. Ao que parecia, uma vez que tivéssemos recebido treinamento, não era necessário nenhum curso de atualização. Todas eram lindas a sua maneira, algumas exóticas, outras pequenas imagens da perfeição: uma menina asiática parecia tão pequena que caberia numa bolsa de viagem. Eu não era a única loura, mas era a única com seios naturais e com uma arma tatuada num lugar estratégico. Das outras meninas, apenas uma delas tinha tatuagem aparente. Dizia "Espiã na Casa do Amor" em caracteres góticos na base de suas costas. Nossos nomes foram listados, mas imaginei que a maioria usasse nomes artísticos. Continuei sendo Luba. Não queria ser mais ninguém. A executiva de terninho cinza que me perguntou o nome que eu queria adotar simplesmente grunhiu quando respondi.

Não pude ficar com uma cópia do catálogo. A distribuição era estritamente confidencial, exibindo fotos de todas nós, vestidas e nuas, nossos dados e outras informações verificáveis, junto com um menu de três cenários.

Apenas três homens estavam relacionados no fim do catálogo. Mas seus nomes não eram citados. Depois de ter sido admitida no programa de treinamento em Seattle, deram-me mais ou menos um dia para pensar em cenários específicos nos quais eu faria amor à plena vista do público com cada um daqueles homens. Minhas duas guardiãs também deram várias sugestões, para o caso de me faltar imaginação. Algumas de suas ideias eram ultrajantes, outras tediosas, e outras ainda embaraçosas em sua falta de erotismo. Mas as duas mulheres tinham muitos anos de experiência e pareciam saber o que a clientela rica da Rede queria ou do que gostava.

De acordo com o que elas falaram, pensei em três números.

E o homem com quem eu apresentaria cada número quando chamada a fazê-lo (e os preços listados para cada número no catálogo não eram deste mundo, pareciam beirar a loucura, na minha opinião) seria batizado para sempre com a história que protagonizaríamos.

Havia o Tango.

O Sacerdote Inca.

E — como eu poderia desperdiçar todos aqueles meses de treinamento na Rússia? — o Instrutor da Escola de Balé.

Também insisti para que cada número começasse com minha coreografia e que eu escolhesse a música. Eu queria que fosse mais do que um espetáculo absurdamente caro de sexo ao vivo. Queria oferecer qualidade aos clientes em troca de seu dinheiro.

Tendo estabelecido esses parâmetros, os homens que iam me comer foram convocados, e tivemos 48 horas juntos para aperfeiçoar nosso número, vigiados pelas senhoras de terninhos cinza, tomando notas e até dando opiniões, se julgassem que não correspondíamos ao padrão aceitável.

Comecei com Debussy. As notas limpas da música, no ritmo indolente do mar, sempre me lembravam de Chey. E aquela lembrança, firmemente alojada em minha consciência, seria uma divisória, impenetrável como qualquer castelo, garantindo que o sexo anônimo continuasse a ser um trabalho e não um estudo da intimidade. Eu daria meu corpo aos homens, mas minha mente continuaria sendo só minha.

Primeiro, eu demonstraria o tango.

Era uma das únicas danças de salão com a qual eu estava familiarizada. Por sua natureza rebelde e erótica, o tango parecia uma opção natural.

Em São Petersburgo, aprendemos o que um de nossos cadernos de exercícios chamava de tango russo, com discos de Pyotr Leshchenko. Ele ainda era considerado contrarrevolucionário por alguns, e a professora que tocava suas músicas e nos ensinava os passos só o fazia quando outros professores, de posturas eretas e olhares frios, estavam ocupados fazendo anotações de aula ou demonstrando a quinta posição para grupos de estudantes mais novos.

Para mim, a voz de Pyotr Leshchenko era repleta de tristeza, com um anseio pelo amor perdido, e tão logo fiquei sabendo que as gravações eram proibidas, os movimentos e a música naturalmente foram marcados em meu cérebro de imediato. Foi um aprendizado estimulado pelo fogo da rebeldia e, portanto, jamais esquecido.

Segundo o catálogo, meu parceiro era versado num estilo argentino, um tanto diferente. E eu sabia que, enquanto durasse nosso número, eu teria de ser conduzida por ele para aderir à tradição emocional da dança e também para acompanhá-lo.

Mas eu pretendia que apenas meu corpo o seguisse. Ele não me controlaria, não poderia me controlar. Anos de treinamento no balé tinham me dado a postura impérvia de um atiçador e sabia que naquela sala eu podia me sustentar sozinha. Eu era uma escrava da dança, e não do homem. Ele era um acessório. Uma visão da luxúria. Um objeto de cena e nada mais. O Tango era meu espetáculo, e meu parceiro estava ali simplesmente de carona, um entre uma dezena de homens escolhidos apenas com base em seus atributos físicos e sua adequação ao papel.

Mantive meu orgulho como um escudo mental.

As assessoras A e B não pareceram se comover com minha apresentação solo. À medida que o som do mar desaparecia, começava o tango, com um ritmo tão diferente da peça de Debussy como a noite era do dia. Passar de uma batida à seguinte era como viajar das águas frias do norte europeu às praias quentes da América do Sul, e a mudança na temperatura elevava a pulsação de meu coração expectante do que viria em seguida.

Meu parceiro saía dos cantos escuros do palco como uma espécie de sombra demoníaca trazida à vida. O homem que ia me comer. Era a primeira vez que eu o via, tendo pulado de propósito as fotos no catálogo a fim de, ao mesmo tempo, preservar o caráter teatral de nosso número e não desenvolver qualquer ligação com ele. Ele seria tão somente o Tango.

Sua expressão era bravia; sua postura, implacável ao entrar no clarão do holofote.

Ele segurou minha mão. Puxou-me para si num abraço apertadíssimo. Se eu quisesse afastá-lo, a pressão de meus punhos teria sido tão eficaz quanto as patas de um gatinho contra o peito de um buldogue.

O medo inundou meus pulmões e meu coração começou a martelar, mas com isso vinha a excitação. Examinar o catálogo, realizar mentalmente os passos, erguer barreiras psicológicas e emocionais e horas de solilóquios: *É só um trabalho, é só um trabalho*. Nada disso teve significado quando fiquei frente a frente com o primeiro estranho com quem ia trepar em público.

Ele era jovem, bonito, uma combinação de pele bronzeada e membros musculosos. Era da cor do caramelo queimado e parecia ter um gosto igualmente doce. Ele era Chey, dez anos mais novo, mas com uma boca muito mais cruel.

Todas as minhas afirmações cuidadosamente pensadas e até bastante racionais se derreteram, jogadas de lado com a mesma rapidez com que se descarta o jornal da véspera, quando descobri que me sentia atraída por ele. E com a atração veio a libertação.

Entrei no espírito da música, da dança, como se não tivesse sido paga para isso.

Sabia que estava segura sob o olhar das minhas duas juízas e, dentro dos parâmetros e dos limites criados por sua presença, estava livre para sonhar com a rendição. Sonhar que deixaria ser levada, tomada. Sonhar com fantasias da minha juventude que inevitavelmente envolviam piratas, vampiros ou salteadores. Visões nas quais eu seria dominada, abdicando de minha vontade para algum estranho bonito e assustador e, ainda assim, continuaria incólume, despertando com corpo e mente intactos. Só uma ideia com que brincar, mas uma ideia incrivelmente sedutora, e, depois que minha imaginação se incendiou, meu corpo a acompanhou.

Meus seios pressionavam firmemente o tórax do homem, seu pau aninhado entre minhas coxas. Eu estava ficando molhada e o pau dele estava ficando duro.

Como a calmaria antes da tempestade, a música que saía dos alto-falantes foi imperceptivelmente reduzida, cada nota levando a uma pergunta em sua esteira.

Eu faria isso? Conseguiria?

Ele pegou meu queixo e me encarou fixamente.

Atados, estávamos envolvidos em uma batalha silenciosa de vontade, uma conversa muda em que as intenções estavam bem claras.

Seus olhos eram castanhos e escuros como um rio fundo. Suas pupilas se dilataram à medida que ele ficava excitado.

Uma caneta guinchou contra o papel, o raspar da esfera arranhando sua trajetória crítica num movimento lento, ascendente e descendente. Se era de Madame A ou de Madame B, era impossível discernir enquanto ele ainda segurava meu queixo e, com ele, meu olhar.

Os alto-falantes ganharam vida mais uma vez, e fui levada pelo garoto dourado, meus pés seguindo-o tão inevitavelmente quanto o verão se segue à primavera. Nossos corpos entrelaçados pela primeira vez como duas chamas empurradas inexoravelmente uma para a outra em combustão mútua.

Ele dançava com habilidade, elegância, precisão, seus passos rápidos e seguros, as pernas longas e elegantes, envolvidas em uma série complexa de chutes e tapas entre nossos abraços abertos. A cada passo, eu era jogada agressivamente de um lado para outro, para longe dele, para perto, num eterno movimento espasmódico. Era a dança do conquistador, o ritmo do caçador e da caça.

O pau dele estava duro, e o tamanho e a circunferência eram diferentes de tudo o que eu já tinha visto na vida. Somente o tamanho já me fez soltar todo o ar dos pulmões com um breve arquejo. Um rubor quente se espalhou como um incêndio que se alastra, começando entre as minhas pernas até chegar ao peito e depois ao rosto, cobrindo minha pele com um brilho rosado, acelerando minha pulsação, apressando o fluxo dos fluidos que se acumulavam como uma maré em minha boceta, pronta para recebê-lo.

Ele me puxou contra seu tronco mais uma vez. Seu pau agora estava completamente intumescido e pressionava meu ventre com força. Fora do lugar, esperando para entrar. Resisti ao desejo imediato de cair de joelhos e tomá-lo na boca. Correr minha língua por seu comprimento, da base à cabeça, sentir cada sulco e cada veia proeminente, me sufocar com seu tamanho, levá-lo ao clímax, enchendo minha garganta com seu fluido quente.

Meu corpo reagiu ao seu toque selvagem. Um instinto tão natural quanto qualquer outro. Meus mamilos estavam tão duros quanto o pau dele e latejavam dolorosamente, ansiando pelo conforto de seus lábios quentes e pela ferocidade de seus dentes. Eu estava molhada de desejo.

Outro passo, outro giro, outro pulo em seus braços no estilo vigoroso de uma ginasta.

Eu estava no controle quando chegou o momento e levantei a perna para alcançar um espacate vertical, permitindo que ele desse com uma arremetida tão forte que penetrou meu próprio âmago.

Por alguns segundos, longos como uma hora, ficamos assim, minhas pernas estendidas e separadas num pilar rígido que acompanhava a linha do tronco dele, esticando-se acima de seu ombro até um *pointe* perfeito no ar, seu pau rígido inteiramente envolvido pela vagina, que se esticava para acomodá-lo com uma hospitalidade acolhedora.

Não estávamos fodendo, mas nos fundindo. Cada um preso ao outro em um passo de dança tão antigo como o tempo. Eu não podia me mexer sem me afastar dele, e assim me rendi, e ele me carregou, impelida na lança de sua ereção.

Sua expressão continuou inalterada o tempo todo. O único sinal de seu esforço — ou emoção — eram as gotas de suor que se acumulavam na testa, refletidas no brilho da forte luz do palco como gotas de chuva em uma miragem tremeluzente.

Ele não atingiu o clímax. Nem eu. A dança terminou quando a música chegou a uma parada dramática e continuamos unidos até que as assessoras tossiram em uníssono, um lembrete de que estávamos envolvidos num espetáculo carnal para uma plateia, e não um com o outro. Não pude reprimir um suspiro quando ele escapou de meu aperto e me deixou oca, vazia.

Ele se virou para nossas juízas, fez uma leve mesura e marchou para a saída sem olhar para trás.

As mulheres sem rosto, que agiam como uma espécie de júri, não expressaram opinião, mas seus lábios pareciam ter se deslocado das linhas geométricas retas que em geral exibiam para uma expressão ligeiramente voltada para cima, que eu torcia para que indicasse aprovação.

Tinha um dia de folga para me recuperar antes de apresentar meu próximo número, o sacrifício ao Sacerdote Inca.

Mais uma vez, comecei com Debussy. Era minha boia salva-vidas, a peça musical que me deixava à vontade, em preparação para outra trepada com um desconhecido.

Para esse número, escolhi um canto gregoriano. A música não era nem remotamente peruana, mas o tom pesado e sombrio combinava com a intenção ritualística do show, e eu achava o coro de vozes monásticas, vibrando numa cadência melancólica profunda, ao mesmo tempo tranquilizador e sedutor.

Meu Sacerdote Inca, ao contrário da música, era sul-americano e tinha cabelos pretos. Era musculoso, bem-dotado e tão bonito quanto o parceiro anterior, embora não me deixasse tão excitada. Fiquei feliz por ter me lembrado, nessa ocasião, de aplicar lubrificante para facilitar a passagem do que eu sabia ser outro pau gigantesco, uma vez que ter o pênis enorme era aparentemente um dos pré-requisitos para os homens integrantes da Rede.

Ele tinha uma cruz grande e ornada tatuada no peito. A cruz ficava dentro de um par de asas, como o corpo de uma ave. Era um motivo meio cristão e meio pagão, o que um ar de misticismo ao espetáculo. As assessoras da Rede haviam escolhido muito bem meus parceiros.

A dança culminava no sexo, como todas, mas nessa ocasião acrescentei um elemento ousado que não tinha descrito em minha lista, para que fosse uma surpresa tanto para as duas madames como seria para a eventual plateia.

Chegado o momento, o Sacerdote Inca penetrou o pequeno saco que inseri no fundo da minha boceta, e o sangue falso e teatral escorreu pela minha perna, numa paródia do sacrifício de uma virgem. O silvo das espectadoras foi audível mesmo com o som dos alto-falantes.

Elas continuaram em silêncio, mas senti um leve arrepio de satisfação por ter despertado alguma reação nas duas espectadoras aparentemente insensíveis.

Fiquei surpresa quando conheci o parceiro de meu terceiro e último ato, o Instrutor da Escola de Balé, e descobri que, embora identificado no catálogo como homem, ele não havia nascido homem no sentido biológico.

Era alto e esbelto, a pele de alabastro num forte contraste com o cabelo curto e preto — um corte que acentuava a linha delicada de seu queixo e as maçãs do rosto proeminentes como as de um felino. Tinha sobrancelhas finas como asas de mariposa e uma curva feminina no peito sugerindo a presença de seios, por mais sutil que fosse. Vestia uma malha cor de pele que de maneira alguma escondia o volume evidente por baixo, mas foi apenas quando ele puxou o tecido e revelou um arnês e um consolo que percebi que estava prestes a ser empalada por um acessório pela primeira vez na vida.

A experiência da penetração não foi de nenhuma maneira atenuada pelo conhecimento de que o instrumento responsável não era de carne e osso, e mais uma vez fiquei impressionada com as perceptivas examinadoras, que analisaram a breve descrição de minha proposta de número e compreenderam a mescla de severidade e feminilidade que resumia os instrutores de balé russos que influenciaram tanto meu treinamento.

— Você se saiu bem — disse a assessora A, ou B, com uma leve sugestão de sorriso nos lábios quando meu terceiro número chegou ao fim.

E assim, concluídas a seleção e a lenga-lenga do treinamento, começava o passo seguinte de minha jornada.

* * *

Fiz as malas mais uma vez.

Fazer e desfazer as malas havia se tornado algo tão comum em minha vida que eu não me permitia mais criar laços com as cidades ou as casas onde dormia, ou com os amigos ou amantes que fazia em cada uma delas. Eu nascera sob uma estrela volúvel e supunha que me deslocar de um lugar a outro fazia parte de quem eu era, tanto quanto meu peito achatado e o cabelo louro, comprido e cacheado. Não fazia sentido ficar sentimental. Reclamar de pegar a estrada novamente teria sido tão útil quanto xingar a chuva ou enjoar do brilho do sol.

O pessoal da Rede de algum modo conseguira obter documentos falsos para mim. Com minha papelada espúria, eu agora era capaz de viajar e trabalhar no mundo todo o quanto quisesse, e comecei a ver em mim mais do que uma dançarina. Eu era uma ninfa, uma criatura da noite, uma mulher de fogo, uma promessa viva de sexo. Às vezes me perguntava até se eu seria real, ou apenas o fruto dos sonhos de alguém. A fantasia tresloucada de um adolescente.

Meus sonhos foram abruptamente espatifados quando Madame Denoux confirmou minha primeira reserva, em Londres. Alguém ali havia encomendado o cenário do Instrutor de Balé. A partida de Nova Orleans não seria em direção a Paris, Milão, ou qualquer uma das outras cidades glamorosas que, em minha mente, eram lugares de intriga e místicos. Sabia que Londres era um lugar cinzento, mas segui firme na intenção de levar alguma cor ao lugar.

6
Dançando sozinha

Chovia quando pousei no Heathrow.

Da mesma forma que chovia quando saí de Seattle e quase todos os dias das oito semanas que passei lá, completando o processo de recrutamento da Rede do Prazer.

A semelhança nas condições do tempo entre as duas cidades me trouxe certo consolo.

Do conforto de minha luxuosa poltrona na primeira classe, vi pela janelinha a cidade de Londres crescendo para nos receber através de uma fina camada de neblina. Era difícil saber daquela altura, naturalmente, mas os prédios pareciam mais baixos e menos uniformes do que os de Nova York. A cidade era dividida em duas pelo longo fio prateado e sinuoso do rio Tâmisa. Consegui distinguir apenas um dos marcos locais que eu esperava ver: a London Eye, brilhando, branca, no meio do meu campo de visão e dando um toque de frivolidade a um tom sombrio, um acréscimo que eu sempre achara estranho. Por que uma cidade séria teria como um de seus mais importantes pontos turísticos um item arquitetônico que combinaria mais com um parque de diversões em Coney Island? Uma coisa assim jamais teria acontecido em São Petersburgo.

— É sua primeira vez em Londres? — perguntou a mulher sentada a meu lado, num tom breve que podia ter vindo de qualquer lugar. Ela usava uma blusa de seda creme abotoada quase até o pescoço e, nos pés, elegantemente cruzados na altura dos tornozelos, um par de sapatos caramelo. Seu cheiro trazia uma nota definida de tabaco e casca de limão.

— Sim. Não tive oportunidade de viajar muito pela Europa.

— Você vai gostar — respondeu ela num tom autoritário, como se eu não tivesse alternativa quanto à questão.

Ela lia um livro pequeno, encapado em napa preta e macia, com uma fita de cetim azul-clara presa à lombada para marcar a página. O tipo de livro que pede para ser tocado e acariciado. Ela se recostou e fechou os olhos quando o avião começou a sacudir, baixando pelo céu quando o piloto se preparava para o pouso. Estiquei o pescoço para ler o título do livro: *Scarlett's Allsorts*, impresso em letras de bronze numa tipologia antiquada. A mulher acordou de novo e começou a ler. Vi apenas meia linha por sobre o ombro dela: *Meu corpo parecia cantar*. Sorri.

A frase fez com que uma dúzia de pensamentos e imagens incompletas girasse livremente por meu cérebro, como um bando de pássaros subindo ao céu, agitados pela proximidade de uma pedra atirada na direção deles. Como seria esta mulher nua?, perguntei-me. Que tipo de lingerie ela usava? Não de garotinha, considerei. Nem antiquada. Simples, clássica, bem-feita e descomplicada, em preto, creme ou bege, talvez calcinhas com cintura alta.

Ela se levantou e se esticou para pegar a bolsa no compartimento no alto. Era uma bolsa preta, simples e quadrada, com o zíper resistente: quase uma pasta. Guardou o livro no bolso lateral. Sua calça era feita sob medida e bem-ajustada na cintura, destacando as linhas retas de seu corpo, que carecia de qualquer sinal de curvas femininas além do volume dos seios. O cabelo era cinza-

-prateado, num corte reto. Ela prendeu as mechas errantes atrás das orelhas com impaciência, exibindo os lóbulos redondos, cada um deles mostrando um pequeno brinco de pérola. Imaginei que ela tivesse 40 anos, embora pudesse ter 50. Era difícil saber.

— É sua? — perguntou ela, segurando minha bolsa preta. Assenti quando a mulher a entregou para mim.

Cheguei ao corredor atrás dela, onde fiquei admirando a extensão de suas pernas e sua bunda dura até que a comissária de bordo anunciou que estávamos livres para desembarcar e a pequena fila de pessoas à frente começou a se mexer.

Éramos as únicas mulheres na primeira classe. Todos os outros passageiros eram homens, a maioria deles atarracada, pálida e desinteressante. Constantemente nos lançavam olhares curiosos, que ignorei, mas pelo menos nenhum deles me deu um cartão de visitas e sugeriu que "marcássemos alguma coisa", como o estranho de casaco riscadinho e gravata marrom que me acompanhara no voo de Nova Orleans a Seattle.

— Obrigada, Srta. Volk — disse a comissária numa voz fanhosa que mal compreendi enquanto me espremia por ela para sair do avião e dava meus primeiros passos na Grã-Bretanha, uns dois passos atrás da minha companheira de cabelos prateados.

O número da noite seguinte seria tranquilo. Eu apresentaria o Instrutor de Balé, e a extensão de seu consolo de silicone duro e bem preso certamente entraria de uma vez só, a julgar por meu estado de espírito atual. Senti-me ligeiramente tonta olhando o par de sapatos à minha frente subindo a rampa em passos rápidos e incisivos até o controle de passaporte. Ela não usava meias, e o vislumbre de seus tornozelos expostos foi o bastante para me deixar com tesão.

Hoje eu estava viajando com um passaporte alemão. Seria a primeira de muitas vezes em que passaria por uma alfândega com documentos falsos. O homem que verificou a página da foto e a passou pelo scanner fez poucas perguntas e mal olhou para o retrato antes de gesticular para que eu passasse. Tinha marcas de acne no rosto e o queixo quadrado e grosso, como um super-herói que tivesse passado por tempos difíceis.

A mulher de cabelo grisalho esperava por mim perto da esteira de bagagem.

— Você é uma mulher do povo, Srta. Volk? — perguntou ela.

Volk era uma variante russa do apelido *vovk*, que significava "lobo", mas podia ser confundido com a acepção alemã da palavra, "povo" ou "gente comum". Talvez ela fosse alemã.

— Eu diria que sou mais um gosto adquirido. Não para todos...

— Como todas as boas coisas da vida. E gosta de livros? Não é considerado educado ler por cima dos ombros dos outros, sabia?

Será que ela estava dando em cima de mim ou me repreendendo? Algumas mulheres haviam flertado comigo na Califórnia, mas não dessa forma. As mulheres da Califórnia tinham as unhas bem-feitas, tomavam muito champanhe, riam em ecos guturais com suas bocas pintadas, e jamais verbalizaram as perguntas que pendiam entre nós, *me beija, me toca, venha para casa comigo, me pague uma bebida*. Não nesse tom irônico e franco, nem com a postura ereta que parecia levar diretamente a algo de que eu ainda não tinha consciência.

— Parecia ser um bom livro — respondi.

— Quer lê-lo para mim depois do jantar?

Um sorriso brincou em seus lábios. Ela sabia qual seria minha resposta antes que eu abrisse a boca. Era inevitável. Outra guinada no rio da vida, e eu já podia sentir a corrente subindo e me empurrando inexoravelmente em direção ao quarto de hotel da mulher. Mas, no fim, era ao meu que íamos voltar.

Combinamos de jantar no Lena, um restaurante italiano em Shoreditch, depois de trocarmos telefones e desaparecermos para nossas respectivas acomodações a fim de fazer o check-in, deixar nossa bagagem e tomar um banho.

Ela ainda estava carregando a quase pasta, mas tinha trocado de roupa, e agora vestia uma legging de couro e outra blusa abotoada que caía por fora da calça, cobrindo os quadris. As mangas eram curtas e exibiam os músculos de seus braços. As pernas estavam envoltas em botas de equitação de couro desgastado, com fivelas prateadas nos calcanhares.

Chamava-se Florence, embora dissesse que eu podia chamá-la de Flo. Não consegui me adaptar à versão mais curta e continuei com a mais longa, um pouco antiquada.

Florence fumava cigarros franceses. Um antes da entrada, outro depois do prato principal.

— Para limpar o paladar — disse ela, antes de desaparecer nas sombras de modo que só o que pude ver dela pela vidraça do restaurante bastante iluminado foi uma brasa vermelha e quente brilhando na noite.

Dividimos uma torta de ricota com limão e sorvete de baunilha, uma bola branca pontilhada do preto das sementes da vagem de baunilha. Ela pediu café com licor de amêndoa.

Seu gosto era idêntico ao cheiro que eu havia notado quando nos sentamos lado a lado no avião. De limão e cigarros, e algo mais que não consegui identificar. Passei a língua pela dela e prendi sua saliva em minha boca por um momento para decifrar a combinação peculiar que compunha seu beijo, do mesmo jeito que eu consideraria a fusão particular de sabores numa taça de vinho.

Florence era alemã. Trabalhava como química e acadêmica e estava em Londres para ministrar uma série de palestras sobre os avanços dos medicamentos contra a malária. Não me perguntou o que eu fazia da vida, ou por que uma mulher de sotaque russo estava viajando com passaporte alemão se não falava uma palavra do idioma além de *Guten Tag* e *Tschuss!*

Estávamos as duas de sapatos baixos, e ainda era cedo. Assim, pegamos o metrô na estação Old Street para a ponte de Londres e compramos uma garrafa de vinho e um pacote de biscoitos de gengibre numa loja na esquina da estação. Era a outra coisa que compunha seu sabor, percebi, quando ela me empurrou no muro que separava a calçada do rio e me beijou novamente. Me pegou de surpresa, fazendo com que a sacola plástica em minha mão balançasse e a garrafa de vinho batesse com grande ruído na grade de metal.

Voltou a chover, gotas leves que formavam uma névoa em nosso rosto e se prendiam aos cachos de meu cabelo. Ela pegou minha mão e corremos para a rua, tomamos um táxi preto para o meu hotel na margem sul, perto da estação Waterloo e do Royal Festival Hall.

Eu estava em uma suíte na cobertura do Park Plaza. A London Eye parecia quase próxima para ser tocada da varanda do quarto e, dessa distância, entendi o que os londrinos viam no monumento. Havia certa grandeza e sincronia jovial na roda que girava lentamente e uma beleza nas luzes fortes que brilhavam de cada cápsula como uma série de vaga-lumes presos sob o vidro, colocados em movimento perpétuo.

Florence serviu o vinho e me deu um biscoito de gengibre. Ela sentou na grade que cercava a varanda e protegia os habitantes do quarto de um mergulho para a morte enquanto olhavam a vista. Estava de costas para o nada e para uma queda de 14 andares.

— Desça daí — pedi, sorrindo. — Imagine a sujeira que os garis vão ter de limpar de manhã se você cair. Eles podem cobrar por isso.

— Vou garantir que seu dinheiro seja bem-empregado — respondeu. Florence abriu bem as pernas, e a calça muito justa delineava sua boceta de maneira pornográfica. Eu podia ver o leve volume de seu monte de vênus e as linhas suaves de seus grandes lábios. Eu tinha me enganado quanto à calcinha. Ela não usava nada.

— Duvido que você vá conseguir daí de cima — provoquei.

— Você prometeu que ia ler para mim — respondeu ela.

— Não prometi nada. Você me pediu. É diferente.

Havia um tom de desafio em minhas palavras, mas ela não fez frente a ele, como eu esperava. Em vez disso, sua expressão se abrandou.

— Pode ler para mim? — perguntou ela, quase queixosa.

— Posso.

Puxei-a pela mão e a levei de volta ao quarto. Ela pegou o livro com capa de couro no bolso de sua pasta, entregou a mim e se deitou na cama. Ainda estava completamente vestida e com as longas botas de couro. Deitei-me ao lado dela.

A capa de couro macio parecia pele em minhas mãos. Tirei a fita que marcava a primeira página de um conto, *Shoe Shine at Liverpool Street Station*.

Rolei cada palavra na boca ao ler em voz alta, para ter a sensação das sílabas, algumas rápidas, outras lentas, algumas suaves, umas baixas, outras ásperas, algumas esbaforidas. Florence fechou os olhos enquanto eu lia. Não usava maquiagem nenhuma, mas seus cílios eram tão escuros que pereciam estar pintados. Também eram grossos e pretos demais em relação ao rosto e cercavam seus olhos como hematomas, como se tivesse sido atingida por algo pesado durante a noite.

Quando terminei, ela abriu os olhos palpitantes e rolou de lado, correndo os dedos por meus lábios. Abri a boca e chupei um deles.

Ela passou a mão pelo cós de sua calça, depois devolveu os dedos a minha boca, parando a mais ou menos um centímetro, como se soubesse que eu era visitante numa terra nova e estrangeira e ela me oferecesse uma prova de alguma iguaria local. Estiquei a cabeça para alcançar e saboreei.

Foi a primeira vez que senti o gosto de uma mulher, sem contar a ocasião em que verificara o sabor de minhas próprias secreções, tanto por curiosidade como para me tranquilizar. Eu vivia uma espécie vergonhosa de medo quando Chey me chupava e tinha muito receio de que a experiência fosse desagradável para ele, embora ele risse de meu desconforto e insistisse que era bem o contrário.

Florence tinha um gosto doce. Seu cheiro era um pouco almiscarado. Não era agradável nem desagradável.

Minha introdução ao gosto das mulheres, como em tantas outras coisas, acabou por ser irrelevante. Fiquei ambivalente. Mais uma vez, perguntei-me por que todo o estardalhaço sobre aquilo.

Os lábios dela nos meus, porém, eram uma alegre pressão de suavidade encontrando suavidade, e suas mãos, depois que acharam o caminho por baixo de minhas roupas, eram lentas e habilidosas, e todo o calor de seu corpo contra o meu fez minha pele formigar e meu clitóris inchar. Éramos um emaranhado de braços e pernas, investigando, afagando, beliscando, acariciando. Ela prendeu a respiração quando abri os botões de sua blusa e soltei o fecho do sutiã, libertando os seios, e gemeu quando circulei seu mamilo com a língua.

Ao tirar seu sutiã, descobri que Florence tinha apenas um seio. O outro fora removido e em seu lugar havia um leve monte de pele com um risco onde deveria estar o mamilo. A cicatriz era uma fenda prateada que descrevia uma curva horizontal por sua pele, como um crucifixo descruzado. Ela suspirou quando baixei a cabeça e lambi levemente a cicatriz de um lado a outro.

— Vamos lá para fora de novo — disse ela, de repente. — Preciso de ar fresco.

Nós duas estávamos meio embriagadas, do vinho, uma da outra. Se eu a beijasse mais uma vez, pensei que podia ficar inebriada o bastante para subir na grade e me jogar, sentindo o vento sob meus braços carregando-me até o chão.

Florence pegou sua bolsa no caminho até a porta de vidro deslizante e lutou para tirar dela o maior *strap-on* que eu já vira na vida. Tinha duas vezes o calibre do Instrutor de Balé e era uns 4 centímetros maior. Ela o afivelou nos quadris e me seguiu pela porta. Ele balançava com seu caminhar, pesado de promessas. Ela estava nua, e o mamilo de seu único seio se projetava como uma frutinha solitária em sua ilha particular.

Recostei-me na grade e esperei. Não sabia se ia aguentar ou não aquilo tudo, mas estava disposta a tentar. Não vi motivos para não fazê-lo.

Ela pôs a mão na base da minha coluna, colocando-me na posição correta. Sua mão vagou entre minhas pernas, verificando minha umidade. O que quer que tenha descoberto, não era o que esperava. Ela vasculhou sua bolsa mais uma vez e ouvi o estalo de uma tampa sendo aberta, depois me encolhi enquanto ela passava o lubrificante gelado e viscoso em minha boceta.

A primeira estocada não me dividiu em duas como eu temia, mas me preencheu completamente. O membro de Florence era como uma gravação que percorria todo o caminho desde minha boceta até meu coração e meu cérebro. Fez com que eu me sentisse inteira, à vontade em mim mesma. Empurrei-me para ela e a ouvi grunhir. Ela se esfregou em mim e continuamos num cabo de guerra até que ela começou a se cansar e curvou-se contra minhas costas, segurando-me num abraço e esfregando o dedo em meu clitóris até eu gozar.

Ficamos ali um pouco mais, olhando a cidade. Pedestres vagavam pelas ruas lá embaixo e, de vez em quando, olhavam em nossa direção. Não ficou claro se conseguiam ver as duas mulheres nuas olhando para eles 14 andares acima.

Quando acordei pela manhã, ela havia ido embora. O único lembrete da noite anterior era o cheiro de fumaça e limão, que ainda perdurava, e a pilha de cédulas novas que ela havia deixado na mesa de centro com tampo de vidro, sob o maço vazio de seus cigarros franceses.

Um total de 100 libras. Não era o bastante nem para uma hora com uma prostituta comum, das mais baratas. Não consegui me decidir quanto ao que mais me ofendeu, se o fato de ela ter decidido me pagar, ou o de ter pagado tão pouco.

Depois disso, tive muita dificuldade para confiar nas pessoas. Continuei a me encontrar com homens e mulheres e a trepar com eles, mas não era mais liberal em meus afetos, minha mente ou minha alma. Mantive uma pequena parte de mim escondida e joguei a chave fora.

Meu desligamento emocional pode não ter aprimorado minha dança, mas a tornava suportável. Passei a acreditar que eu não estava fodendo de maneira alguma. Era apenas uma atriz, uma fornecedora de fantasias, uma ilusionista vendendo um sonho.

Não estávamos vendendo sexo. Esse era o trabalho dos prostíbulos e das boates de *strip*. Os espetáculos da Rede eram em parte fantasia, em parte ironia, uma afirmação visual de que fazer amor era meramente uma estação da vida e não algo a ser escondido por trás de portas fechadas, motivo de zombaria ou de riso. A visão de Madame Denoux era de uma dança em que os dois parceiros se uniriam da forma mais íntima, sem atrair atenção particular para o fato. O crescendo, a penetração, seria simplesmente outro passo no ritmo da vida.

Eu ainda me recusava a encontrar meus parceiros, Tango, Sacerdote Inca e Instrutor de Balé, fora de nosso cenário. As únicas notícias que tinha deles entre as apresentações eram atualizações regulares da Rede para confirmar questões de horário e saúde dos integrantes, e compartilhar os certificados que todos éramos solicitados a completar mensalmente.

Esses elementos, fora do palco, acrescentavam certa esterilidade e um caráter pragmático aos procedimentos, mas, quando a música começava e meu parceiro aparecia do escuro, subindo à luz do palco, eu me esquecia das necessidades organizacionais e biológicas e deleitava-me na reação da plateia e na sensação de um pau metendo em mim, o pau de um estranho, e o conhecimento de que nunca tínhamos nos envolvido numa conversa que fosse além da mais fundamental, aquela que corria entre nossos corpos.

Parecia arriscado, perigoso e interminavelmente excitante, e solidificava a ideia de que eu me tornara uma espécie de criatura sexual etérea, apenas metade humana, sendo o restante uma mistura de feromônios e desejo, como um receptáculo ambulante para a volúpia.

Porém, fora do palco, a questão era completamente diferente. Eu continuava a transar com homens, às vezes com mulheres e, ocasionalmente, aqueles que não se identificavam inteiramente com nenhum dos dois sexos. Era com estes que eu mais me sentia à vontade, os que misturavam os gêneros, as bichas e os homens e mulheres transexuais, que fodiam como se a anatomia fosse irrelevante e não pareciam sentir que todo o seu ser era definido pelos genitais.

Na maior parte do tempo, porém, minhas conquistas e os sentimentos que elas inspiravam em mim eram desinteressantes. Ia para a cama com alguém novo em cada cidade. Colecionava gente como quem coleciona lembranças, para substituir os museus e galerias de arte que eu nunca visitava.

Florence era a única de quem eu me lembrava pelo nome. Dos outros eu me lembrava pela música que reverberava por cada quarto para o qual voltávamos, uma sinfonia de melodias projetada para relaxar, estimular ou simplesmente esconder os barulhos inevitáveis do sexo, o guincho de camas de hotel e o bater de partes corporais unindo-se num fervor cheio de energia.

Em Praga, conheci uma garota negra que me penetrou com um *strap-on* contra uma parede na escuridão de uma boate enquanto "Lullaby", do Cure, saía pelos alto-falantes e os outros clientes continuavam a beber cerveja, comer batatas fritas e olhar uns para os outros com expressões vidradas, sem nem perceber o que acontecia no canto do salão, onde duas mulheres, que pareciam estar imersas numa conversa, na realidade estavam num sexo apaixonado por trás da frágil barreira de uma banqueta de bar.

Em Berlim foi jazz da velha escola, um universitário que morava em Nelkolln e me comeu lenta e suavemente ao som de "Mood Indigo", de Duke Ellington, e "Fever", de Peggy Lee. Em Barcelona foi o garçom de um bar de *tapas*, que me ligou quando deixei o número de meu telefone em um guardanapo junto com a gorjeta, e, depois do trabalho, levou ao meu quarto de hotel sua própria playlist de reggae acelerado e furioso em espanhol. Na Sicília, minha experiência foi sinistra e suja no capô de um carro estacionado nas ruas secundárias de Palermo, ao som da Quinta Sinfonia de Beethoven. Em Paris foi um acadêmico local que conhecia todas as melhores *pâtisseries* do Quartier Latin e só conseguia ter ereções ouvindo "I.C.U.", de Lou Doillon. Em Reykjavik foi um expatriado britânico que tinha uma bolsa cheia de falos e queria que eu o penetrasse enquanto Mick Jagger e os Rolling Stones entoavam "You Can't Always Get What You Want". Em Estocolmo, um homem que queria que eu o visse se masturbando ao ouvir Johnny Cash lendo o Novo Testamento; e, em Milão, uma alemã loura que estava de férias, que podia ser meu clone e me lambeu até que eu gozasse, depois me acariciou até que eu dormisse ao som de "Overlap", de Ani DiFranco.

As músicas tornaram-se mais importantes do que o sexo, e logo era apenas um mar de paus e bocetas e a trilha sonora que se tornou o pano de fundo da minha vida.

Quando não estava dançando ou trepando, eu dormia, ou caminhava pelas ruas, admirando a fachada dos monumentos e museus, desfrutando de gelato, fatias de pizza, *currywurst*, amêndoas carameladas quentes ou qualquer iguaria local. Nunca me dava ao trabalho de ir mais fundo e conhecer as cidades pelas quais eu passava, assim como não me empenhava em conhecer as pessoas que as habitavam, estreitando a intimidade para além da cama, antes de tomar o rumo de um aeroporto diferente e de outra cidade.

E, o tempo todo, eu pensava em Chey.

Um ano inteiro havia passado rapidamente. Percebi com um choque certa manhã enquanto tomava banho e me esfregava mecanicamente, preparando-me para outra apresentação diante de outra plateia invisível, cujo ofegar e excitação eu só podia sentir de onde estava, em palcos improvisados, espectadores de outro mundo. As viagens tinham se tornado uma rotina tranquila, um turbilhão de aeroportos, hotéis, noites escuras e corpos variados. Eu tinha visto o mundo deles, mas, no fundo, sabia que não tinha visto nada. Era apenas uma turista no mundo da luxúria.

Estava começando a me cansar da minha dança sexual. O que no começo parecia uma arte performática ousada, logo se tornou apenas outro trabalho para ganhar dinheiro. E, quando os homens com quem eu dançava por fim deixaram de me satisfazer, e eu me vi vazia e sozinha em outro quarto de hotel, apenas com meus próprios pensamentos, perguntei-me o que estava por vir depois dali. Aonde eu iria e o que faria quando essa parte da minha vida também chegasse à sua conclusão inevitável?

A próxima cidade em minha agenda era Amsterdã. Mas ainda havia uma semana de folga e eu estava solta no mundo. Optei por alguns dias de sol mais a oeste, na costa sul da França. Um tempo para mim.

Outro dia, outros dólares, outra dança, outra cidade e outro pau.

Ou, pelo menos, assim eu pensava antes de receber a carta.

Ela me seguiu por meio mundo. Os cantos do envelope branco estavam amassados, um leve rasgo por um lado que algum carteiro ao longo do caminho consertou com uma tira de fita marrom estreita, e uma sucessão de endereços escritos às pressas e adesivos, redirecionando-a de um lugar a outro.

Finalmente ela me alcançou no sul da França, onde eu fazia uma breve pausa num pequeno resort perto de Montpellier, entre os compromissos que se seguiriam a uma apresentação de bom público (e bom pagamento) com Tango, no terreno de uma remota casa de veraneio nas colinas depois de Cannes, durante o festival de cinema. Supus que a maior parte da plateia era de gente da indústria cinematográfica ou de seus patrocinadores, mas não recebi nenhuma oferta de Hollywood por meus serviços, só as costumeiras propostas de sexo por dinheiro às quais eu já estava habituada.

Chey havia postado a carta em Miami e endereçado-a a mim, aos cuidados de Lucian, em Venice Beach, na Califórnia, que a redirecionara a Nova Orleans, que a encaminhou à Europa e a alguns endereços de posta-restante que eu usava ao voar de um lugar a outro a trabalho.

No início não reconheci a caligrafia que gravava meu nome no envelope. Nunca estivera em Miami e não conhecia ninguém lá. Perguntei-me se seria de outro dançarino com quem eu tivesse feito amizade na valsa de camarins por onde passara, mas havia algo de masculino e firme na letra cursiva e oblíqua.

Mesmo assim, achei que não era importante e a deixei lacrada por metade de um dia enquanto me ocupava com um café da manhã tardio e uma caminhada vagarosa pela praia, nadando um pouco. Todas as comunicações com Madame Denoux e a correspondência relacionada ao trabalho aconteciam on-line, uma vez que levava meu Mac Air para toda parte.

Não consegui evitar o sol do meio-dia durante a caminhada de volta da praia até o hotel, e a primeira coisa pela qual eu ansiava era um banho, mas a carta estava ali na mesa de cabeceira quando abri a porta, os selos irregulares chamando por mim.

Tirei os chinelos e peguei minha lixa de unhas e a usei para abrir o envelope.

Era de Chey.

Quando terminei de ler e recuperei os sentidos, o suor abundante que cobrira meu corpo havia secado de um jeito desagradável na minha pele, sob o frio do ar-condicionado do quarto.

Luba,

Posso até imaginar você lendo estas linhas de introdução e percebendo quem as escreveu. Eu lhe imploro: não fique zangada nem se precipite em rasgar estas páginas sem lê-las.

Não.

Sinto sua falta...

Havia mais quatro páginas. Era uma carta de amor, a primeira que eu recebera na vida.

Uma carta de amor em que Chey não tentava explicar a presença da arma em sua cômoda, ou justificar as sucessivas ausências em supostas viagens a negócios, ou explicar onde ele estava enquanto eu ficava em Nova York. Ele aludia a motivos que talvez um dia pudesse me revelar, mas expressava tristeza por não ser o momento certo.

Mas o que mais me doeu foi ter a força dos sentimentos dele por mim confirmada de uma forma tão nua e emocional, enquanto, por outro lado, suas palavras deixavam claro que ele já havia se resignado com minha perda.

A cada dia que passa sinto você desaparecer, afastando-se mais de mim. Parece fazer séculos que não estamos juntos, conversando, nos tocando. E, embora isso seja tremendamente doloroso, está tudo bem. Estou aprendendo a aceitar aos poucos. Sua vida futura está em outro lugar e não pode ser comigo. Dói, mas preciso ser realista quanto a isso. Me prender a você seria lhe fazer um desserviço. Ainda que todo dia que passo longe de você seja como viver pela metade, uma vida em que um espaço vazio tomou posse de meu corpo, meu coração, minha alma.

Pelo menos dez vezes ao dia me convenço de que perdi você de uma vez por todas e choro um pouco por dentro (ou por fora, se eu estiver sozinho), apenas para me ver minutos depois lutando contra essa resignação, sem querer aceitar o que está acontecendo, ou vai acontecer, ou já aconteceu. Uma batalha que pareço incapaz de vencer...

Ele não estava disposto a lutar por mim?

Eu me lembro de cada segundo que passei com você e a amo ainda mais por isso. Cada café ou bebida que dividimos, as cami-

nhadas, as refeições, os abraços, os silêncios. Obrigado, Luba, por me dar tanto no pouco tempo que você permitiu que eu fosse seu, como você foi minha (mesmo que eu, ávido, tente alegar que não foi o bastante).

Ah, todos os lugares aos quais eu ainda queria levá-la, conhecendo sua fome por viagens, seu fervor por novos horizontes. As cidades, as paisagens que eu podia ter visto renovadas através de seus olhos, as ruas pelas quais suas pernas maravilhosas e intermináveis podiam ter caminhado, os mil palcos particulares em que eu queria que você dançasse para o prazer somente de meus olhos, minha prima ballerina, *minha dançarina presa no âmbar.*

Não havia menção ao desprazer inicial que testemunhei quando ele soube que comecei a fazer *strip*, nenhuma alusão a Lev e apenas uma menção rápida à arma e ao que eu tinha feito.

A propósito, aquele foi um ótimo tiro, e a TV não teve conserto... Não que isso importe, já que nós nunca a usávamos muito, não é verdade?

A essa altura, a carta, em sua segunda página, tornou-se mais desvairada, a caligrafia abandonando a disciplina, a regularidade; talvez ele tivesse bebido, mas suas palavras tinham perdido todo o freio e começavam a fluir como um rio transbordando pelas margens, uma torrente de fluxo de consciência, em que cada marola se quebrando contra a represa de meu coração parecia um punhal.

Agora estou numa pequena aldeia bem ao sul, no quarto minúsculo de uma pousada (não existem hotéis aqui). O ar-condicionado está quebrado, então estou sentado vestindo apenas um short velho, a barba por fazer há alguns dias. Estou suando feito um porco. Eu poderia descrever o quarto e a vista da janela, mas de nada adiantaria. Sinto-me muito sozinho, tomado de assalto por pensamentos relacionados a você.

Estou esperando. Não posso nem lhe dizer por quê. E, como você sem dúvida imaginou, não tem nada a ver com âmbar, embora esse lado da minha vida seja legítimo e eu tenha uma enorme ternura por ele. Espero que você ainda dê valor a todas aquelas peças que eu te dei. Vi que elas não estavam mais em Gansevoort Street depois que você foi embora...

Dormi mal ontem à noite. Pesadelos ou sonhos, não importa o que são se você aparece neles, uma estrela radiante em minhas noites perturbadoras. Tive um sonho erótico e ele ainda passeia pelo meu cérebro, agora que estou completamente acordado. Estava revisitando todas as vezes que ficamos juntos. Maravilhado e chocado com as coisas que fizemos.

No sonho, estávamos juntos de novo e você ficava de pé, nua acima de mim, de pernas abertas. E então aquela sensação louca da sua boca em mim, me chupando, me lambendo, me protegendo. E a brancura de sua pele e o poço verde e fundo de seus olhos, o incrível orifício franzido de sua bunda, a umidade receptiva da sua boceta e a floresta de seus cachos. Fecho os olhos: a maciez de seus peitos pequenos e perfeitos, suas mãos me tocando em toda parte, sua língua em meu pescoço. Ah, meu amor, você me estragou para sempre para as outras.

E cada visão, cor e sensação desse sonho eram totalmente pornográficas. Mas também eram puras, como se fôssemos anjos. Éramos lindos. E voltou o pensamento de como ficamos bem juntos e não só na cama, o conforto que encontramos um no outro, apesar das diferenças culturais e de nossos passados tão diferentes. Éramos amigos, não só amantes, companheiros perfeitos, não éramos?

Então agora preciso guardar essas lembranças.

Sou um homem fraco, Luba, não sou nobre. Sei que vai chegar o dia em que vou sucumbir tanto à nostalgia como à tentação e tentarei recriar com outras essas alegrias, esse desejo, essa felicidade. Quero que você me perdoe desde já, porque sei que o espetáculo de me ver trepando com outra com o mesmo abandono e transgressão jamais vai fazer jus à beleza que nós dois alcançamos. Será sujo, imoral, mas receio que eu seja apenas um homem, e parte de mim vai querer tentar de novo, mesmo com a outra metade do meu cérebro ciente de que eu jamais poderia conjurar a transcendência de você novamente, e todas as outras, todas as outras coisas que eu fizer serão apenas uma imitação vulgar.

Eu te amo demais, Luba. Por que eu não pude expressar isso melhor quando ainda estávamos juntos?

Às vezes desejo que por mágica (pacto com o demônio, fantasia, o poder dos sonhos...) você pudesse viver na minha pele só por um dia. Assim, você sentiria o que eu sinto e perceberia como é algo único e forte e o que você significa para mim. Eu mataria por você. Você agora testemunha o desespero patético provocado em mim por sua decisão de terminar. A loucura criada quando você tão repentinamente me privou de seu amor, de seu afeto. Foi tão súbito que a dor foi intensa, ofuscante, como uma crise de pânico. Não tenho palavras para descrever como me senti quando você foi embora.

Mas tudo bem. Está tudo bem, meu amor, minha cigana, meu tesouro.

Aceite meus clichês confusos pelo que são e não pense mal de mim.

Eu te amo.

Não posso escrever mais. Não conheço outras palavras. Esgotei todas elas.

Acho que é aqui que começa meu inverno. Os anos sem você...

As últimas páginas deviam ter sido escritas em outro dia, mais tarde, talvez, porque a letra tinha uma inclinação diferente, menos frenética, só uma lista que ele intitulou de "As coisas sobre você que nunca vou esquecer".

Seu amor

A ternura em seus olhos

O som de sua voz e o charme de seu sotaque

Sua falta de jeito ocasional, seus sentimentos ficando quentes ou frios, ao sabor do momento

Sua espontaneidade

Seu senso de humor malicioso

A experiência dolorosa de ver você se despindo

Ou de despi-la eu mesmo

Sua beleza tranquila, a seda de sua pele

O calor de sua boca na minha

O modo como você beija e se permite ser beijada até que o ar em nossos pulmões grite por alívio

Dividir uma banheira com você na Gansevoort Street

Você andando pela neve em Nova York

Suas costas nuas na noite em que fomos ao Momofuku's

Sentado com você, vendo um filme da Pixar, cercado por criancinhas tagarelas

Sua mão segurando a minha na plateia e depois no táxi de volta para casa

Ver você comer, ver você sorrir

Você cantando antigas canções de ninar russas quando acha que ninguém está ouvindo

O seu andar, tão gracioso, deslizante e sensual

O modo como você dizia "quero você dentro de mim"

O modo como você dizia meu nome

A tranquilidade de seu sono

O modo como você montou em mim na praia na primeira vez que fizemos amor

Você se aninhando em mim, querendo calor entre as cobertas frias

O livro que eu esperava poder escrever sobre você, se eu soubesse escrever

O modo como seu corpo se esparrama na cama

A sensação de veludo da sua boca no meu pau

Nossos silêncios

A delicadeza de seus seios pequenos e a cor de seus mamilos

Sua palidez natural

O cabelo louro caindo na base de suas costas

A beleza de nós dois juntos

O dia em que você chorou ao telefone porque sentia minha falta

Entrar em você, penetrar você e sentir como se fosse sempre a primeira vez, de novo e de novo

A expressão em seus olhos quando fazíamos sexo

O manto de suor em sua pele branca

Suas pernas, longas e intermináveis

Sua alma oriental

Suas emoções

Seu olhar satisfeito quando eu conseguia surpreendê-la

O modo como seus olhos brilhavam a cada novo presente de âmbar

O modo como discutíamos sobre a The Clash e conversávamos sobre livros e filmes, música e vida

O modo como me parecia, na época, que nunca íamos nos cansar um do outro e sempre teríamos algo a dizer

Atravessar a Washington Square e ver os cachorros, as crianças e os esquilos

Andar pela Broadway

Dormir na mesma cama que você e ficar em silêncio pela manhã, vendo você acordar

Apresentar você ao Veselka, o restaurante ucraniano na Segunda Avenida, e ver você lamber os lábios de expectativa

Ter muito orgulho de ser visto com você, sem culpa ou dúvida

Tornar-me uma pessoa melhor por estar com você

A esperança de que podíamos ter um futuro

O sonho terrível de termos um filho juntos

Você sem falar comigo, sentada no chão no canto do quarto, infantil, egoísta, mas ainda assim irresistível, quando tivemos nossa primeira briga

Você permitindo que eu amarrasse suas mãos

Suas mensagens de texto surpresa

A floresta escura e desgrenhada de seus pelos pubianos e depois sua deslumbrante lisura, um contraste entre dois mundos

O modo como você orquestrava meus movimentos quando eu fazia sexo oral em você

A visão de suas aberturas mais íntimas quando você ficava de joelhos e deixava que eu metesse por trás

Meu pênis entrando e saindo de você

O modo como você examinava meu corpo, as partes e o todo, aperfeiçoando sua educação sexual

Andar por ruas desconhecidas

Procurar restaurantes onde comer

Sua língua no meu saco

Brigar de brincadeira na cama até que eu machuquei seu pescoço sem querer

Sua língua na minha

Ir a bares e cafeterias com você, tomar drinques e cafés

Ver você no chuveiro

Comer você no chuveiro

As toalhas brancas enroladas em seu corpo depois do banho

A única pinta de nascença na sua bunda

A tristeza em seus olhos quando você falava do seu pai e da sua mãe

A vez em que você saiu sem calcinha por mim

O modo como você fazia meu coração cantar

O modo como ressuscitou minha vida depois de anos de tristeza

Seus preconceitos, seus gostos, suas simpatias e antipatias

Suas piadas

O fato de que você me compreendia

Subir as escadas do Central Park juntos

Ajudar você a encontrar um CD de músicas russas de que você se lembrava da infância

Explorar Nova York juntos

Ficarmos em silêncio juntos no Marco Zero

Sua energia tranquila e sua intensa personalidade russa

Seu gemido baixo quando você gozava e como ele iluminava a escuridão esmeralda de seus olhos

Você tirando a roupa para mim no corredor

Seu espírito brincalhão

Trepar no chão e em sofás quando não conseguíamos chegar até a cama

Ser um casal, um "nós"

Assistir a uma partida da Copa do Mundo no telão do Red Lion, cercados por torcedores alemães barulhentos

Meter o dedo em você na estrada quando fomos aos Hamptons

Sua saia branca

O sutiã de seu biquíni minúsculo que não escondia nada

Você abrindo minha calça no silêncio da High Line ao cair da noite

Seu estilo

Seu exuberante amor pela vida

Seus estados de espírito

Sua defensiva

Nossa telepatia

Seus sonhos, fossem maravilhosos ou deslocados

Sua devassidão

O caráter vago de suas ambições

Seu profundo amor pelo sexo

A sinceridade de sua intimidade

Seu corpo

Sua alma

Sua singularidade

Sua carência

O modo gentil como você costumava dizer que as coisas ou pessoas eram "legais", "bonitas" ou "interessantes", mesmo sem conhecê-las de verdade

Sua generosidade de caráter e alma

Seus interesses intelectuais, e como eles se assemelhavam aos meus

O fato de que éramos tão bons juntos, éramos "um", éramos felizes

Você

Em nenhum lugar na carta Chey me implorava por notícias ou pedia uma resposta. Até se esqueceu de assinar a carta.

Chey.

7

Dançando com âmbar

A carta de Chey liberou uma torrente de lembranças, cada uma mais doce e mais dolorosa do que a outra.

Imagens e recordações represadas inundaram minha mente, como se nossa relação pudesse ser fragmentada, momentos sem--fim fazendo fila para partir meu coração.

O som de sua risada. O jeito com que ele dizia *Luba*, sempre prolongando o *u*, como se acariciasse meu nome com a língua. Seu hábito de pendurar as camisas em cadeiras quando as tirava, de modo que toda a mobília no apartamento ficava com seu cheiro. A forma como ele passava cinco camadas de manteiga no pão. Sua paixão pela música. Sua paixão por mim. A firmeza de suas mãos e a suavidade de seus lábios.

Levei a carta comigo para todo lado e a li repetidas vezes até quase gastar a tinta das páginas. Não teria importado, se acontecesse. Eu conhecia as palavras de cor.

Quando o trem expresso chegou a Bruxelas para a baldeação, eu estava mal-humorada e impaciente, entediada de olhar os intermináveis campos verdes que corriam pela janela. Não podia fazê-lo nem mais um minuto, espremida e imóvel; então ignorei a conexão de meia hora depois e andei animadamente para o centro da cidade, onde me perguntei por que a boba estátua de bronze do garotinho gorducho urinando era tão famosa. Joguei uma moeda na água, de qualquer forma. Só Deus sabe como eu podia precisar de sorte. Depois comprei uma caixa dos chocolates mais caros que consegui encontrar em uma loja próxima, com recheios de caramelo, avelãs, pistache e nougat, lindamente arrumados numa caixa branca, amarrada com uma fita roxa. Voltei à estação, acomodei-me perto da janela no trem seguinte e enfiei os doces na boca, um depois do outro até que me senti enjoada, enquanto um homem magro de camisa xadrez e gola desabotoada olhava para mim. Quando percebi que ele estava olhando, comi os bombons de dois em dois até ele virar a rosto.

Eu estava cansada de aeroportos, de viajar, e de repente não tinha mais certeza nenhuma da vida. Decidi seguir de trem de Montpellier a Amsterdã só para não ter de pegar outro maldito avião.

Quando cheguei, já tinha praticamente decidido pedir demissão à Rede e desistir de dançar para sempre, ou pelo menos do tipo de dança que culminava num espetáculo público de sexo.

O modo como Chey descrevera o que tivemos juntos era muito pessoal, muito particular. Ler as lembranças de nossa relação descritas em detalhes tão claros fazia parecer um abismo o contraste entre fazer amor e trepar. Uma fronteira intransponível.

Eu vinha me enganando. Não havia como duas pessoas que nem se conheciam direito reproduzirem no palco a emoção do acasalamento. Mesmo em sua forma mais explícita, o que eu estava fazendo não podia passar de uma imitação barata. E eu não acreditava que a plateia apreciasse a habilidade envolvida. Eles não viam os passos e giros complicados. Meus *entrechat* e *bourrée* perfeitamente executados não eram percebidos. Os clientes pagavam muito, mas só estavam ali pela trepada, pelo pau e pela boceta. Não eram diferentes dos bêbados na casa de Barry nem dos drogados que zanzavam pelos bares decrépitos da Califórnia. Só o que distinguia a clientela exclusiva da ralé era o tamanho de suas carteiras.

Mas eu me considerava uma profissional e, apesar de meus temores, abandonar o espetáculo não era uma opção. Sem dúvida os ingressos haviam sido reservados, e o lugar discreto, providenciado com séculos de antecedência. Alguns presentes na plateia teriam viajado a Amsterdã especialmente para ver minha apresentação. O Sacerdote Inca, meu parceiro nesse ato, tinha um cronograma a seguir e dinheiro a receber, exatamente como eu. Fizesse chuva ou sol, estivesse de bom ou mau humor, mesmo quando estava menstruada, eu dançava. A confiabilidade era uma questão de orgulho pessoal.

Essa noite, pelo menos, não seríamos o único espetáculo. Nós nos apresentaríamos como parte de uma série de perversões. Era um fim de semana em Amsterdã em celebração ao erótico e ao exótico, e éramos apenas um dos números na lista, embora, como sempre, anunciados apenas a poucos eleitos.

Íamos nos apresentar no porão de uma exclusiva galeria de arte em Jordaan, bem no meio da área residencial reformada, onde todos os habitantes provavelmente estavam em casa, atrás das costumeiras janelas sem cortina de Amsterdã, alegremente inconscientes da "exposição privativa" promovida a poucas portas de distância.

De fora, o prédio parecia estar fechado, mas a porta se abriu para dentro quando a empurrei e uma pequena placa escrita à mão em letras vermelhas escuras exibia a palavra *Expositie* e uma seta que apontava para uma escada de pedra, levando para baixo.

O corredor ao pé da escada era caiado e despojado. Um louro alto, de smoking, estava no final dele, bloqueando outra entrada.

Mostrei a ele o cartão que me identificava como dançarina genuína da Rede e ele apontou, mais além no corredor, para o camarim, que se mostrou uma velha despensa temporariamente modificada. Eu receberia uma soma magnífica pela noite, mas ninguém poderia concluir isso, pelos aposentos pouco salutares oferecidos aos artistas.

Um grupo de dançarinas se espremia na pequena sala, todas nuas e pintadas como um animal. Havia uma zebra — preta e branca da cabeça aos pés —, uma girafa, uma pantera e uma leoa. A zebra estava usando fones de ouvido e ensaiava seus passos de dança, que não eram de estilo clássico, mas algo mais estranho a mim, uma espécie de dança do ventre tribal. A música fluía por seu corpo em ondas enquanto ela se balançava e girava em uma batida invisível.

Liderando, estava uma linda mulher de cabelos pretos, vestindo um figurino de animadora de circo, com um chicote de couro e saltos agulha vermelhos e cintilantes. Ela usava um bigode falso enroscado, bem encerado nas pontas.

Cumprimentei-a educadamente e coloquei minha bolsa no alto de um amontoado de latas de tinta no canto, junto a uma pilha de casacos e boás espalhados ao acaso, num caleidoscópio de cores.

Ouvi um estalo alto como um tiro atrás de mim e me virei a tempo de ver a mestre de cerimônias enxotando seu zoológico pela porta. Ela se virou e piscou para mim, um ato que exigiu algum esforço devido ao tamanho e peso de seus cílios postiços, que tinham pontas vermelhas e acrescentavam um ameaçador caráter de aranha à sua aparência. Os animais formaram fila à sua frente. Andavam como se fossem verdadeiramente inumanos, os corpos gingando como feras saarianas num trote indolente ao oásis mais próximo.

A presença de pseudoanimais num espetáculo de sexo conferia um viés um tanto bestial ao processo. Curiosa para ver mais, vesti-

-me às pressas, tirando meu modesto jeans e minha camiseta e entrando no vestido branco, passando um pouco de pó de arroz para tirar a oleosidade da pele e me olhando no espelho para uma última conferida no cabelo antes de disparar por outro corredor até os bastidores, onde eu poderia me esconder atrás de uma cortina para assistir aos primeiros números.

O palco estava decorado como as entranhas de uma selva. Até o ar parecia úmido, como se estivéssemos presos numa das estufas de Amsterdã. O piso de madeira estava cercado de samambaias e flores tropicais envasadas, em tons vivos de vermelho, roxo e laranja. Nem o sistema de som escapou do tema da selva, com o trinado de aves e o barulho de água corrente permeando suavemente pelos alto-falantes entre as apresentações. O zoológico se acomodou nos vários cantos e, em vez de dançar, comportavam-se de fato como animais, esquivando-se em volta das árvores, mordiscando samambaias, fitando as dançarinas com olhos arregalados e rugidos ocasionais, pulando para trás quando a mestre estalava o chicote.

O número de abertura era de uma contorcionista, tão flexível que senti dor nos ossos. Uma *femme fatale* de vestido de seda preta que dançava com uma arma e terminava com um tiro na plateia. Ela quase fazia amor com o cano, e tão apaixonado era seu abraço no metal frio que pude ver a mim mesma novamente na sala de estar de Chey, gingando e deslizando pelo piso de madeira com a Sig Sauer antes de matar a televisão. "Não que isso importe, já que nós nunca a assistíamos muito, não é?"

As palavras de Chey soavam em meus ouvidos. Sua carta estava guardada em minha bolsa e tudo o que queria naquele momento era voltar para a cama, apertando as folhas de papel junto ao peito, ou, melhor ainda, deitada junto dele, dizendo-lhe que sentia muito, que o amava e que devíamos ficar juntos. Lágrimas escorreram por meu rosto e caíram em meu vestido, o tecido fino aderindo à minha pele.

Vi num borrão lacrimoso a dançarina seguinte começar sua coreografia. Estava vestida de unicórnio, com um chifre fino e faiscante preso à cabeça e um arnês de lantejoulas que cintilavam quando ela se movia. Seus passos eram tão naturalmente equinos que ela fazia com que os cascos e o arnês que Chey me comprara, e com os quais eu mal conseguia andar, que dirá dançar, parecessem brincadeira.

Meus olhos estavam fixos na garota enquanto ela se apresentava, mas meu coração e minha alma voltavam ao escritório de Chey, lembrando-me de como havia sido me recostar nele enquanto ele pressionava o pau no meu ânus, tão fundo que por fim desabei no chão e ele teve de se deitar a meu lado, acariciando-me para que eu voltasse à vida.

Quando ela tirou o short cintilante e a blusa rasgada revelou uma lingerie minúscula de lantejoulas, que não mostrava os seios nem a demarcação de uma vagina ou o volume de um pênis. Mas os seios completamente achatados e pequenos cercados pelas alças do arnês faziam parecer que, em vez de tirar a roupa, ela estava saindo de um casulo. Tive a sensação de que testemunhava uma criatura revelar sua forma natural, e não uma pessoa tirar a roupa.

Eu estava acostumada a ser a mais ousada, original e exótica de todos os números anunciados. Até então, os espetáculos da Rede que eu tinha completado eram isolados, só eu e meu parceiro sentávamos um único número. Essa era a primeira ocasião em que eu fazia parte de uma equipe. E as garotas com quem dancei na The Place, na Sweet Lola e na The Grand, ou em qualquer dos outros estabelecimentos, eram simplesmente *strippers* de um ou outro estilo e variavam apenas em beleza e na capacidade de rebolar e de se contorcer com diferentes graus de habilidade e elegância em torno de um poste de aço.

Os números no palco essa noite eram de um tipo completamente diferente e, pela primeira vez, percebi que eu não era a única dançarina erótica no planeta que podia fazer mais do que apenas tirar a roupa. Me senti uma amadora.

As primeiras notas de "La Mer" de Debussy invadiram o ambiente. Forcei a mim mesma a me levantar e, por mera força de vontade, cheguei ao palco e comecei a dançar. Essa seria a última vez, eu disse a mim mesma. Assim que voltasse ao hotel, ligaria para Madame Denoux e proporia minha demissão. Era isso.

Para aumentar minha infelicidade, descobri no último minuto que meu parceiro de sempre adoecera e eu tinha de dançar com um substituto, um homem com quem eu não ensaiara antes e com quem não tinha experiência de dançar, nem de copular. Ele era alto e corpulento, com uma expressão dura no rosto. Talvez estivesse tão nervoso quanto eu e fosse isso que tornasse o ângulo de seu queixo tão cerrado e sua expressão tão feroz.

Quando dançamos, ele se mexia meia batida atrasado em relação à música e nunca estivemos em uníssono, carecendo de elegância ao prosseguirmos pelos movimentos que pareciam intermináveis.

Quando ele finalmente me penetrou de acordo com o cenário estabelecido do espetáculo, senti-me suja e usada. E nunca fiquei tão feliz em ouvir as últimas notas que indicavam o fim de minha apresentação.

Sentia-me nauseada pelo que acabara de fazer, não só nessa noite, mas em todos os meses que se passaram. A caminho do hotel, em Leidseplein, onde eu estava hospedada, não pude deixar de repassar o evento vezes sem conta em minha mente.

Eu devia ter apanhado um táxi na volta e os pensamentos teriam se demorado menos, mas sabia que precisava de ar fresco para clarear a mente antes chegar ao quarto e ter a oportunidade de tomar um banho e me lavar daquela infâmia.

Eram 3 horas da manhã e a cidade dormia. Havia apenas o tremeluzir suave da água parada no Singel à luz da lua e a pavimentação irregular de pedra da rua do canal, as raras luzes surgindo das janelas sem cortina dos prédios antigos. Passando pelas vitrines escuras das livrarias vizinhas Athenaeum Bookshop e American Book Center no Spui, peguei um atalho e segui para a praça Dam, por onde vagavam alguns vagabundos e bêbados sobreviventes de festividades desconhecidas. Depois, ainda num torpor, peguei a Kalverstraat, um pálido fantasma em meio ao néon vacilante, depois outro canal, pelo qual segui até o Leidseplein.

Quando cheguei ao meu quarto, estava exausta. Mas também furiosa comigo mesma. Por ter escolhido essa vida, por abandonar Chey, por não ter forças para voltar para ele. A dança agora fazia com que eu me sentisse suja, de uma forma como jamais acontecera.

Liguei o chuveiro, tirei a roupa e, de olhos fechados, entrei debaixo da ducha, aumentando o aquecimento até que o choque me devolvesse à realidade. Fiquei imóvel, deixando que a água batesse em minha pele, permitindo que o vapor me envolvesse.

Quando saí do boxe minúsculo, meu corpo estava tingido de escarlate, do calor e do vapor. Mas minha mente ainda parecia suja. E algumas palavras da carta de Chey voltavam precipitadamente à minha cabeça, perversas, lindas, sujas, mas muito diferentes da experiência de que eu acabara de participar. O contraste era esclarecedor.

O amanhecer espiava pela janela do quarto, uma luz cinzenta e hesitante espalhando seu manto diário sobre os telhados de Amsterdã, dos quais eu tinha uma vista generosa de minha suíte no último andar.

Deitei-me na cama, enrolada em toalhas brancas, grossas e úmidas, mas o sono não vinha.

Uma hora depois, os rumores da vida surgiam nas ruas, e vesti um moletom, uma calça jeans e tênis. Peguei o elevador para o saguão. Não havia ninguém na recepção, apenas o ruído de alguém passando aspirador de pó numa sala nos fundos. Saí. O frio do outono tomava o ar.

A dez minutos dali, alguns dos quiosques no mercado de flores ao ar livre estavam abrindo, os produtos sendo desembalados, mostruários regados e arrumados. A orgia de cores iluminava a manhã cinzenta enquanto se espalhavam flores, bulbos, plantas, sementes, acessórios e souvenires. Uma jovem com uma tatuagem de lágrima abaixo do olho esquerdo e roupa em estilo punk colocava cestos de mudas de *cannabis* à frente da vitrine do quiosque. Seu cabelo tingido de preto tinha um corte assimétrico, e notei que seus tênis eram idênticos aos meus.

Andando pelo cais, meu olhar foi assaltado pelas cores do sol nas tulipas que tomavam cada quiosque. Era uma flor que raramente tínhamos a oportunidade de ver em Donetsk ou mesmo em São Petersburgo. Eu adorava o formato limpo delas, a serena uniformidade de suas curvas. De algum modo eu as achava pacíficas. Embora nenhum dos quiosques estivesse aberto, convenci uma das ajudantes a me vender um grande buquê de tulipas de cores variadas e também me presenteei com um enorme ramo de outras flores, rosas apertadas com lírios, girassóis e gardênias. Voltei ao hotel com minha braçada de flores, atraindo olhares curiosos no hall agora mais movimentado, onde turistas formavam uma fila única saindo dos elevadores para o salão do café da manhã.

De volta ao quarto, tirei a roupa e arrumei as flores pelos lençóis brancos e imaculados, orquestrando um dilúvio de vegetação silvestre por toda a extensão da cama. Deitei-me no meio, minha pele branca e nua agora ornada por um halo brilhante de cores.

Parecia loucura. Era loucura.

Respirei fundo e estendi a mão para a gaveta da mesa de cabeceira à minha direita, pegando o saquinho de veludo verde em que eu guardava minhas 13 peças de âmbar. Espalhei-as por minha pele, a maioria se acomodando num equilíbrio instável enquanto outras escorregaram para o cemitério de flores que me cercava. A peça maior, um bloco quase transparente de âmbar, de aparência aquosa, mas límpida, num formato natural de coração, estava prestes a cair de lado se eu me mexesse, a meio caminho entre o declive de meus seios e meu umbigo. Tomei-a entre os dedos, levei-a à boca e rolei-a na língua. Agora lubrificada, retirei-a e a inseri cuidadosamente em minha boceta, ofegando enquanto sua dureza inflexível ultrapassava meus lábios.

Depois, ao acaso, peguei outra peça menor de âmbar e coloquei na boca, onde se aninhou na cavidade de minha bochecha.

Eu estava apagando o Sacerdote Inca, a dança, o sexo sem significado mascarado de arte.

Agora eu estava preenchida.

Por âmbar.

Por Chey.

E o sono finalmente me veio.

Fui despertada do sono profundo no meio da tarde. O barulho do Leidseplein agora era alto e animado, elevando-se até minha janela, e, quando olhei pelas cortinas, um sol frio lançava sua luz pela cidade.

À medida que recuperava os sentidos, percebi que havia sido tirada de minha profunda lassidão pelo toque do telefone.

Atrapalhei-me para pegá-lo, cuspi a peça de âmbar colocada em minha boca na cama tomada de flores. A outra, percebi com uma vaga onda de prazer disparando por minhas entranhas até o cérebro, ainda estava alojada na minha boceta.

— Alô?

— Luba, você me deixou um recado. Qual é o problema?

Era Madame Denoux. Devia ser manhã em Nova Orleans.

Eu me recompus enquanto sentia o fluxo de raiva voltar.

— Cansei — eu disse.

— O quê?

— É sério. Estou querendo desistir de toda essa coisa de dança, Madame — continuei. — Antes eu gostava. Mas agora isso me deixa péssima.

— Você só precisa ser mais desapaixonada com tudo isso, Luba — disse Madame Denoux.

— Desapaixonada! — exclamei. — Isso não estava no contrato...

Rocei em algumas flores que me cercavam, derrubando-as da cama, e elas caíram no piso acarpetado, espalhando-se em desenhos improváveis. Meu dedo varreu lentamente as bordas lisas de uma das peças de âmbar pousada ali, e ela era reconfortante e pacífica.

— Você é tão talentosa e bonita, minha querida Luba. Você está apenas abalada. Não pode desistir da dança. Sua fama está se espalhando e todos estão falando de você. Eu levei anos para chegar aonde você já está, sabia?

Mas eu havia me decidido.

— Eu quero sair.

— Não faça isso.

— Eu quero.

— Por favor, reconsidere. — Agora a voz de Madame era suplicante.

— Não. — Eu era inflexível.

— E então vai fazer o quê?

— Talvez só a dança normal, não sei.

— As recompensas não serão tão significativas, já pensou nisso?

— Eu sei. Mas já juntei o bastante. Talvez eu tire umas longas férias. Depois verei.

Eu quase podia ouvi-la pensando.

— Sim, isso é bom. Uma folga estendida. Excelente ideia. Renove sua mente e seu corpo, Luba. Depois conversamos de novo, certo?

Ela explicou que tirar umas férias das apresentações tornaria minha ausência ainda mais sentida, aumentando a demanda pelos meus serviços únicos, elevando o preço. Sugeriu que, juntas, ela e eu cuidássemos para que meus números se tornassem ainda mais exclusivos, até raros. Que eu só me apresentasse, a partir dali, em épocas e lugares que eu mesma escolhesse. Madame Denoux implorou que eu considerasse essa possibilidade depois de meu período sabático. Eu poderia fazer isso?

Concordei com relutância.

Depois da noite anterior, eu não sabia se voltaria a dançar, mas também sabia que jamais conseguiria obter satisfação fazendo outra coisa. Eu passara a gostar das viagens, da falta de laços terrenos. Encontraria um jeito de me recuperar e o faria logo. Eu não tinha mais nada na vida.

Talvez um dia eu até reencontrasse Chey. Em algum lugar exótico, novo. Ambos fora da lei, ambos aventureiros.

Respondi à carta dele. Minhas palavras eram débeis e hesitantes, mas tentei, a minha própria maneira, perdoá-lo pelo que ele era ou poderia vir a ser. Deixei aquela porta aberta. Confessei a dor provocada em minha alma por me separar dele. Mas a carta, depois de um tempo, foi devolvida. Ele não morava mais na Gansevoort Street e não deixara endereço para correspondência.

Naquele momento, meu futuro era um espaço em branco. Eu podia fazer o que quisesse.

Hoje, decidi que visitaria os museus de Amsterdã. Nunca tivera essa oportunidade. Meu quarto de hotel no Leidseplein estava disponível por mais duas noites e tinha sido pago adiantado. Amanhã eu ligaria para um agente de viagens e trocaria minha passagem de volta a Nova Orleans por um voo para outro lugar. Talvez de novo para o Caribe. Mas, dessa vez, Barbados ou Jamaica. Tornar-me uma exploradora. Conhecer gente. Ter aventuras.

Eu estava com fome. Lavei o rosto e escovei os dentes, coloquei um vestido simples, de algodão com bolinhas discretas, pouco abaixo dos joelhos, deixando meus ombros expostos. Encontrei o blusão de cashmere em minha bagagem, calcei sapatilhas rasteiras e saí.

Havia quiosques perto da estação central do trem vendendo batatas fritas com maionese, que eu havia provado no dia em que cheguei. Era para lá que eu iria, depois pegaria um táxi para o Rijksmuseum e veria as coleções de Rembrandt, como qualquer turista. Meu coração já estava mais leve com a perspectiva de alguns dias ociosos pela frente. Talvez pudesse redescobrir a mim mesma. Encontrar a paz.

Quando cheguei à bilheteria, só restava uma hora para o fechamento. Eu precisava correr. Ou talvez não, porque podia voltar no dia seguinte sem pressa nenhuma. Sorri. Aquilo parecia um luxo.

Eu estava na ala oeste contemplando *A Ronda Noturna* quando ouvi uma voz irônica por sobre o ombro.

— Alguém já te disse que você é tão bonita vestida quanto nua?

Virei o corpo.

* * *

O rosto era familiar, de incontáveis fotos com que eu topara em jornais e revistas. Um astro do rock inglês que chamava a si mesmo de Viggo Franck. Eu nunca tinha ouvido sua música. A banda, os Holy Criminals, era famosa por seus excessos e tocava principalmente em grandes turnês, pelo que soube.

Em carne e osso, ele era mais baixo do que eu esperava, embora seu corpo magro lhe desse uma altura ilusória. De frente, seu cabelo comprido e desgrenhado era um ninho de cuco de nós habilidosos que não viam um pente desde a Idade Média. Suas pernas finas estavam envoltas nos jeans mais apertados que vi na vida, como que pulverizados, puídos na bainha, onde começavam as pesadas botas de couro preto, mostrando um centímetro de pele do tornozelo branco. Se eu estivesse de salto, teria ficado meia cabeça mais alta que ele.

Seus olhos escuros brilhavam de malícia e seu sorriso era irresistível, quase o de um menininho, indagativo, fitando-me ao mesmo tempo com um apetite não diluído e genuína curiosidade, como se eu fosse um espécime raro num zoológico ou na vitrine de uma loja.

Suportei com calma sua atenção, meus olhos inevitavelmente verificando o volume significativo e evidente por dentro de seus jeans que o inquietante aperto do tecido só enfatizava.

Ele seguiu o caminho de meus olhos e seu sorriso ganhou um ar malicioso.

— Você está na vantagem em relação a mim — observei.

Seu rosto se iluminou.

— Adoro seu sotaque, garota...

Ergui as sobrancelhas.

— Você é russa mesmo? — continuou ele.

— Ucraniana, na verdade — observei.

— Maravilhoso — declarou Viggo.

A noite anterior havia sido a única vez em que eu me apresentara em Amsterdã, fosse como dançarina ou como parte de uma dupla sexual. Fazia sentido, portanto, que Viggo Franck tivesse me visto ali.

Vendo-me pensativa, ele continuou.

— Ontem à noite, eu era um dos espectadores. Tinha um convite.

— Sei.

— Vi alguns shows de sexo ao vivo por aí, em Hamburgo, nos velhos lugares da rua 42 em Nova York quando eu ainda era pirralho, em Tijuana, aqui. Mas o seu foi lindo. Você o transformou numa coisa linda. De verdade. Tinham me avisado que você era única, e eles estavam certos. Valeu cada centavo — disse ele.

— Fico lisonjeada. Mas foi uma noite ruim para me ver. Posso fazer melhor quando coloco emoção.

Pelo canto do olho, capturei o olhar fixo da garotinha de vestido amarelo sob a luz na tela de Rembrandt.

— Se é esse o caso — disse Viggo Franck —, farei de tudo para comparecer à sua próxima apresentação e vê-la em sua melhor forma.

— Talvez não haja outros shows — observei. — Não tenho planos para apresentações futuras.

Sua boca se abriu ligeiramente em um gesto de decepção, como uma criança a quem é negado um capricho.

— Que triste — observou ele.

— Tudo que é bom chega ao fim.

— Não era só pelo sexo, sabe — continuou Viggo Franck. — Era uma combinação de tudo, o jeito como você dançou, a elegância e o erotismo, a música. Você tornou tudo uma experiência inesquecível. E olha que eu entendo uma coisinha ou outra de palco... Foi lindo, de verdade.

Foi anunciado no sistema de som que o museu fecharia em 15 minutos, e tínhamos de nos dirigir para a saída.

Eu estava prestes a refazer meus passos pelo labirinto dos longos corredores e galerias do Rijksmuseum, seguida pelo astro do rock inglês, apertando com mais força a bolsa de lona pendurada em meu ombro exposto, quando o ouvi exclamar.

— Espere!

— Pois não?

— Quer tomar um café comigo? — perguntou ele.

Eu não tinha outros planos. E a companhia dele ia me salvar do terror de minha solidão no quarto de hotel, sem nada além de meus pensamentos. Aceitei.

A noite caía. Não parecia haver nenhum bar ou cafeteria nas proximidades do museu, então fomos para o sul, jogando conversa fora até que, a poucas quadras de distância, chegamos a outro canal margeado por uma variedade de cafés e restaurantes. Enquanto escolhíamos um estabelecimento, notei que a aparência desgrenhada de Viggo chamava atenção de quem passava, principalmente de mulheres, de todas as idades.

Lembrei que ele tinha fama de mulherengo, embora comigo, naquele momento, fosse divertido e inofensivo, ansioso como um cachorrinho. Eu sabia que causava esse efeito nos homens, mas isso era do alto da minha presença no palco, quando eu estava iluminada pelos holofotes, não necessariamente quando era a velha Luba de sempre, num simples vestido de algodão de bolinhas e sapatilhas, sem maquiagem. Aquela que eu via no espelho todo dia. A garota que Chey conheceu.

— Posso te pedir só uma coisa? — perguntei, quando entramos em um café, ao me sentar e pedir um espresso duplo à jovem garçonete, que não conseguia tirar os olhos de Viggo enquanto ele se instalava na cadeira de frente para mim e pedia uma taça de vinho branco. Nem uma vez ela olhou para mim, extasiada com o aparecimento do cantor de rock no café.

— Claro — assentiu ele.

— Não me encha de perguntas sobre como me tornei uma *sex performer*, está bem? Sou dançarina. O resto simplesmente aconteceu, eu acho. Mas não é algo sobre o qual eu queira falar. Não agora.

Seus lábios se torceram de decepção, como se eu tivesse acabado de estragar a conversa. Logo uma faísca apareceu no canto de seu olho e ele se reanimou.

— Então me fale da tatuagem... A arma? — perguntou ele.

— É uma longa história — respondi.

— Me dê uma versão resumida. Sou um homem impaciente.

— Fiz por capricho, por impulso.

— Só isso?

— Por causa de um homem. Alguém que conheci. Ele tinha uma arma e aconteceu uma coisa...

— Ele atirou em você? — As palavras saíram precipitadas.

— Não. Eu atirei na televisão dele.

— Nossa! — exclamou Viggo.

Lembrando-me daquele dia, sorri. Pensando agora, era tristemente divertido. Na época não havia sido.

— Não consegui tirar os olhos dela enquanto você dançava — disse Viggo Franck.

— Só da arma? — perguntei com malícia.

— Não exatamente — confessou ele, passando a língua pelos lábios, resgatando o gosto do vinho. — Havia muito para ver e eu tenho a visão perfeita.

Seus olhos encararam os meus. O homem que me viu ser comida por outro.

Continuei em silêncio.

— Você é o tipo de garota sobre a qual eu queria compor uma música — afirmou ele, completamente sério de novo.

Desde a carta de Chey e a revelação involuntária do que ele via em mim e o que pensava de mim, muitas vezes eu tentara imaginar como os outros me viam. O fato era que eu estava tantas vezes em exibição e, ainda assim, não conseguia compreender como a visão dos espectadores se conciliava com a visão difusa que eu tinha de mim mesma. De certa maneira, eu queria ser a heroína de minha própria história, a estrela da minha própria vida.

— Você é meio misteriosa, distante, mas terrivelmente real — continuou Viggo.

— Real porque você me viu pelada, fazendo sexo, é o que quer dizer?

— Não só por isso... Posso chamá-la de Luba?

— É o meu nome.

A menção de compor uma música sobre mulheres fez com que uma lembrança viesse à tona.

Algumas semanas antes, enquanto eu atravessava o Atlântico num voo noturno que me trouxera à Europa e às duas apresentações que eu tinha agendadas, primeiro em Cannes e a mais recente em Amsterdã, eu havia lido um livro que comprara na livraria do saguão do aeroporto O'Hare, em Chicago. Era de um romancista inglês, intitulado *Amarelo*, e contava a turbulenta história de uma jovem estrangeira em Paris nos anos 1950, que entrava e saía de relacionamentos no Quartier Latin em meio a uma multidão de músicos de jazz e expatriados. De algum modo senti uma forte identificação com ela, e a história me afetou de um jeito curioso. Convenci a mim mesma de que a personagem era baseada numa pessoa real, alguém cuja existência eu podia sentir, alguém que eu quase conhecia. Nunca tinha ouvido falar daquele escritor, era seu primeiro romance e ele era listado como um acadêmico em Londres. O que havia nos britânicos, que queriam ser inspirados por mulheres imperfeitas, que se sentiam atraídos pelas falhas de nosso caráter, por nossos defeitos?

— Talvez eu faça isso. Compor aquela música — concluiu Viggo, esvaziando sua taça.

— Fique à vontade. Só deixe meu nome de fora.

Ele parou, contemplando-me de um jeito sonhador. Era um sujeito interessante, não havia dúvida, mas sua fama o precedia e eu sabia, bem no fundo, que ele não era um homem para longo prazo. Era o tipo de cara com quem a velha Luba poderia ter se divertido por uma ou duas noites. Depois de Chey, não passei mais que uma única noite com homem nenhum — exceto Lucian. Depois do sexo, todos me entediavam. Às vezes, eu suspirava de tédio até enquanto fazíamos amor. Viggo parecia valer talvez uma semana. Mas, em meu íntimo, não sentia nada além do vazio. Não conseguia encarar o silêncio de meus pensamentos, mas não me sentia pronta para ter companhia.

A verdade é que eu não sabia o que queria.

Ele me olhava com avidez.

— Escute — disse ele. — E, por favor, não se ofenda. Sei o que você faz, ou fazia, se decidiu parar, mas você pensaria em... se apresentar... só para mim? Você me dá o preço — disse ele, baixando os olhos, como se tivesse vergonha de me oferecer dinheiro.

Suspirei. Eu sabia que a pergunta era inevitável. Pelo menos ele estava hesitante e não cheio de si, sabendo que era rico o bastante para adquirir qualquer coisa.

— Você diz "se apresentar" — observei. — Quer dizer só dançar, ou fazer sexo com você?

— A cavalo dado não se olha os dentes. O que você quiser me oferecer.

Refleti.

Talvez alguém de natureza tão calorosa e honesta pudesse ser exatamente do que eu precisava para me recolocar nos eixos. Com ele eu ficaria segura, por um tempo, e não ficaria só. Eu me sentia eu mesma com Viggo Franck. Talvez pudesse dançar para ele. E, se podia dançar para ele, então podia reaprender a dançar para os outros.

Embora Chey fosse dono de minha alma e jamais saísse de meus pensamentos, eu sabia que a terrível dor de sua ausência ia me atormentar para sempre, se eu insistisse nela. Precisava recuperar minha paz de espírito. Não era uma questão de ser fiel a alguém que me abandonou, este era um conceito tolo. Seria um jeito de manter o controle da minha sanidade emocional.

Acenei para a jovem garçonete holandesa que estivera nos observando com curiosidade e inveja do balcão do bar e pedi outro café. Viggo não quis outra taça de vinho.

Finalmente, respondi à pergunta.

— Não vou fazer sexo com você, Viggo Franck. Não faço sexo com homens por dinheiro. Mas posso dançar para você num lugar e hora de minha escolha. Não hoje, talvez nem mesmo amanhã, mas eu poderia...

— Como? Quando?

— De qualquer modo, por que você quer gastar seu dinheiro comigo? Tenho certeza de que metade das mulheres do mundo correria para a sua cama num estalar de dedos e jamais pensaria em pagamento, não? Mas seria bom ser sua amiga e dançar para você.

Viggo ficou radiante, como um garotinho que acaba de realizar seu desejo mais sincero.

— A tatuagem da arma foi por capricho — expliquei. — Acho que sou uma criatura de caprichos, de impulsos, uma alma russa, sabe como é... É só o que eu sou.

— E então?

Agora parecia um jogo. Eu podia sentir parte de minha antiga centelha de volta. Queria jogar com Viggo Franck. O meu tipo de jogo, porém. E eu sentia que ele era o tipo de homem que desfrutaria desses jogos.

— Como eu disse, não é uma questão de dinheiro, mas, se você me trouxer uma coisa, dançarei para você. Em particular.

— O que é?

À minha própria maneira, eu não queria facilitar para ele. Queria que representasse um desafio. Queria testá-lo. Verificar se eram verdadeiras minhas teorias com relação a seu caráter. Olhei para fora. Agora era noite. Todas as lojas na cidade estariam fechadas. Estava anormalmente quente ali dentro, apesar de meus ombros nus e do algodão fino de meu vestido.

Dei a Viggo Franck o nome do meu hotel no Leidseplein e lhe disse que às 8 horas da manhã seguinte eu estaria sentada no saguão de café da manhã e, se ele estivesse ali com uma peça de âmbar de presente, não só eu consentiria em compartilhar o café com ele como também, depois, dançaria só para ele.

Seus olhos se arregalaram.

— Caralho! — exclamou.

Estalei a língua em reprovação.

— Perdoe meu linguajar — disse ele com um sorriso irônico. — É que esse é um baita desafio para pouco mais de 12 horas.

— Eu sei — disse. — Eu não podia fazer com que saísse barato ou fácil, podia?

Ele olhou furtivamente o relógio e percebi que horas eram, e ocorreu a ele também que todas as principais lojas de Amsterdã agora estariam fechadas.

Ele se levantou devagar da cadeira, endireitou os vincos que subiam por seus jeans, soprou-me um beijo e garantiu que estaria lá no café da manhã.

— Não se atrase — lembrei a ele.

Enquanto ele saía da cafeteria, meus olhos e os da garçonete se fixaram em seu traseiro minúsculo, coberto pelos jeans apertados. Acho que nunca vi um traseiro tão pequeno numa mulher, que dirá num homem.

Naquela noite, dormi tranquilamente, com um sorriso nos lábios.

Sem sonhos ou pesadelos.

Se ele passou a noite cruzando Amsterdã em busca da peça de âmbar ou se mandou alguém cumprir a tarefa, eu não sei. Nem mesmo se o presente tão procurado realmente havia sido encontrado na cidade ou enviado durante a noite de algum lugar do mundo onde as joalherias e os antiquários ainda estivessem abertos.

Desci ao saguão de café da manhã do hotel e ele estava sentado à mesa que eu havia reservado.

Vestia as mesmas roupas do dia anterior e claramente não fizera a barba.

Eu estava com uma blusa de seda branca transparente, extremamente consciente de que meus peitos eram visíveis através dela, e uma saia branca e comprida que roçava em meus tornozelos. Sentia-me invencível.

Ele se levantou, apressou-se para chegar ao meu lado na mesa pequena e redonda, puxou minha cadeira e me convidou a sentar.

Em meu prato havia uma caixa de veludo carmim, cingida por fitas pretas e finas. Podia conter uma aliança de noivado, ou um relógio. Mas não.

Era uma linda peça de âmbar.

Ele olhou para mim com profunda satisfação.

— Concede esta dança, Srta. Luba?

8
Dançando pelo mundo

Viggo e eu rapidamente entramos num acordo. Consenti uma dança particular a ele, mas ainda não estava pronta para me apresentar. Não agora e certamente não aqui, em Amsterdã.

Ele sugeriu Londres, onde morava, descrevendo-me a gruta subterrânea com piscina que havia em sua mansão. Parecia-me maravilhosamente decadente e aguçava a minha imaginação. A primeira coisa que me veio à mente foi que eu podia ser uma sereia, e eu já pensava no figurino e na música ideal para a apresentação.

Enquanto falava, Viggo parecia um garotinho de olhos arregalados descrevendo seus brinquedos. Concordei, embora lembrasse a ele, "Sem gracinhas. Só vou dançar e não quero que você tenha nenhuma ideia besta, está bem?" Ele concordou. Era um pensamento temerário, mas uma voz em minha cabeça também sussurrava que eu acabaria transando com ele. Eu me recusava a passar a vida sozinha, sonhando com um homem que não podia ter e que claramente não me queria mais. Pois, se Chey me amasse de verdade, certamente teria me encontrado, lutado por mim — pelo menos me contado onde estava. De qualquer modo, ainda que estivesse cansada dos espetáculos de sexo ao vivo, não tinha perdido o espírito aventureiro, e seria uma tentação grande demais não provar um homem que era objeto de fantasia de metade das mulheres do mundo. Mas eu não tinha pressa e deixaria claro que a decisão era minha, e não dele.

Fomos para Londres de avião na tarde seguinte.

Durante a viagem, Viggo foi cavalheiresco, atencioso e espirituoso, e seus olhos não se desviaram de mim em nenhum momento.

Seu Buick esperava por nós no estacionamento rotativo no Heathrow. Ele dirigiu para a cidade como se estivesse possuído, ansioso para exibir sua casa — ou talvez ansioso para me exibir a seus amigos.

A mansão situava-se em uma área arborizada a minutos do Hampstead Heath e me pareceu um jardim de delícias; Viggo me acompanhou ansiosamente por suas instalações, como uma versão masculina e roqueira de Alice do País das Maravilhas. A primeira coisa que notei foi o quanto ele era apegado a objetos — o lugar era uma arca do tesouro de esculturas, pinturas e gravuras, e até raras primeiras edições de livros que pareciam frágeis demais para serem manipuladas, que dirá lidas. Primeiro ele me mostrou o quarto de hóspedes, que seria meu pelo tempo que eu quisesse ficar ali. Era um quarto amplo, com paredes alternadamente pintadas de preto e branco e pontilhadas de pequenas gravuras que imaginei serem todas originais, a maioria impressionistas e muitas do mar, em todos os tons de azul e verde que existiam, pontilhistas, discretas, hipnóticas. Tive certeza de que Debussy teria visto muitas dessas imagens antes de compor "La Mer" e encontrou inspiração nessa paleta. Também havia um banheiro no quarto, com uma banheira delirantemente gótica, com garras de metal e pés retorcidos, e um boxe moderno de vidro reluzente e metal cintilante.

Eu só tinha as roupas que levara a Amsterdã, que dispersei pela imensidão do armário amplo com portas corrediças de vidro. Se ficasse mais tempo ali, teria de buscar parte do guarda-roupa que ficava em Nova Orleans, bem como comprar roupas novas em Londres.

Viggo voltou para me buscar algumas horas depois e me guiou por uma escada circular até a área subterrânea da mansão. E ali estava: sua gruta, o brilho esmeralda da água da piscina com seu fluxo em zigue-zague dividindo ao meio a caverna subterrânea de teto baixo, como o bafo de um deus invisível do mar. Novamente ali, em cada lado da piscina, havia obras de arte, a maioria era moderna, grande e pequena, bizarra e incongruente.

— É encantador — falei. — Mas nem mesmo eu consigo dançar sobre as águas.

— Veja — disse ele, e apontou para a extremidade do espaço, onde a água da piscina surgia como uma cascata de uma colina habilidosamente construída com pedras pequenas e cintilantes.

Meu palco. Uma laje de pedra preta, grande e retangular. Como um altar sacrifical.

Quando vi a piscina e a plataforma, entendi que essa dança para Viggo seria o bálsamo curativo necessário para restaurar meu equilíbrio. Ali a água ia me banhar como num batismo, purificando meu corpo de seus pecados, os conhecidos e os desconhecidos. Seria ritualístico. Pagão. Eu seria a sacerdotisa presidindo minha própria cerimônia. Descascaria todas as camadas, arrancaria a pele e voltaria à velha Luba num choque rápido e agudo.

Dancei para ele na noite seguinte. Uma dança de desejo ondulante, de carne branca e rosa-shocking, uma oferenda privativa como a primeira que eu apresentara a Chey, há muito tempo.

Fui devassa e rude, mais do que nunca na vida, garantindo que Viggo Franck me quisesse como jamais quisera uma mulher, meu corpo, minha intimidade, mas dessa vez o poder seria todo meu. À medida que a música envolvia a mim e a meus movimentos lentos e deliberados com seu ritmo, eu podia ver em seu rosto os olhos cravados em minha presença terrena, o quanto ele desejava me possuir, acrescentar-me à sua coleção. Mas eu continuei dançando, sorrindo intimamente. Este seria meu novo domínio, a toca subterrânea da sereia de Viggo. Quando a música parou, nós dois prendemos a respiração, de frente um para outro, eletrizados.

Só havia uma coisa a fazer: dei uma gargalhada e pulei nua na água fria, para apagar o fogo.

Quando nadei até a borda e saí da piscina, Viggo esperava por mim, estendendo uma grande toalha branca.

— Até as sereias precisam se enxugar. — Ele abriu um largo sorriso.

— Ah, não, não precisam — eu disse. — Elas têm lacaios que realizam essa tarefa.

— Nunca tinha sido chamado de lacaio. — Viggo se aproximou de mim, enrolando-me no tecido felpudo que absorvia a água ainda pingando de meus ombros e por minha pele. Como não protestei, ele começou a esfregar o tecido em mim, primeiro as costas, depois o cabelo e, em seguida, de maneira insolente, minha bunda. — Mas acho que posso gostar bastante de ser um — concluiu ele.

Comemos juntos, mais tarde, na cozinha grande e moderna. A comida fora fornecida por um famoso *restaurateur*. Era extraordinária. Viggo era divertido, bombardeando-me de histórias e anedotas impressionantes sobre os excessos do estilo de vida rock and roll, ensinando-me a comer ostras e saborear corretamente um vinho de boa safra. Por trás do monstro do rock havia um bom homem. Só os *bad men* sabiam tocar meus acordes, mas talvez por ora isso fosse bom. Eu podia relaxar e me reinventar com Viggo.

Ele era um perito em beleza, segundo me disse, e queria que eu ficasse. Eu teria o quarto que quisesse, podia até ajudá-lo quando necessário com as fatigantes minúcias da vida cotidiana em que seus administradores e agentes não se envolviam. Uma assistente pessoal, uma companheira, uma musa. O resto era comigo. Se eu desejasse dançar de novo, ele aceitaria de bom grado, mas, de minha parte, não teria nenhuma obrigação de voltar a fazer isso.

Agora eu era uma associada dos Holy Criminals. Até fui colocada na folha de pagamento, sem dúvida pela dedução fiscal, vendo os olhos de seu contador se iluminarem quando fui apresentada a ele para cumprir as formalidades. Nem mesmo exigiam que eu dançasse no palco com a banda.

Passei a maior parte dos dois dias seguintes na área da piscina, nua, esparramada, molhada, numa abençoada inocência. Viggo se juntava a mim naquele espaço, batendo papo e me olhando com uma avidez maldisfarçada. Sugeri que se juntasse a mim na água, o que ele fez, mas só depois de eu observar a árdua operação durante a qual ele teve de tirar seus jeans apertados enquanto tentava conservar o mínimo de dignidade.

Ele tinha um pau lindo. Fino, reto, grande.

Viggo pulou na piscina. Fui até onde ele tinha entrado e, brincando, afundei sua cabeça na água quando ele tentou subir, mantendo seus olhos e a boca no nível de minha boceta lisinha.

Soltei-o e ele explodiu pela superfície, cuspindo água, fingindo raiva. Ri de novo. Seu pau, eu podia sentir, já estava duro como pedra, roçando minha coxa. Meus pés enrijeceram e me preparei para afastá-lo, mas, para minha surpresa, o toque de seu pênis em minha perna me deu um arrepio e percebi que havia genuinamente desenvolvido uma afeição por Viggo. Não seria uma relação como a que eu tivera com Lucian, que mais parecia um acordo de negócios. Não, eu ia fazer amor com Viggo Franck e ia gostar.

Naquela noite, entrei em seu quarto no último andar e me juntei a ele em sua cama obscenamente grande. Não era uma cama para se dormir sozinho. Eu não havia estado com um homem desde minha última apresentação em Amsterdã, e todos os pensamentos recorrentes em Chey formavam um nó doloroso em meu coração. Uma dor da qual eu queria me livrar, mesmo que sofresse ao removê-la, como um dente podre. Queria me livrar das lembranças de trepadas ruins que tivera desde Chey, e podia ser um clichê, mas o único jeito que consegui pensar em fazer isso era foder até a dor ir embora. O músico sexy, com toda sua gentileza, suas contradições e suas calças apertadas, era exatamente o remédio de que eu precisava.

— Opa, olá, querida — disse ele quando me esgueirei pelas cobertas e me deitei ao seu lado. — Não conseguiu resistir a mim no fim das contas, hein?

Partindo de qualquer outro homem, aquela confiança tranquila podia parecer arrogância, mas Viggo era tão bem-humorado que até a ostentação parecia autodepreciativa e fazia com que eu gostasse mais dele.

Soltei uma risada, curvei-me e o beijei.

Ele não precisava de outro convite.

Era tão confiante no sexo quanto parecia ser, pelo menos superficialmente, em todas as outras áreas da vida. Sua boca era macia e ele beijava com languidez, como se tivesse todo o tempo do mundo e pretendesse fazer uso dele.

Escorei-me no ombro para correr a mão por seu corpo, mas ele me empurrou, colocando-me de costas na cama novamente.

— Primeiro, minha vez — disse ele, brincalhão. — Acho que a dançarina Luba precisa ter a chance de ficar parada por um tempo. Ou vou ter que obrigar você a ficar aí?

— E como você pretende fazer isso?

— Feche os olhos — pediu ele —, e eu mostro.

Segui suas instruções, mas, instantes depois, ouvi o guincho da gaveta de cabeceira sendo aberta e a curiosidade me venceu. Minhas pálpebras se abriram e olhei furtivamente para ele.

— Tsc, tsc. — Ele me repreendeu. — Estou vendo que vou ter que cuidar disso também.

Fechei rapidamente os olhos.

— Melhor assim — disse ele, evidentemente me vigiando. — Mas acho que prefiro ter certeza de que você vai ficar desse jeito.

Seu tom era leve e jocoso. Viggo claramente pretendia demonstrar o que eu imaginava que fosse um vasto repertório de habilidades na cama, e eu estava feliz por ter dado a ele permissão para tal.

— Já usou uma venda? — perguntou ele.

— Nunca. — Eu tinha feito muitas coisas com Chey, mas, surpreendentemente, isso não.

Percebi que estava prendendo a respiração, em grande expectativa. Minha mente era agitada, e geralmente, quando estava na cama com alguém novo, passava pelo menos parte do tempo observando o ambiente, pensando numa coisa ou noutra. O que fazer em seguida, se o gosto de meu parceiro de cama para a mobília me agradava ou não. Mas, deitada de costas na cama de Viggo com os olhos fechados, meus sentidos estavam parcialmente desligados e eu sintonizava cada ruído dele, cada movimento. Ele não tinha me prendido, mas fiquei parada para agradá-lo, e agora estava completamente consciente das sensações em cada parte do meu corpo.

— Humm. Acho que você está gostando dessa ideia — acrescentou ele. Eu não podia vê-lo, mas tinha certeza de que seu olhar estava fixo em mim, observando cada reação infinitesimal de meus músculos se contraindo e relaxando, esperando pacientemente por seu toque.

Quando as echarpes de seda tocaram minha pele, arfei. Eram frias e deliciosamente macias e, de olhos fechados e sem ter consciência alguma do que ele estava passando por minhas pernas e pelo meu tronco, depois por meus peitos, parecia que era o bater de uma onda isolada que me roçava.

— Está gostando? — perguntou ele com brandura.

— Ah, estou — respondi.

Eu não estava acostumada a falar durante o sexo e já me decidira a não implorar, se era o que ele pretendia, mas quando ele correu o tecido por meus mamilos agora duros, desceu até minha boceta e por sobre minhas coxas e pernas, eu me vi pronta a fazer qualquer coisa que Viggo Franck me pedisse.

Ele enrolou o tecido sedoso em meus tornozelos e nos pulsos e amarrou as extremidades na cabeceira e nos pés da cama, de modo que eu só conseguia me mexer o suficiente para reduzir qualquer desconforto, mas estava presa numa posição de estrela-do-mar, inteiramente sujeita a seus caprichos. Em seguida, ele levantou gentilmente minha cabeça e prendeu outro tecido em volta de meus olhos, para que eu não pudesse enxergar, mesmo que quisesse.

A gaveta se abriu novamente num rangido.

Agora eu podia sentir meu clitóris inchando e minha boceta ficando constrangedoramente molhada. Eu queria pedir a ele que abandonasse as preliminares e me fodesse de uma vez, mas me obriguei a não falar nada. Por mais excitada que estivesse, eu tinha meu orgulho, e não queria que Viggo pensasse que era algum tipo de deus do sexo capaz de me fazer desfalecer à mais leve carícia.

A colcha na cama se mexeu ligeiramente quando ele baixou o que quer que tivesse apanhado em sua gaveta de truques.

Uma por uma, ele me provocou com sensações, até que minhas terminações nervosas ficaram em tal estado que o mais leve toque fazia com que eu me contorcesse, desesperada para sentir mais.

Primeiro, golpes suaves e cócegas na face interna de minhas coxas, em minha boceta inchada e molhada, depois em volta dos mamilos, em círculos suaves e delicados. Acho que estava me acariciando com uma pluma. Depois, o arrastar de algo quente e aveludado, como uma luva de pele de animal. Então, algo afiado, mas não a ponto de causar dor, como a lâmina de uma faca cega, que ele correu firmemente pelas minhas partes mais sensíveis enquanto eu gemia e puxava minhas amarras, não para escapar, mas pelo desejo intenso de sentir mais.

— Por favor, me come — falei, por fim.

— Ainda não — sussurrou ele em meu ouvido, acompanhando suas palavras com a carícia da língua e o fluxo de seu hálito quente em minha pele.

Ele correu a língua por todo o meu pescoço, descendo até meu peito, pegando cada mamilo na boca, chupando e mordendo-os até que ficaram dolorosamente duros, e eu murmurei na agonia da excitação mesclada com a frustração. Desceu por meu tronco com a língua, depois pelo entorno da minha boceta, a um torturante centímetro de meu clitóris. Arqueei-me contra as amarras, puxando até a cabeceira da cama bater, esforçando-me para chegar mais perto de sua boca, mas ele havia me amarrado com habilidade e minha luta era em vão.

Quando finalmente ele baixou a boca e me lambeu com golpes firmes, gozei em segundos, puxando as echarpes de seda até pensar que podia quebrar a cama, o calor de meu orgasmo provocando espasmos em meu corpo.

— Ah, meu Deus, pare — implorei, minha boceta estava tão sensível que cada toque era doloroso em vez de prazeroso.

Ele retirou a venda de meus olhos e soltou as amarras dos pulsos e dos tornozelos. Fiquei deitada, imóvel, num estado de êxtase, desfrutando do ardor pós-orgasmo, até relaxar e me sentir pronta para outra.

— Caramba, você tem fôlego mesmo, e não só para a dança — disse ele enquanto eu levava a mão até seu pau.

Ele ainda estava duro, mas, depois da intensidade de meu orgasmo, eu estava quase esgotada e não pensei que podia tomá-lo na boca, mesmo que quisesse. Ele riu e rolou por cima de mim, sem se importar que eu não pudesse retribuir o favor. Gentilmente, deslizou para dentro de mim, roçando meus lábios ainda sensíveis e despertando em mim um gemido baixo de prazer. Começou a dar estocadas, no início lentamente, e me senti completa, à vontade e aquecida num tipo de afeto que não sentia havia muito tempo. Desde Chey.

Viggo não era o tipo de homem por quem eu me visse caindo de amores, mas sem dúvida nenhuma era alguém de cuja companhia eu podia desfrutar imensamente e talvez por um bom tempo.

Depois que trepamos, ele me ofereceu um cigarro, que rejeitei. Olhei para o lado dele da cama, para além dos lençóis embolados e das cobertas amassadas e disse:

— Não vou me apaixonar por você. Eu só gosto de você. Isso basta?

Ele me olhou nos olhos e mais uma vez vi o jovem que ele havia sido, antes do cabelo comprido e da aparência rebelde, da arrogância e da postura, da imagem pública e das calças apertadas.

— Claro, Luba. É, podemos ser apenas amigos... Com o benefício extraocasional — acrescentou ele com um sorriso insolente.

Não havia necessidade de assinarmos um contrato. Seríamos amigos, amantes quando achássemos adequado. Podíamos sair com outras pessoas, se desejássemos. Por enquanto, isso bastava para mim. E para Viggo.

Estava tudo combinado.

Ele afastou o lençol de mim e olhou fascinado mais uma vez para minha tatuagem estrategicamente localizada.

— Cara... — disse ele. — Pode me chamar de pervertido, mas essa arma me deixa de pau duro.

— Então me come...

E ele comeu. E foi bom fazer sexo com um amigo. Não por dinheiro, nem pela arte, mas porque a alma e o coração assim ditavam com toda a energia do desespero.

O sexo em si era ótimo, razoavelmente atlético, nem rude nem suave. Viggo era um amante talentoso, embora às vezes eu sentisse que ele seguia um roteiro, marcando mentalmente todas as páginas do manual de instruções numa tentativa de me satisfazer, de me agradar. Sabia que às vezes eu também seguia um roteiro. E comecei a me preocupar de novo que algo dentro de mim tivesse se perdido, e que talvez eu nunca recuperasse. Não havia nada de errado em fazer amor assim, longe disso, mas faltava aventura. Talvez fosse porque nos últimos 18 meses, mais ou menos, fazer isso profissionalmente, por assim dizer, tivesse embotado meu apetite ou minhas necessidades. Na realidade, comecei a perceber que o entusiasmo de Viggo esvaneceu depois de terminada a corte — a caçada. Aquela era a parte do jogo sexual de que ele claramente mais gostava. Ele também gostava de usar brinquedos para diversificar o cardápio, uma prática que eu não havia experimentado antes e que não me excitava tanto quanto eu pensava que faria. Não podia deixar de temer que algo estivesse errado comigo, embora racionalmente soubesse que o problema mais provável era que Viggo estava fazendo a coisa errada, ou que nós dois simplesmente não combinávamos. Mas eu estava decidida a mudar minha vida e aos poucos recuperar minha magia. Assim, a ausência de fogo não se apresentava a mim como um problema. Estar com

Viggo satisfazia minhas necessidades sexuais básicas e proporcionava o espaço necessário para eu me redescobrir.

Para um cantor e compositor, ele não parecia ter muita imaginação. Foi isso o que achei mais surpreendente. Por ora, porém, ele era a cura para meus problemas, e eu estava feliz em desfrutar de sua companhia pelo que era, assim como ele desfrutava da minha.

Logo depois de me mudar para a casa de Viggo, combinei com Madame Denoux de ela enviar meus pertences a Londres. Eu poderia pagar por muitas roupas novas, mas era apegada a algumas peças de meu guarda-roupa, logo, não fazia sentido deixá-las para trás em minha tentativa de começar essa nova e estranha vida em que eu havia me enredado.

Viggo era uma pessoa de fácil convivência, como eu, e apesar das aparências e da reputação, ele era meio solitário e apreciava seus momentos de silêncio e isolamento, mesmo que voltasse à vida e fosse invariavelmente a alma da festa no segundo em que estava numa multidão. A casa era bem grande, assim podíamos passar horas sem nos ver, embora eu ocupasse a maior parte do meu tempo lendo em meu quarto, relaxando na piscina esmeralda ou, é claro, explorando Londres.

Era uma cidade que tinha de tudo, como se todos os fios da minha vida passada se unissem num só lugar: o cinza de Donetsk, a beleza de São Petersburgo, a energia de Nova York e o esplendor sexual de Nova Orleans. É claro, eu já estivera ali. Houve a ocasião em que conheci Florence e desfrutei de uma noite de maravilhosa embriaguez sexual, da qual me lembrava com frequência com um suspiro de desejo. Mas morar aqui, agora, sem horário nenhum a seguir, sem afazeres, lugares a ir, compromissos a cumprir, tornava a exploração da cidade uma experiência completamente diferente. Um novo lugar que eu podia curtir aos poucos, absorver por cada poro de minha pele.

Eu adorava me misturar às multidões de Camden Town e virar apenas uma onda num mar poderoso de cores, movimento e cheiros, antes de dar alguns passos para o lado e me encontrar perto dos diques do canal, o único ser vivo em centenas de metros, junto às águas sujas do Regent's Canal, que faziam marolas por baixo das pontes e carregavam um fluxo silencioso de barcaças. E então, a poucos minutos de caminhada em outra direção, eu podia me ver nos labirintos e áreas verdes do Hampstead Heath, junto a lagos e clareiras, arbustos e coretos isolados que, em meus sonhos loucos, haviam abrigado uma variedade de excessos do passado sob o manto da escuridão ou da pálida luz do amanhecer.

Os mercados fervilhantes de Borough, onde se podia provar amostras de quase todas as barracas, de queijos a molhos, azeites trufados e mil variedades de pães, e do East End, onde o sopro fragrante de curry se misturava a mil notas de temperos, cerveja, vida, suor.

Era realmente uma cidade de mil faces.

Pela primeira vez, senti que podia passar uma vida inteira aqui e sempre me surpreender.

Viggo estava num período sem turnês e esperava gravar um novo álbum em breve. Geralmente estava ocupado compondo novas músicas ou ensaiando com a banda num estúdio na Goldhawk Road. Também assinara um contrato com sua gravadora que lhe permitia recrutar novas bandas promissoras, as quais ele podia contratar e até produzir. Sua mais recente descoberta era um trio de músicos ingleses e americanos chamado Groucho Nights, e ele havia concordado que eles abrissem o show dos Holy Criminals na noite seguinte, numa única apresentação beneficente na Brixton Academy.

— Você tem que vir com a gente, gata — insistiu Viggo.

— Para ser seu troféu? — indaguei.

— Não. Você vai ser você mesma. Única e exclusiva.

— Posso ir vestida?

— Naturalmente. Não queremos causar uma confusão, não é?

Era a primeira vez que eu saía com Viggo em público. É claro que tínhamos ido a restaurantes e andado juntos na rua desde que eu viera para Londres, mas nunca fomos a eventos em que haveria espectadores interessados, ou imprensa e fotógrafos. Desse modo, eu estava meio ansiosa com a ida ao local do show onde eu, inevitavelmente, seria vista como sua conquista mais recente, sua consorte atual.

O que eu diria se as pessoas me perguntassem o que eu fazia, quem eu era?

Escolhi uma roupa deliberadamente simples para a ocasião, evitando qualquer conotação musical. Optei por uma saia de brim curta e uma blusa de algodão branca e bordada, no estilo vitoriano, com botões marfim. E sapatilhas para não ficar mais alta do que Viggo, mesmo com os saltos cubanos de 10 centímetros que ele usava.

— Diga que você é só uma amiga íntima, ou então, se preferir, diga que é minha assistente agora — sugeriu Viggo. — Às vezes não faz mal falar a verdade.

Atravessamos o Tâmisa pela ponte Parliament, a caminho do que Viggo chamava de mundo selvagem do sul de Londres. Uma vez ele brincou que havia de fato duas Londres: norte e sul. E que muitos habitantes nunca se arriscavam na margem oposta do rio, a não ser que fosse uma questão de vida ou morte, ou, mais prosaicamente, a trabalho. Ele era um londrino do norte em todos os aspectos. Dos dois lados da ponte, as luzes de Londres brilhavam intensas, entre sombras de prédios distantes e paisagens mais próximas. A London Eye girava no ritmo de uma lesma, suas cabines fortemente iluminadas viajando pelo horizonte escuro e os prédios geométricos do complexo do South Bank destacavam-se como mastodontes na margem do rio.

Logo, a paisagem se alterou e uma sucessão de ruas e cruzamentos lúgubres passou voando, o sedã preto e reluzente que ele dirigia roncando pelas ruas retas e intermináveis, até que chegamos às vias mais estreitas de Brixton.

Vi a multidão aglomerada na frente da Academy, as filas descendo sinuosas pelo quarteirão e o trânsito engarrafado à nossa frente.

— É isso aí, gata — observou Viggo ao se aproximar do meio-fio e dirigir brevemente sobre a calçada. — Rock and roll.

Ele abriu sua porta e indicou que eu também devia sair, deixando a chave na ignição enquanto um jovem de cabelo comprido, jeans skinny e camiseta preta do Holy Criminals apertava a mão dele, tomava seu lugar e saía com o carro.

— Quem era aquele? — perguntei a Viggo.

— Um dos *roadies*. É da minha equipe de estrada. Ele vai estacionar o carro em algum lugar. É um pesadelo encontrar vaga por aqui. — Várias pessoas se separaram da multidão na frente das portas da Academy quando nos viram. Metade portava câmeras e começou a tirar fotos nossas. Os *flashes* me cegavam.

— Ignore esta gente, gata — disse Viggo, segurando minha mão.

— Quem é a nova conquista, Viggo? — gritou alguém, mas ele não deu atenção, e num instante estávamos além das portas da boate, que o pessoal da segurança fechava atrás de nós. A Academy só abriria ao público dali a meia hora.

Duas meninas correram até nós, pedindo o autógrafo de Viggo. Ele consentiu com um sorriso torto. Perguntei-me como as duas haviam entrado cedo, e lembranças do que eu fazia em Donetsk encostada no muro de tijolos aparentes passaram por minha mente.

Ele perguntou a um dos funcionários como chegar ao camarim e nos indicaram o corredor à direita.

Quando a porta se abriu para uma multidão que eu nunca vira, perguntei-me se minhas fotos entrando no prédio estariam nos jornais amanhã ou depois.

E será que Chey veria alguma delas?

O caos se revelou à minha volta. O salão zumbia de atividade e do tumulto de gente correndo e empurrando, carregando equipamentos e gritando sobre passagens de som, segurança e fotografias de última hora. Bastaram alguns minutos disso e minha cabeça já latejava.

A atenção de Viggo foi absorvida tão rapidamente que era como se ele tivesse sido catapultado para outro universo. Este era o mundo dele e eu sentia sua energia e empolgação crescendo quando ele começou a andar como um frangote à frente de sua banda e equipe. O menino se fora e o astro do rock tomou seu lugar. A mudança me deixou confusa.

Saí pela porta novamente num momento oportuno e segui para um camarim desocupado no fim do corredor. O segurança postado no hall logo liberou a chave com um pouco de bajulação. O cômodo era apertado e cheirava a cigarro velho, mas oferecia um porto seguro em que eu podia me empoleirar no único banco instável e ler um livro por uma ou duas horas, na paz e na tranquilidade.

Que grande gata do rock eu era. Imaginei o que poderiam dizer as manchetes e como iriam se comparar à realidade: eu, fechada num camarim vazio com uma cópia surrada de *Harp in the South*.

Eu estava tão envolvida com a história que perdi o show de abertura que Viggo havia patrocinado. Andei na ponta dos pés pelo corredor até a lateral do palco para vê-lo quando ele entrasse.

Duas mulheres tinham se metido atrás das cortinas do palco, trocando cochichos e sorrisos, evidentemente fazendo sua avaliação dos integrantes da banda. Uma delas tinha cachos ruivos e longos e estava vestida como eu, de saia curta de brim, meias-calças e uma blusa branca.

Algo nos movimentos dela me pareceu familiar. Parei por um momento para olhá-las, depois disparei por outros corredores até o outro lado do palco, onde ficaria sozinha. Não estava com humor para explicar quem eu era a uma das fãs devotas de Viggo.

Era a primeira vez que eu o ouvia cantar e assistia a um de seus shows. Todos os ensaios aconteciam em seu estúdio na Goldhawk Road e eu nunca o acompanhara, por medo de ser fotografada com ele.

Sua voz era áspera e sedutora, mas eu já tinha ouvido trinados melhores nos camarins na The Grand, onde Blanca fazia questão de contratar garotas que soubessem cantar tão bem quanto rebolar — uma dançarina cantando "Makin' Whoopee!" enquanto se contorcia em cima do piano sempre fazia sucesso com os fregueses. Eram o carisma de Viggo e seu evidente *sex appeal* que o tornavam um sucesso. Além, é claro, de algum gênio tranquilo e silencioso de sua equipe de relações públicas que articulava o aparecimento nos tabloides e solidificava seu status de mulherengo por excelência.

Vê-lo no palco fez com que eu sentisse saudade dos dias em que tivera minha vez sob os refletores. Reconhecia aquela expressão de Viggo, lembrava-me da emoção hedonista que eu sempre tivera ao me expor a uma plateia desconhecida. Não era tanto a nudez que era mais cara ao meu coração, mas o convite a estranhos aos recessos mais distantes de minha alma, a permissão para que pessoas que eu nem mesmo conseguia enxergar vissem minha apresentação.

Eu estava pronta para ir direto para casa assim que Viggo terminasse a última música, para fugir da chuva de garotas fanáticas e jornalistas esperando para tirar uma foto nossa ou pedir autógrafos.

Quando voltei ao camarim principal, ele já tinha sido tragado pela multidão, então pedi ao *roadie* de cabelo comprido, o que estava com a chave do sedã, que me levasse para casa. Decidi naquele momento que um dia, em breve, eu finalmente ia aprender a dirigir e não seria mais uma refém tão dócil da sorte.

Só notei a chamada não atendida de Viggo e a mensagem de voz quando voltei à mansão em Belsize Park.

"Oi, gata", ele sussurrou. "Vou levar um pessoal para casa. Você pode dançar pra nós?"

Fiquei petrificada por um momento, considerando a ideia. Eu não dançava para uma plateia desde aquela noite em Amsterdã. Uma faísca se acendeu em meu ventre e aos poucos se desdobrava numa chama ardente. A perspectiva me animava, e a onda de medo por baixo de tudo, o medo de que algo desse errado, me incitaram à ação. Eu não tinha medo, disse a mim mesma. Ia combater qualquer sinal de temor e pisoteá-lo com meus pés dançantes até que sumisse.

Quando eles chegaram, eu estava em posição e já começava a sentir cãibras. Decidira me apresentar no amplo salão, como um harém, no segundo andar da mansão. Parecia outro mundo comparado com o andar de baixo, simples e inóspito. A sala era decorada com tapetes grossos, lustres e móveis góticos e, é claro, a fonte no meio que eu escolhera como minha plataforma. Eu me sentia muito tranquila na água. A fonte não me dava muito espaço para os movimentos, mas seria um número curto e, em vez de demonstrar minha capacidade atlética, preparei uma peça em que eu pareceria uma estátua ganhando vida lentamente na água. Dançaria ao som de "La Mer", de Debussy, minha peça de introdução habitual.

As notas de abertura, que sempre me acalmavam, agora faziam meu coração saltar um pouco mais rápido. Imagens correram por minha mente. O estalo do chicote da animadora de circo. As expressões inumanas da procissão de animais. O cheiro inebriante de flores tropicais. O roçar das samambaias em minha pele. O aperto dos dedos de um estranho em meu braço. O hálito quente em meu rosto.

Agora era tarde demais para voltar atrás. Eu ouvia vozes subindo a escada. Uma mistura de sotaques: antípoda, americano, britânico, a cadência escandinava de Dagur, o baterista islandês e, é claro, a mescla cosmopolita e transatlântica de Viggo. Minha plateia desconhecida chegara, e Viggo havia sido fiel a sua palavra. Seria pequena.

Fechei os olhos e fiquei completamente imóvel, aquietando a mente com força de vontade, ignorando os horrores que ameaçavam se esgueirar como trepadeiras venenosas e estrangular toda a vida para fora de mim. Concentrei-me nas minhas primeiras lembranças da melodia. Quando estivera na praia com Chey e ele ligou seu iPod, eu dançara só para ele, deixando que os fragmentos impressionistas e quase cristalinos de som tomassem meu corpo como uma maré, meus movimentos acompanhando o ritmo com a naturalidade de uma onda que se segue a outra.

Naquela noite, dancei suavemente. Movi-me com a gentileza da água rasa na baía mais protegida. Dançava para mim, dançava para Chey.

Quando abri os olhos, eu a vi: a ruiva que estivera nos bastidores do show de Viggo. E me lembrei de onde a tinha visto antes. Eu a vira dançar no dia de Ano-Novo na The Place em Nova Orleans e, da mesma forma, na noite anterior ela havia assistido à minha apresentação.

Ela estava olhando para a minha boceta. Depois seu olhar se concentrou em minha tatuagem e suas pupilas se arregalaram, reconhecendo-me.

Olhei-a nos olhos e sorri.

Viggo era um assistente de palco eficiente e, sem que eu precisasse pedir, apagou as luzes quando a música chegou ao fim, fazendo a sala mergulhar teatralmente na escuridão e permitindo-me alguns momentos para escapar pela porta dos fundos, sem ter de estragar meu número com uma descida deselegante de minha plataforma para encontrar a saída diante da plateia.

Coloquei rapidamente um vestido preto e longo de chiffon, sem me dar ao trabalho de usar calcinha ou sutiã. Estava ansiosa para voltar ao grupo e saber mais da ruiva e do homem com quem ela estivera naquela noite, e, além disso, todos ali já tinham me visto nua. Embora meu show tivesse acabado, eu também sentia que tinha uma imagem a preservar para minha plateia. Apresentar-me a eles de camiseta e jeans teria eliminado parte da magia da imagem de *Luba* que eles agora haviam formado.

A garota falava com um dos músicos do show de abertura de Viggo, que eu ainda não conhecera. Sua expressão era de desamparo, e fiquei à soleira da porta, entreouvindo, antes de entrar e me apresentar.

Aparentemente, ela havia perdido seu violino.

Depois me lembrei da música incomum que ela escolhera dançar. *As Quatro Estações* do Vivaldi. A imagem no antigo disco que acumulava poeira na sala de ensaio em São Petersburgo brotou em minha mente.

— Você devia tocar com a gente mais vezes, Sum — disse o jovem de cabelos crespos sentado ao lado dela, que mal a olhava, tão concentrado estava na loura de cabelo curto sentada do outro lado da sala, trocando olhares com Dagur.

Aos poucos, mas com certeza, as engrenagens se encaixaram em minha mente. Sum... Summer. A dançarina amadora era Summer Zahova, a violinista sexy de quem eu tinha uma vaga lembrança, que criou estardalhaço nos Estados Unidos depois de posar nua para o anúncio de um concerto. Um dos ricaços num lugar em que dancei tinha me convidado a uma das apresentações dela depois de ver meu número de Debussy e expressar sua surpresa que uma mulher pudesse tirar a roupa com música clássica, em vez de alguma canção pop previsível. Eu o fazia pensar em Summer Zahova, dissera ele.

E então ela pronunciou meu nome, rolando o som na boca como os homens tendiam a fazer quando queriam dormir comigo. Claramente minha dança tinha ficado em sua mente esse tempo todo, como a dela ficara na minha.

— Sempre há a *Luba*.

O cara de cabelo encaracolado olhou para ela, surpreso.

— Como você sabe o nome dela? — perguntou ele.

Seu rosto ficou vermelho e ela tagarelou uma tentativa fraca de encobrir a verdadeira natureza de nosso encontro anterior.

Entrei na sala e fui em seu socorro.

— Nós nos conhecemos brevemente em Nova York. Fui a um dos concertos dela.

Junto com o alívio, outra expressão tomou o rosto de Summer. Não era só a voz dela que a traía. Eu me diverti ao vê-la tentar desviar os olhos de meus mamilos, sem dúvida visíveis através do tecido fino do meu vestido. Ela se encolheu no sofá quando minha pele roçou a dela.

Summer claramente não estava muito acostumada a esconder suas emoções, embora todos os outros na sala parecessem ignorar por completo seu desconforto e sua excitação.

Esse jogo seria muito mais fácil do que eu esperava.

Levantei uma mecha de seu cabelo ruivo e sussurrei ao pé de seu ouvido, roçando meus lábios muito ligeiramente no lóbulo de sua orelha.

— Quero saber como você foi parar num lugar daqueles. E sobre o homem com quem você estava.

— Dominik? — disse ela.

Sim. Era esse o nome dele, lembrei-me, enquanto voltava a mim outro fluxo de lembranças daquela noite na The Place.

Apenas mais tarde, quando deixei todos os enamorados e voltei a meu quarto para dormir, percebi por que o nome Dominik me deixava com a sensação de ter uma palavra na ponta da língua. Outra lembrança fermentada em algum lugar ali dentro, esperando para vir à tona.

Dominik era o nome do escritor britânico, o autor de *Amarelo*, o livro sobre a viajante ruiva em Paris de que eu gostara tanto. Sorri intimamente. Era coincidência demais, não? Mas lá estava na capa. Dominik Conrad. Folheei novamente o livro, e depois o pus de lado e peguei no sono na hora. Se eu conhecia Viggo, Summer ainda estaria ali pela manhã e provavelmente na manhã seguinte.

Mais tarde, haveria muito tempo para investigar.

No dia seguinte, dormi por horas, deliciando-me por ter uma cama em que me esticar. Depois vesti minha roupa de banho e desci a longa escada sinuosa de madeira, chegando ao porão, onde pretendia passar a tarde boiando na água fria.

Seria só uma questão de tempo até que a violinista viesse procurar por mim, porque eu sabia que ela ainda estava em busca de seu violino. Eric, o empresário que estivera encarregado do equipamento, não o havia encontrado em parte alguma. Liguei para ele, por instrução de Viggo, e o homem foi tão impaciente que beirou a grosseria.

Eu estava nas pedras deixando que o ar me secasse quando ela apareceu. Levou alguns instantes para notar minha presença enquanto seus olhos disparavam por todo o ambiente, piscando para se adaptar à luz baixa e à estranha decoração. Nossos olhos se encontraram por um breve instante, mas ela não disse nada, apenas foi até o armário no qual Viggo guardava uma gama de instrumentos antigos, presos à parede como insetos aprisionados sob vidro.

Ela estendeu o braço e correu os dedos pela vitrine. Estava hipnotizada pela coleção de violinos, mas a decepção de que o dela não estivesse entre eles era evidente na curva de seus ombros, como se tivessem arrancado todo o ar de seus pulmões.

— Ele não vai se importar se você pegar um deles emprestado, sabe. Pode tocar para mim?

Assim que lhe pedi que tocasse, toda sua hesitação pareceu se dissolver e ela abriu ansiosamente o armário, acariciando os instrumentos até encontrar o que lhe fosse adequado. Estava desafinado e precisava desesperadamente de reparos, mas era hipnótica a expressão que tomou seu rosto enquanto ela tocava. Não era de admirar que Viggo quisesse acrescentá-la à sua coleção.

Era, de qualquer modo, uma mulher atraente, mas assim que pegou um violino, pareceu radiante. Ela fechou os olhos e seus lábios se separaram ligeiramente, destacando a curva sensual da boca.

Aproximei-me, em transe com sua melodia e com o jeito com que ela respondera tão prontamente a meu pedido. Se uma quase estranha me pedisse para dançar, eu teria me empertigado com a ideia, mas ela estava ávida para me agradar, como um cachorrinho, e não pude deixar de imaginar as possibilidades que sua docilidade inata me trazia à mente.

Quando ela terminou a música e baixou o instrumento do queixo, eu a beijei.

Sua reação foi tão impetuosa que quase dei uma risada.

Peguei-a pela mão e a levei escada acima até o quarto de Viggo. Ele provavelmente não teria se importado se eu levasse seu novo bichinho de estimação por uma ou duas horas para minha própria cama, mas, sabendo que eles haviam passado apenas uma noite juntos, parecia grosseria de minha parte roubá-la tão cedo.

O barulho de água correndo e Viggo cantando baixinho chegou aos meus ouvidos. Ele estava no banho, mas tinha deixado a porta do banheiro aberta.

— Venha — falei, aproximando-me da porta da suíte. — Vamos dar bom-dia para ele.

Introduzir Summer em nossa vida sexual não deu trabalho nenhum. Na verdade, a vida como parte de um trio combinava perfeitamente comigo. Eu havia começado a achar o sexo com Viggo menos aventureiro, e Summer acrescentara um tempero a mais. Tinha a libido mais elevada que qualquer mulher que eu já conhecera, mas com uma ansiedade por agradar quase inebriante.

Quando estávamos juntas, eu me divertia segurando sua cabeça contra o pau de Viggo, vendo o estranho modo como sua umidade aumentava conforme eu lhe dava mais ordens, e não pude deixar de pensar em Dominik, o homem que a fizera dançar.

Summer parecia feliz o bastante, mas, por instinto, senti que Viggo e eu éramos ambos gentis demais com ela. Eu ficava satisfeita em puxar seu cabelo ou correr as unhas por suas costas, mas essa era toda a violência que eu me sentia confortável em ministrar, e Viggo era um molenga completo por baixo da aparente bravata. Às vezes, depois de nossas sessões de sexo, eu a flagrava com ar pensativo e melancólico, como se ela sentisse falta de alguma coisa. Talvez fosse dele, de seu homem, como eu sentia falta de Chey.

O sexo entre nós era na realidade bastante tórrido, mas de algum modo eu sempre me sentia uma espectadora seguindo as deixas de observadores desconhecidos enquanto nos debatíamos loucamente na enorme cama de Viggo (e numa variedade de outros lugares, porque nós três gostávamos de improvisar...), braços e pernas enganchados como uma aranha de três cabeças apanhada numa rede. Não exatamente um único animal, mas uma amálgama de desejos, lascívia e capacidade atlética. Summer deliciava-se em ser o centro de nossa cena, uma exibicionista renitente que adorava os olhares que lhe lançávamos, tanto quando Viggo a comia, como quando ela me chupava e se jogava ao prazer. E a centelha em seus olhos quando nós duas servíamos ao atraente pau de nosso companheiro era algo lindo de se ver, sua língua roçando a minha, nossos lábios se misturando quando o tomávamos alternadamente. Mas sempre parecia um jogo, um entretenimento sem entusiasmo e com pouca ternura. Muito divertido, porém...

Ainda assim, nossa relação a três também me dava mais tempo para mim mesma. Mais tempo para ler, mais tempo para nadar, para explorar os longos e verdejantes terrenos de Hampstead Heath. E a presença de Summer proporcionava algo novo para a imprensa se aferrar, assim eu me preocupava menos com o aparecimento de uma foto minha no jornal. Isso agora era problema dela, não meu.

Summer nunca falava de Dominik. Nem me perguntou exatamente como eu acabara viajando de um palco em Nova Orleans para o quarto de Viggo em Belsize Park. Era como se houvesse algum acordo tácito entre nós para ignorar o passado. Talvez ela pensasse que eu tivesse vergonha de minha história como *stripper*. Viggo era, de longe, o mais falante dos três.

Logo ela foi convocada para acompanhar a turnê do Groucho Nights, a banda que abrira o show de Viggo e os Holy Criminals na Academy, e passamos a nos ver com menos frequência, pois todos os dias e noites dela eram lotados de ensaios.

Assim, quando vi aquele cabelo escuro e reconheci seu perfil iluminado pela luz do palco a apenas uma fila de distância de mim no show de abertura na Cigale, em Paris, não sabia se Summer tinha conhecimento de que ele estava na plateia.

Eu ainda não tinha certeza se Dominik, o mestre da dança, era também Dominik, o escritor, mas minhas suspeitas foram confirmadas quando ele foi abordado no camarim por dois jovens jornalistas locais, que queriam saber o que um escritor sério estava fazendo nos bastidores com Viggo Franck. Pesquisa para o próximo romance?

Dominik ficou claramente constrangido com a intromissão e se livrou deles. Escondeu-se no canto, parecendo nitidamente desconfortável, segurando uma garrafa de água mineral. Aproximei-me mais tarde e dei a ele o número de meu telefone com um sorriso sedutor. Ele não me ligou, mas depois que eu vira como ele olhava para sua violinista de cabelos de fogo enquanto ela dominava o palco, eu não esperava mesmo que ele ligasse.

Passaram-se semanas, a maioria delas ficava sozinha na grande casa enquanto Summer estava em turnê e Viggo se ocupava de seus vários compromissos musicais, que só de vez em quando exigiam minha presença.

Eu tinha muito tempo livre e passava grande parte dele pensando em Chey, perguntando-me onde ele estaria, se estaria bem. Mas não era só ele que consumia meus pensamentos. Não conseguia evitar que minha mente vagasse até o misterioso escritor de cabelos pretos, Dominik, e a paixão que vi brilhar em seus olhos.

— Ainda está em férias sabáticas, Luba? — perguntou-me Madame Denoux. Estávamos no meio da tarde em Londres e as cores da primavera voltavam aos arredores do Heath. Devia ser de manhã cedo em Nova Orleans, o que sugeria que esta não era só uma ligação de cortesia. Madame Denoux não costumava sair da cama antes do meio-dia, a não ser que tivesse um motivo muito bom para isso. Imaginei rapidamente poder sentir o cheiro das magnólias e ouvir a corrente do Mississippi pela linha telefônica.

Eu estava sentada na frente de uma pâtisserie judaica na Golders Green Road, saboreando chá de limão e um prato de bolinhos, iguais aos de minha infância na Ucrânia. Eu havia corrido até lá desde Belsize Park, passando por Haverstock Hill e pela Hampstead High Street, ofegando ao subir e descer as pequenas elevações do terreno. Embora eu não dançasse mais regularmente, procurava manter a forma física. Minha vaidade era mais forte do que meu intenso desgosto por exercícios formais.

A pausa vagarosa na descida do morro era minha recompensa. Eu estava lendo o livro de Dominik pela segunda vez. Agora que o conhecia, meu fascínio aumentava, assim como meu interesse por sua relação com Summer. Estava convencida de que a personagem de Elena no livro fora baseada nela. Havia semelhanças demais, não só no modo como ele repetidamente descrevia Elena, e não só em suas feições, mas também em seu corpo, em suas formas mais íntimas. De certo modo, separar meticulosamente a ficção da realidade era um pouco como uma história de detetive. Ele tinha sido extremamente engenhoso ao elaborar a narrativa, mas agora que eu a conhecia — e a ele, embora em um grau menor —, não restavam dúvidas.

— Não são mais férias, Madame Denoux. Está virando um estilo de vida muito rápido.

— Que bom para você, mocinha... — Ela se interrompeu. — Totalmente feliz, então?

Na verdade, há muito tempo chegara à conclusão de que eu não era o tipo de pessoa que sabe o que é felicidade. Sempre faltava alguma coisa. Um homem. Um lugar. Uma emoção indistinta. Algo.

— Em paz — respondi por fim.

— Bom saber — disse Madame Denoux. — É que recebemos uma proposta maravilhosa para seu número do Tango de um benfeitor muito rico. — Ela nunca usava a palavra "cliente". — E, ainda que ele saiba pela atual edição do catálogo que você não está mais disponível, o homem é muito insistente.

O Tango sempre havia sido meu número preferido. Havia algo de primitivo nele e na música que eu dançava, e o parceiro sem nome com quem eu me apresentava me fazia lembrar muito de Chey.

Uma onda inesperada de nostalgia me invadiu, transportando-me à primeira vez que eu experimentara a dança e minha empolgação inicial com tudo aquilo. Como um fogo se precipitando por minhas entranhas. Colocando Viggo e todos os outros desde aquele dia, homens e mulheres, sob uma perspectiva ruim.

Entretanto, eu ainda não tinha certeza se podia ir adiante com aquilo, depois de ter jurado nunca mais fazer aquele tipo de dança.

— Ainda está aí? — perguntou Madame Denoux.

— Estou — gaguejei, voltando à realidade.

— O pagamento envolvido é coisa que nunca se viu. Você poderia se sustentar por mais alguns anos com ele, sabe.

— Nunca foi questão de dinheiro — lembrei a ela.

— Sei disso. Você é uma artista, Luba. Mas é tremendamente lamentável que...

Eu a interrompi. Ela sabia tocar minhas cordas como as de um violino. Eu não seria convencida tão facilmente, jurei a mim mesma. Pensaria bem e tomaria minha decisão com cautela, apesar de uma parte da minha alma agora ansiar pela volta aos palcos, ouvindo a plateia ofegar com meus movimentos e sentindo o rio de desejo correndo por minhas veias, acendendo aquele fogo terrível que eu temia estar extinto agora.

— Não estou dizendo que sim. Vou pensar no assunto.

— Isso é ótimo — respondeu ela. — Você tem meu telefone. Quando quiser, apenas me diga. Sem pressão...

— Meu parceiro de sempre? — perguntei.

— Evidentemente. Essa é uma garantia absoluta.

— Só por curiosidade, qual seria o local?

Eu não queria particularmente me apresentar de novo em Amsterdã, ou em Londres, agora que morava aqui. Teria de ser em outro lugar.

— Um porto pequeno, chamado Sitges, meia hora ao sul de Barcelona, na Espanha.

— Tudo bem. — Desliguei antes que ela pudesse me pressionar mais.

Limpei os últimos farelos do bolo com os dedos e recoloquei o livro de Dominik em minha pequena mochila de corrida.

A caminhada colina abaixo sempre era mais rápida do que a corrida morro acima. A mansão de Viggo estava vazia, um silêncio sinistro percorrendo os vários cômodos. Fui até meu quarto e tomei um banho demorado e purificador. Enrolada num roupão felpudo, desabei na cama e voltei ao livro. Embora soubesse o que acontecia nos últimos capítulos, parecia que eu redescobria a história dos personagens de uma perspectiva completamente nova.

Depois de virar a última página, fui pesquisar na internet. Queria descobrir se Dominik havia publicado algum outro livro. Não havia. Nem tinha um site próprio, mas descobri em poucos minutos que havia uma página para o livro e o autor no site de sua editora. Não trazia informações adicionais sobre ele ou sobre outro romance, mas meus olhos foram atraídos a uma programação de eventos promocionais, cuja maioria já havia acontecido — autógrafos em livrarias, festivais, leituras. O último evento da lista foi o que me fez sorrir. Pode chamar de destino ou coincidência, mas ele iria a Barcelona para algo chamado Sant Jordi dali a alguns dias.

Madame Denoux atendeu depressa ao telefone.

— Essa foi rápida — observou ela. Eu podia imaginar o sorriso de prazer se espalhando por seu rosto, como se soubesse o que eu ia dizer.

— Vou fazer. — Informei a data. Teria de ser naquele dia, ou eu não me envolveria.

— Nada é impossível, minha cara. Vou providenciar tudo em algumas horas. Espero que você esteja em forma.

— Mais do que nunca.

Meu coração se acelerou. A velha Luba estava de volta. E, para ser sincera comigo mesma, não sabia se isso se devia à possibilidade de ver o enigmático Dominik, ou de ser fodida em público pelo Tango mais uma vez.

9
Dançando no parque

Saint Jordi se revelou minha imagem do paraíso.

Quase.

As Ramblas ao norte da Plaza Catalunya eram ladeadas por uma fileira de barracas, exibindo livros e flores. Respirei fundo, saboreando o cheiro muito particular de rosas e páginas. Uma miscelânea da vida mediterrânea flutuava na suave brisa enquanto transeuntes de todas as idades, casais velhos e jovens, desfilavam pelas avenidas movimentadas e arborizadas. Para todo lugar que eu olhava, mulheres carregavam flores vermelho-escuras junto ao peito para proteger as pétalas dos empurrões da multidão fervilhante. Vista de longe, toda a cidade parecia sangrar a um só tempo, pontos de cor viva brotando contra seus corações como ferimentos a bala, como se Barcelona tivesse sido derrubada pela flecha do cupido.

Se não fosse pelo número de pessoas que tomava a via e os turistas que andavam devagar o suficiente para causar distração nos outros, teria sido um dia perfeito. Mas logo me cansei de ficar de pé sob o sol quente, ouvindo os vários fãs de escritores numa tagarelice monótona ou vendo os tipos mais grosseiros furarem fila, folhearem livros e jogarem-nos desdenhosamente de volta à pilha bem diante do autor, cuja expressão inevitavelmente murchava até o aparecimento do próximo devoto sorridente. Ou os escritores tinham egos terrivelmente sensíveis, ou desenvolviam rapidamente uma casca grossa. Pelo menos uma dança era temporária e as imperfeições na forma ou os erros de sincronia desapareciam rapidamente da memória do espectador. Fiquei agradecida por minhas infelicidades artísticas não serem imortalizadas na página impressa para todo o sempre.

Finalmente localizei Dominik, mas a fila para falar com ele era longa e andava com uma lentidão ainda maior do que as demais.

Pelo visto eu não era a única mulher que se identificara com sua heroína e ficara curiosa a respeito de seu criador. Demorando-me numa barraca vizinha, dediquei alguns momentos a observá-lo conversando com uma das muitas leitoras à sua espera. Era magra, o cabelo preto e longo preso no alto da cabeça com alguns fios soltos, que lhe conferiam uma aparência de cigana, especialmente em combinação com suas sandálias e um vestido de algodão solto e fino. Quando se curvou para pedir que ele autografasse a página de rosto do livro que havia acabado de comprar, notei que o vestido tinha um grande decote e todo o seu colo ameaçava pular na frente dele. Dominik estava claramente ciente de sua exibição e sorriu para ela com uma expressão tensa, desviando os olhos na primeira oportunidade possível.

Evidentemente, ele era um homem que preferia a sutileza.

Eu sabia que ele ficaria ali por mais algumas horas, porque notei seu nome em várias listas de escritores ao visitar outras barracas ainda naquele dia. Mas, mesmo que conseguisse roubar mais do que alguns minutos de seu tempo, ele rapidamente seria obrigado a voltar ao trabalho e satisfazer as exigências de seu ansioso público, a serviço de seus editores e das muitas livrarias locais envolvidas no evento. E depois de ter vindo até aqui e concordado em apresentar o Tango mais uma vez, basicamente para ter uma oportunidade de saber mais sobre um homem que me fascinava, eu não ia estragar minha chance com alguns momentos infelizes em meio a uma horda de outras mulheres ávidas por sua atenção.

Eu estava com calor, pegajosa e usava short de algodão, sapatos baixos e uma blusa larga. Virei-me, voltei pela rua para a Plaza Catalunya e parei para me sentar e beber um espresso sob um guarda-sol numa das cadeiras de metal do Café Zurich, perto da praça. Eu ficava muito mais à vontade sentada do que em pé em meio à multidão, vendo as pessoas passarem e me divertindo ao me perguntar que segredos elas escondiam por trás de seu respeitável verniz público. Uma jovem de vestido amarelo e sapatos de salto da mesma cor, com uma rosa vermelha enfiada no cabelo louro, corria de volta para os pais superprotetores, como se estivesse atrasada depois de um encontro amoroso, provavelmente com um jovem inadequado, mas incrivelmente bonito que trabalhava numa repartição pública, imaginei; ou talvez com um diretor de empresa em seu local de trabalho, um homem encantador, mas casado; ou talvez até com a charmosa mulher do tal diretor da empresa. Ela passou um dedo firmemente nos lábios ao correr por mim, limpando as manchas desgarradas de batom que haviam se espalhado por sua boca durante os beijos frenéticos de despedida.

Seguindo o estilo tradicional da Rede, meu hotel era ao mesmo tempo sofisticado e discreto, em meio às construções de pedra e varandas de ferro batido que pontilhavam as ruas sinuosas do Bairro Gótico. Aquela podia ser a última vez que eu seria hospedada num ambiente tão suntuoso por um empregador, e, assim, tirei proveito, servindo-me de pistaches salgados do frigobar numa tigela de porcelana e tomando um grande gole de champanhe gelado diretamente da minigarrafa, tossindo quando ele espumou em minha boca.

Tirei a roupa lentamente e tomei um banho demorado, usando deliberadamente cada cosmético providenciado até ficar saturada de espuma, até que cada grão de poeira acumulado durante meus esforços do dia tivesse escorrido pelo meu corpo e descido pelo ralo.

Duas horas depois, estava relaxada e pronta para me exibir, trajada num vestido vermelho Roland Mouret que eu sabia que se ajustava delicadamente ao meu corpo, mas também cobria minha pele do pescoço até as panturrilhas, de modo que não poderia ser considerado de mau gosto mesmo pelo mais recatado dos homens. Era da cor das rosas, minha referência a Sant Jordi.

O calor do dia abrandara, e a luz do início da noite caíra como um bálsamo sobre a algazarra das Ramblas. Muitos mercadores se preparavam para encerrar o expediente, sem dúvida a caminho do desfrute de outras festividades, que continuariam a arder vivas até que outro pôr do sol se transformasse em noite.

Por um momento temi ter saído tarde demais, que o tivesse perdido, enquanto passava por uma barraca depois da outra e não via sinal dele; mas localizei-o espremido num grupo de escritores e alguns dos leitores mais pacientes e entusiasmados, que ficaram até o fim do dia e percorreram toda a fila de barracas.

Ele estava lindo como sempre, embora todo de preto, sem ligar para moda ou para o calor daquela região. Seus braços haviam ganhado um tom de cobre rosado depois de um dia inteiro sentado sem proteção ao sol da Espanha; imaginei que, quando ele tirasse a camisa, encontraria várias manchas de sol em sua pele inglesa.

— Você não negaria um autógrafo a uma amiga, certo? — perguntei, estendendo ousadamente, para chamar atenção, meu exemplar surrado de seu livro por cima do pequeno grupo de pessoas em torno da mesinha. Tive o cuidado de trazê-lo a Barcelona.

Ri alto de sua reação quando ele me reconheceu.

— Uma amiga ou uma perseguidora? — perguntou ele.

Uma expressão fugaz de medo em seus olhos sugeria que ele não estava só brincando, embora prontamente tenha concordado em me acompanhar para um drinque. Parecia-me que monsieur Dominik gostava de orquestrar todos os aspectos da corte, não apenas a ocasional dança nua em público. Ele não aceitava bem que uma mulher desse em cima dele. Continuei sem saber das circunstâncias específicas que haviam levado Dominik a Summer, mas eu apostaria o pagamento da noite que a iniciativa tinha partido dele.

A uma dançarina particular, foi sua dedicatória. Se eu o havia flagrado de guarda baixa, ele rapidamente recuperara o controle.

Fiquei surpresa quando Dominik perguntou se podia comprar um ingresso para me ver dançar naquela noite, depois que expliquei o propósito de minha viagem a Barcelona. Expliquei que era uma festa particular e que não havia ingressos à venda, mas que seria um prazer tê-lo como meu convidado pessoal.

Ele flertou discretamente comigo durante o jantar no bar de tapas que encontramos perto do Passeig de Gràcia, e expressou um interesse incomum por minha vida e por minha relação com Viggo, que desconfiei se tratar de uma pesquisa discreta para seu livro mais recente, mas não acreditei que ele estivesse tentando me levar para a cama. Imaginei que ele ainda fosse louco por Summer, ou talvez que eu não fizesse o seu tipo. Lamentei internamente por saber que seria pouco provável ir para a cama com ele. Era uma experiência diferente, pois eu estava acostumada a ouvir cantadas sempre e, embora meu ego tivesse ficado meio ferido, eu logo ia me recuperar. Dentro em pouco eu estaria nua e vulnerável nos braços do Tango, e estava mais do que satisfeita em ter alguém que conhecia e em quem confiava na plateia. A presença de Dominik me ajudaria a ficar calma, e, como *performer*, eu tinha direito a um convidado sempre que quisesse, logo não seria problema providenciar sua entrada.

Aconselhei, porém, que ele adquirisse um traje mais formal para a ocasião quando ele me falou que não havia trazido muitas roupas.

O motorista nos pegou às 22 horas em ponto e nos levou embora rapidamente no espaçoso conforto de uma limusine de luxo. Mal conversamos no caminho pelo litoral sinuoso que levava a um opulento iate no final da marina Sitges, em Aguadolc. Uma lua cheia e brilhante reluzia sobre a água à nossa esquerda, e passei todo o trajeto concentrada no tremular tranquilo do mar parado, tentando ficar calma.

Dominik estava confortavelmente sentado em silêncio. Fiquei aliviada por ele não ser do tipo que se sente na obrigação de falar apenas para puxar assunto.

A *hostess* da noite, uma mulher de meia-idade da Rede, usando um vestido de noite em veludo verde-escuro com gola de renda branca e pesados brincos de ouro em formato de lágrima, localizou-me assim que cheguei e fui conduzida para longe da área dos convidados, entrando num camarim improvisado no nível inferior do iate e deixando Dominik por conta própria. Ele havia comprado um smoking Armani numa das lojas exclusivas do Passeig de Gràcia, mas ainda parecia deslocado, aparentemente pouco habituado à absurda escala da riqueza descarada e frequentemente de mau gosto que nos cercava.

"La Mer" complementava perfeitamente a ambientação, e meus braços e pernas se moviam com indolência na batida crescente da música, sem qualquer sentimento de repulsa ou vergonha associado à ideia de dançar com um completo estranho como naquela noite em Amsterdã. Minhas lembranças ruins haviam arrefecido, e essa noite Debussy era apenas Debussy.

Quando o Tango entrou sob os refletores, a tensão restante em minha postura desapareceu e deslizei feliz para os seus braços, aliviada em revê-lo e deliciada porque o prazer que eu tivera pela primeira vez em seu corpo e a delicadeza e graça de seus movimentos habilidosos tinham voltado para mim.

Tango sempre fora meu parceiro de dança preferido. Era o mais bonito e o melhor dançarino de meus três companheiros, e pelo qual eu sentia mais apreço. Ele sempre me recebia com um sorriso e uma piscadela, antes de se entregar a um espetáculo de dominação que correspondia à rotina que eu imaginara e parecia convencer a plateia, mas que eu sabia ser tão teatral para ele quanto era para mim. Ao contrário do homem com quem eu dançara em Amsterdã, Tango parecia realmente me querer bem, até onde era possível que duas pessoas se gostassem em circunstâncias tão limitadas.

Com Dominik na plateia, eu estava mais ansiosa ainda para oferecer um bom espetáculo. Enquanto imaginava seus olhos em meu corpo e a excitação que ele poderia sentir com o espetáculo de minha nudez e o acasalamento público e atlético que estávamos prestes a apresentar, senti-me formigar de expectativa.

Quando Tango pegou minha mão e me puxou para si, foi como da primeira vez que dançamos juntos, emocionante e perigosamente erótico. Em resposta, meus mamilos endureceram com rapidez e a umidade se acumulou entre minhas pernas, prontas para sua penetração.

Ele meteu em mim e mal consegui controlar meu corpo o suficiente para continuar o número, tal era meu desespero para puxar esse homem bronzeado e musculoso para cima de mim e simplesmente trepar com ele no piso de madeira duro do iate, a plateia que se danasse. Morar com Viggo, porém, ensinou-me que a restrição às vezes pode ser tão prazerosa quanto a satisfação. Além disso, eu era profissional e estava ali para fazer uma apresentação, e não uma exibição animalesca e pornográfica cheia de calor e paixão, mesmo que fosse meu desejo no momento.

Tango apertou gentilmente minha mão numa despedida quando a música chegou ao fim e eu fui na ponta dos pés aos bastidores, mascarada pelo corte repentino da luz do palco. No camarim, respirei fundo algumas vezes e resolvi me acalmar e apresentar uma fachada profissional a Dominik. Não estava inclinada a explicar a ele a história de minha dança ou os sentimentos que o fato de estar no palco suscitavam em mim, e naquele momento decidi que não queria levá-lo para minha cama, nem persegui-lo mais.

Ao que parecia, Dominik ficara chocado e admirado com a apresentação.

— Aquilo foi lindo — disse ele enquanto o motorista nos levava a nossos respectivos hotéis.

— Também foi bem-pago — respondi, embora agora o dinheiro não fizesse diferença. Eu não ficava mais impressionada com a riqueza que sempre era ostentada nesses eventos, nem me importava se eu tivesse dinheiro ou não. Só queria dançar.

Dominik fazia uma pergunta atrás da outra sobre a coleção que Viggo tinha em casa, até que comecei a me perguntar se ele era uma espécie de detetive amador. Ou talvez ele tivesse ouvido falar do desaparecimento do precioso violino de Summer, que sumira na noite do show beneficente na Brixton Academy. Será que ele desconfiava de que Viggo fosse de certo modo responsável por isso? Era mais provável que Dominik estivesse procurando alguma peculiaridade de pessoas reais para usar em seu próximo romance. Ele me dissera durante o jantar que estava escrevendo sobre um instrumento e sua passagem de um dono a outro. Uma ideia fascinante, que exigia muita reflexão sobre o tema dos colecionadores. Perguntei-me se Dominik tinha noção de que ele mesmo era um deles, um *voyeur* como qualquer outro, vagando pelo mundo em busca de personagens e inspiração, para apanhá-los como fazem os caçadores de borboletas.

Quando voltei, a mansão em Belsize Park estava vazia. Summer ainda estava em turnê. Havia um postal de Berlim na caixa de correio, endereçado a Viggo e a mim. Ela voltaria para casa logo, depois de alguns shows na Escandinávia — Copenhague, Oslo e Helsinque —, terminando a turnê em Sarajevo e Liubliana. Nesse ritmo, Summer viajaria o mundo muito mais do que eu.

Viggo ia se juntar a ela e ao Groucho Nights para uma única apresentação especial em Estocolmo. Rejeitei a oportunidade de acompanhá-lo. De algum modo, embora a Finlândia fosse geograficamente mais próxima, era perto demais da Rússia para meu gosto. Eu sabia que o sentimento era irracional. Quando pensava na Rússia, pensava em São Petersburgo, Donetsk, em minha amiga Zosia dos alojamentos da escola de Arte e Dança, e em seu rosto duro, as feições finas de seu filho e seu jardim de árvores esqueléticas. Não era um lugar em que eu quisesse voltar um dia.

O tempo passou, mas não sem as ondas inevitáveis de solidão que vinham com o ócio. Sem minha dança, sem qualquer outro emprego, e sem meus dois amantes para me fazer companhia, minha vida assumia um caráter incerto, e, para espantar a loucura, eu mergulhava nos mundos imaginários dos livros que eu encontrava nas intermináveis prateleiras de Viggo. Num dia particularmente tranquilo, eu me diverti assistindo a uma aula de culinária perto de Oxford Circus, onde irritei o chef ao dizer que ele tinha a mão pesada demais para seus *macarons*.

Quando Summer enfim voltou, algumas semanas depois, recebi-a com todo o entusiasmo de uma jovem amante, mas, depois da paixão inicial de nosso reencontro, ela ficou retraída e passava pouco tempo em casa. Nunca falou em Dominik e não contei a ela que o havia encontrado na Espanha, pois sabia que aquilo poderia deixá-la triste.

Viggo e eu ainda éramos amantes, mas nossos sentimentos um pelo outro há muito haviam esfriado. Agora ele era apenas um amigo. Ainda assim, parecia que encontrávamos conforto no corpo um do outro, pois eu acordava na maioria das manhãs em seus braços com Summer bem perto de nós, enroscada sozinha na beira da cama.

Desde sua volta da turnê do Groucho Nights, Summer vivia num estado permanente de distração e perdera seu habitual *joie de vivre* para nossas sessões de sexo grupal. Summer sempre fora a centelha que acendia o fogo de nossa tríade e, sem a visão de seu corpo dócil junto ao de Viggo e a tentação de colocá-la nesta ou naquela posição usando como rédeas sua ígnea cabeleira, eu passava mais tempo dando prazer a mim mesma, sozinha no banho ou no quarto de hóspedes, onde dormia desde que me mudara para lá. Sempre pensava em Chey quando me masturbava, revivendo nossa época juntos e imaginando as sessões de sexo selvagem e às vezes pervertido que eu desejava que pudéssemos ter.

Entendi a motivação para o estranho comportamento de Summer certa manhã, depois de passar a noite com ela e Viggo numa pré-estreia fechada de uma exposição de fotografia no South Bank, perto do hotel onde eu havia transado pela primeira vez com uma mulher, Florence. Summer e Viggo foram para casa cedo, mas eu fiquei para a festa pós-evento, bebendo champanhe até a madrugada. Eu havia me esgueirado para a cama que dividíamos, alegremente inconsciente da ausência de Summer e ignorando os eventos que tinham se desenrolado sem mim.

Quando desci a escada para o café da manhã, encontrei Summer radiante, feliz e seminua, sua cintura fina envolvida por um dos braços de Dominik. A mão dele errava ocasionalmente para a fissura de seu traseiro e a carne nua de suas coxas, de vez em quando escorregando entre suas pernas e acariciando sua boceta, enquanto Viggo olhava, sorrindo como uma criança numa loja de doces, e Summer ruborizava numa dezena de diferentes tons de vermelho, apesar do fato de Viggo a ter visto nua mais de cem vezes e a tocado naqueles mesmos lugares. Nenhum dos três tinha se dado conta de que eu estava olhando para eles da escada.

Observei que Dominik parecia uma pessoa diferente quando estava com ela. Não havia o menor traço do homem melancólico que eu conhecera em Barcelona; em seu lugar, havia um homem seguro e poderoso, cuja autoconfiança parecia inabalável. Ela aninhava a cabeça ternamente em seu ombro, aparentemente convidando-o a externar sua alegre dominação sobre ela. Na presença dele, Summer perdera a tensão que tantas vezes tomava conta dele, o verniz de frieza que eu só via se dissolver quando ela tocava violino ou transava com vontade. Eles eram feitos um para o outro.

E Viggo parecia satisfeito com toda a situação.

— Bom dia — anunciei, apertando meu robe de cetim e descendo os últimos degraus como se tivesse acabado de acordar, e como se encontrar os três em variados estados de nudez na cozinha não fosse nem um pouco inesperado.

Eles levantaram a cabeça ao mesmo tempo, cada um com uma expressão que vagava entre a felicidade e o constrangimento.

— Bom dia, Rainha da Noite — disse Viggo. — Como está a nossa sereia etérea hoje? Restou alguma dama imaculada na festa?

— Só as chatas. — Sorri para ele. Na verdade, eu passara a noite envolvida apenas no mais brando flerte com duas garotas vestidas em roupas de cetim combinando, mas não via mal nenhum em perpetuar a ideia de Viggo de que eu partia corações aonde quer que fosse. Ele parecia ficar satisfeito com a ideia de que todos os homens e todas as mulheres no mundo cairiam felizes aos meus pés, se tivessem uma chance. Era uma fantasia que solidificava meu *status* de joia em sua coroa de coisas bonitas.

— E como foram suas respectivas noites? — perguntei ao grupo.

Houve um longo silêncio enquanto eu imaginava se Viggo, Dominik e Summer teriam passado a noite envolvidos numa nova combinação a três que me excluía. Viggo já dera a entender ocasionais flertes no passado com um amante, em sua busca incessante para saborear todas as experiências possíveis. Eu não tinha certeza da orientação de Dominik, mas não duvidava nem por um segundo de que Summer teria adorado a oportunidade de ser o recheio daquele sanduíche.

Mas, como ficou claro, as atividades noturnas de meus três companheiros foram de natureza inteiramente distinta. Ouvi Viggo explicar que os três haviam conseguido localizar o violino Bailly que Summer perdera, e Dominik aparentemente arriscara a própria vida para recuperá-lo.

— E então, com quem estava o instrumento? — perguntei, perplexa.

— Não vamos aborrecê-la com os detalhes — respondeu tranquilamente Dominik. — É meio complicado e nem de perto tão empolgante como Viggo faz parecer.

— Mas te garantiu um bom material para seu próximo romance, assim espero.

— Posso dizer que não gosto de me aproximar demais da vida real.

Summer deu uma risadinha. Dominik deu um tapinha em sua bunda.

— Vamos deixar os dois pombinhos a sós? — sugeriu Viggo, oferecendo-se para me pagar o café da manhã numa cafeteria próxima, na Hampstead High Street.

Summer e Dominik tinham ido embora quando voltamos e, duas semanas depois, ela levou seus poucos pertences e deixou a mansão de Belsize Park para sempre e se mudou para a casa mais modesta de Dominik, subindo a colina, mais propriamente em Hampstead. Entre carregar caixas e separar nosso guarda-roupa conjunto, houve muitas promessas de mantermos contato e nos encontrarmos para jantar, caminhadas no Heath e assim por diante, mas, na realidade, eu sabia que ela estava feliz com Dominik e pronta a fechar o livro neste capítulo específico de sua vida.

Um dia, algumas semanas depois de Summer sair de nossa vida — e de nossa cama —, aceitei o convite de Viggo para ir a seu estúdio na Goldhawk Road, onde ele gravava músicas novas com o Holy Criminals. Summer o inspirara a gravar um disco com um viés mais clássico e ele vinha fazendo testes com jovens músicos eruditos de uma escola de música. Ele costumava patrocinar talentos promissores que não teriam grandes oportunidades de fechar contrato de gravação sem um pistolão.

Verificaram rapidamente meu nome na lista de segurança e me indicaram o estúdio de gravação no fim do corredor, e descobri que eu escolhera o único dia em semanas no qual Viggo não estava presente.

— Ele está numa reunião com o pessoal de uma gravadora — disse uma loura alta com um violoncelo apoiado entre as pernas abertas quando perguntei se alguém o tinha visto.

— Mas você é muito bem-vinda para ficar e assistir à gente — acrescentou ela com um sorriso sugestivo e uma piscadela atrevida.

Com uma recepção dessas me pareceu grosseria recusar, então me acomodei num dos pufes de couro no chão do estúdio e a observei tocar.

Ela não se entregava à música como Summer fazia, mas ainda era um prazer observar o ângulo agudo de seu pulso enquanto nota após nota era persuadida a escapar das cordas, e o modo como ela segurava o instrumento firmemente entre as coxas afastadas.

— Meu nome é Lauralynn — murmurou ela, estendendo a mão num cumprimento ao terminar a canção. Por um momento, não tive certeza se ela pretendia que eu apertasse sua mão ou que me abaixasse e a beijasse. — Quer beber alguma coisa?

Aceitei seu convite e dividimos uma garrafa de vinho e um prato de pães e azeitonas no Anglesea Arms, na Wingate Road, perto do estúdio, mas logo ficamos cansadas das gargalhadas barulhentas das mesas próximas, cheias de adolescentes riquinhas e mamães jovens e bonitas.

Quando ela pediu licença para ir ao toalete, não pude deixar de admirar como sua calça jeans preta se ajustava em sua bunda, e eu tinha certeza de que ela rebolava para mim. Usava calça tão apertada quanto as de Viggo, mas conseguia sair dela com muito mais elegância, como descobri quando a levei para a cama de Viggo naquela noite.

Lauralynn era uma amante entusiasmada e generosa, além de ter um bom papo. Conhecia Nova York e se interessou pela minha vida lá, minha dança e pelos outros lugares que eu conhecera. Antes de me dar conta, eu havia contado a ela minha história do começo ao fim, deixando de fora apenas os detalhes mais íntimos de minha relação com Chey, que eu apreciava como pedras preciosas, como os presentes feitos de âmbar que eu sempre mantinha por perto.

Havia algo de inerentemente perigoso e sensual em Lauralynn. Sua confiança, seu olhar resoluto, a torção cruel de sua boca quando ela me levava lenta e torturantemente ao clímax. Ela poderia trabalhar como assassina de aluguel enquanto não estava tocando seu violoncelo. Todos tínhamos nossos segredos. A ideia de Lauralynn vestida como uma assassina profissional hollywoodiana, coberta da cabeça aos pés num *catsuit* de mulher fatal, interrompera minhas lembranças de Chey e me virei de lado, ficando de frente para ela. Levei minha mão à sua boceta, quente e molhada mais uma vez, antes de gentilmente correr os dedos pelos aros de prata que perfuravam seus mamilos, garantindo que ficassem permanentemente rijos.

Estávamos deitadas na cama de Viggo, pois era muito maior que a do quarto de hóspedes, quando expliquei nossa relação incomum. Lauralynn deu uma gargalhada gutural e sugeriu que o surpreendêssemos enrolando-nos em suas cobertas como um presente. Fazer amor na cama de Viggo, sem ele, dava um toque clandestino à transação, embora eu tivesse certeza de que ele não se importava nem um pouco se eu trazia alguém para casa ou onde me deitava com eles.

No fim das contas, Viggo ficou a noite toda fora com os executivos de sua gravadora. Quando voltou para casa, Lauralynn havia ido embora com uma promessa vaga de me ligar um dia. Ela ligou mais cedo do que nós dois esperávamos.

— Luba?

— Sim? — respondi. Ela só se ausentara por algumas horas, assim presumi que tivesse esquecido alguma coisa. Era cedo demais até para a mais entusiasmada das pretendentes ligar.

— Eu queria pedir um favor a você.

— Pode falar...

Quando Lauralynn explicou que teria de deixar a casa onde morava porque acabara de saber que o antigo amor de seu companheiro escritor ia se mudar para a casa dele em Hampstead, percebi que ela também era amiga de Summer e Dominik. Mas a situação pareceu fortuita demais para ser ignorada. Além disso,

Viggo viajava muito e eu estava cansada de perambular sozinha pela vasta mansão.

Ela voltou no fim daquela tarde, com todos os seus pertences encaixotados.

Ela se acomodou como se nunca tivesse morado em outro lugar, e em poucos meses a vida voltou a uma rotina tranquila, embora nada emocionante. Viggo agora passava a maior parte dos dias e das noites no estúdio de gravação do outro lado da cidade, onde o trabalho no novo disco continuava a todo vapor. Por alguma razão eu não conseguia me empolgar com o projeto. Lauralynn estava mais entusiasmada com a coisa toda, ajudando em algumas faixas, tocando seu violoncelo ou orquestrando a parte das cordas. Os dois eram músicos, afinal, e sua afinidade continuava crescendo.

Eu passei a segurar vela.

Na cama, por mais que apreciasse o vigor e a imaginação de Lauralynn, rapidamente ficou claro que tínhamos semelhanças demais e que eu não tinha muita vocação para submissa. Contrariava minha natureza. Quando Viggo se juntou a nós, porém, ela logo começou a descascar camadas secretas da sexualidade dele como uma cebola, para surpresa dele e minha.

Isso me fazia feliz, mas não ajudava em nada.

Tive uma forte crise de depressão, e comecei a questionar o que queria da vida, consciente de todos os erros que cometera até então. Viggo parecia gostar mesmo de Lauralynn; eles haviam descoberto que tinham muito em comum, a música, a jovialidade tranquilamente pervertida. Summer reencontrara Dominik e imaginei os dois na casa dele, pouco mais de um quilômetro colina acima, trepando como coelhos, em perfeita felicidade e harmonia. E ali estava eu: uma dançarina que não dançava mais.

Uma voz interior me dizia que era hora de começar uma nova página, mas eu não tinha um rumo a seguir, nenhuma ideia do que devia ou podia fazer. Só estava certa de que havia muitas coisas que eu não desejava fazer. Nunca mais.

Comecei a ficar preguiçosa, sempre a última a me levantar, mantendo deliberadamente meus olhos fechados e fingindo dormir quando Viggo ou Lauralynn saíam da cama, no fundo valorizando o fato de que as cobertas agora eram só minhas e eu podia esparramar braços e pernas para todo lado e cochilar por mais algumas horas, enquanto eles cuidavam de seus assuntos ou transavam no banheiro, enquanto eu fingia ainda estar dormindo um sono profundo. Com muita frequência, o mais barulhento era Viggo.

Só quando a porta da frente batia e eu tinha certeza de que estava sozinha na mansão é que abria os olhos e encarava o dia, indo na ponta dos pés à cozinha tomar um copo de leite ou comer alguma coisa e tomar o café forte que Lauralynn sempre deixava. E o dia passava lentamente: nadar sem pressa no riacho subterrâneo de Viggo, ler por horas a fio num dos amplos sofás do salão de jogos. Generosamente me servi da impressionante coleção de primeiras edições de Viggo e lia sem parar. Sempre romances. Se ele descobrisse que minhas patinhas sem luvas estavam manipulando os títulos raros, sem dúvida teria se irritado, mas os livros existem para serem lidos, não? Encontrei meia dúzia de CDs de melodias e danças folclóricas russas na arca do tesouro que era a coleção de música de Viggo e os ouvia repetidamente, chafurdando na melancolia eslava até que meu coração cantava junto, murmurando as melodias, sussurrando as palavras e saboreando seu conforto.

Em dias assim, lá pelo meio da tarde eu sentia necessidade de ar fresco e geralmente vestia um velho moletom que herdara de Lauralynn e dava uma caminhada revigorante, passando pelo Royal Free Hospital e pela sucessão de lojas perto da estação ferroviária.

A essa hora do dia, os acessos ao Heath eram movimentados, com babás, carrinhos de bebê e crianças em idade pré-escolar correndo ruidosamente e alimentando os patos, enquanto suas babás distraídas fofocavam numa variedade de línguas estrangeiras. Corredores de todas as idades passavam arfando pelos caminhos estreitos que levavam aos terrenos mais privativos do Heath, para além dos lagos e da área de natação a céu aberto que não me interessava, suas águas sem dúvida frias como um regato ucraniano, turvas e nada convidativas. Eu costumava dar uma guinada repentina para a esquerda e entrar num mundo completamente novo.

Era sinistro que, no espaço de alguns metros de caminhada por essa parte do Heath, quase se pudesse deixar a civilização para trás e estar no que parecia ser uma floresta imemorial, desolada e vazia, imperturbada pelos séculos. Aqui havia lugares para meditar, para se sentir una com a natureza, embora também houvesse um leve rumor na boca de meu estômago quando eu percorria essas áreas mais remotas, um rumor que era sem dúvida sexual, como um chamado sobrenatural para de repente jogar minhas roupas de lado e correr nua pela parca vegetação, por troncos de árvore caídos e trilhas de terra, abrir bem minhas pernas e me oferecer ao grande deus Pã. Era irracional, eu sabia, e é claro que nunca o fizera, mas eu tinha certeza de que outros seguiam essas trilhas e experimentavam as mesmas sensações. O mundo real parecia estar a milhões de quilômetros e até os sons dos passarinhos cantando haviam sido silenciados. Podia me perder entre essas trilhas sinuosas e em geral era o que acontecia. Hoje, porém, sentia-me atraída a outro lugar.

Andei pelo dossel de árvores e fui à pequena colina onde ficava um antigo coreto de ferro batido. Aquele tinha se tornado um de meus lugares preferidos, e eu sempre me surpreendia ao ver tão poucas pessoas ali. Sair da penumbra protegida das árvores para a luminosidade repentina da clareira era como pousar em outro planeta. Banhado na luz súbita, o verde glorioso da relva parecia uma tela virgem. Um casal estava sentado na relva na extremidade da arena natural, desfrutando o sol de fim de outono, mas o coreto estava vazio e segui para lá. No dia anterior, eu começara a ler um exemplar gasto de *Crack-Up*, de F. Scott Fitzgerald, que havia encontrado num bazar no Hampstead Community Hall — eu não teria me atrevido a tirar de casa qualquer das edições raras de Viggo. Agora me sentava nos degraus de pedra e abria o livro na página em que havia parado de ler quando Viggo e Lauralynn se juntaram a mim no quarto na noite anterior, dispostos a me incluir em seus caprichos sexuais. Restavam-me apenas quarenta páginas para terminar e duas horas até que a luz sumisse, pelo que calculei.

— Esse eu nunca li. É um romance ou uma das coletâneas de contos dele? — perguntou uma voz atrás de mim.

Fiquei petrificada, as palavras na página nublando-se diante de meus olhos. Aquela voz. Virei-me e ergui os olhos na direção de quem falara.

O sol me cegava, então tudo o que pude ver a princípio foi uma silhueta. Uma forte onda de alívio, medo, raiva e apreensão me dominou, como um tsunami desenfreado de sentimentos.

Chey.

Tentei controlar meus nervos. Manter a frieza.

Era um momento que eu tinha vislumbrado por meses. Sonhava com aquilo, fantasiava, mas jamais pensara que um dia viesse a se concretizar. Não desse jeito, não aqui. Nessas circunstâncias.

— Como você me encontrou aqui? — exclamei, provavelmente alto demais. — Como...? Você andou me seguindo?

— Andei — confessou ele. Seus olhos se nublaram quando ele os baixou para mim.

O alívio de que ele estivesse ali vivo e bem diminuiu, e a raiva explodiu por minhas veias.

— Seu filho da puta.

Chey continuou em silêncio.

— Desde quando? Há quanto tempo você sabia onde eu estava e não veio me procurar? — continuei.

— Segui você desde que saiu da casa de Viggo Franck.

— E há quanto tempo você sabia que eu estava em Londres?

— Vi uma fotografia numa revista... Você e ele em algum evento, acho. Foi como eu descobri seu paradeiro. Sei que você começou uma nova vida, que está feliz, mas eu precisava vir.

Ele ainda era o mesmo, lindo à sua própria maneira selvagem, embora aparentasse certo cansaço, uma insegurança em sua postura. Vestia jeans azul-escuros, uma camiseta branca justa e uma jaqueta de couro marrom jogada sobre o ombro. Suas botas estavam desgastadas.

Minha compostura foi voltando aos poucos à medida que ficava mais calma.

Como eu não me levantei, ele se sentou ao meu lado e tirou o livro de minhas mãos, pousando-o no degrau de pedra.

— Fale comigo — disse ele.

— Não é você que deve falar? — perguntei.

Agora estávamos só nós dois na clareira. Uma última nuvem cobriu o sol e as sombras do dia ficaram mais escuras.

— Assim que descobri onde você estava, não tive alternativa — disse Chey.

— Não teve?

— Então você abandonou a dança, não é? — Ele mudou de assunto.

— A dança me abandonou.

Olhei em seus olhos e fui dominada por seu estado emotivo.

Meus ressentimentos encolhiam a cada segundo. Mas minha mente estava cheia de perguntas. Os sumiços, a arma, os presentes, Lev, era muita coisa. Eu precisava de respostas.

— Por quê? — perguntei.

Ele abriu a boca e levei os dedos a seus lábios para silenciá-lo momentaneamente.

— A verdade, Chey. Eu só quero a verdade. Por favor, não me conte mentiras.

O contato breve demais com a suavidade firme daqueles lábios me eletrizou, as lembranças de seus beijos e abraços se precipitaram diante de mim, como cicatrizes antigas que eu conseguira esconder toscamente, mas cuja impressão havia marcado meu DNA.

Percebendo minha reação, ele levou a mão ao meu rosto, afastando uma mecha de cabelo.

— É uma longa história... — começou ele.

— Tenho todo o tempo do mundo.

Ele me disse que era um negociante de âmbar, e isso não era só uma fachada. Era um pequeno negócio que ele herdara do avô, e a diversidade incomum da resina e seu uso na joalheria, até na medicina ou como ingrediente em perfumes, o tinham seduzido quando ele ainda era adolescente. No breve tempo em que passamos juntos, ele uma vez me dera uma aula sobre a história do âmbar, suas propriedades e sua narrativa pitoresca, mas dessa vez era outra a história que ele tinha a relatar.

Por motivos geológicos, grande parte do melhor âmbar tinha origem nos estados bálticos, e era um importante produto de exportação. Um dia, o depósito dele foi vistoriado pelas autoridades, com base numa denúncia de que determinada remessa trazida por ele fora usada para contrabandear uma quantidade apreciável de heroína de Kaliningrado, onde a máfia russa era particularmente ativa. Ao que parecia, as caixas contendo as pedras de âmbar que ele adquirira legitimamente e até embalara na origem tinham sido adulteradas antes do embarque, substituídas por caixas de madeira de fundo falso, em que milhares de sachês de heroína haviam sido escondidos e cobertos por âmbar de verdade.

No interrogatório, Chey não conseguiu provar sua inocência. Ele havia preparado não só a embalagem original, como também a documentação, que apresentava algumas irregularidades, pois não havia sido tão fiel quanto a quantidade real que estava importando, a fim de evitar impostos excessivos na chegada. Naturalmente, isso não facilitou em nada o seu lado. Quer os agentes federais que supervisionavam o caso acreditassem nele ou não, ele estava em maus lençóis.

Ele recebeu uma oferta irrecusável e concordou em trabalhar com os agentes federais, continuar suas importações de âmbar e infiltrar-se na organização que agora se sabia ter relações com a máfia. Trabalharia como agente duplo extraoficial.

Isso já vinha se desenrolando havia vários anos quando ele me conhecera e era o motivo de suas ausências frequentes e de suas maneiras muitas vezes duvidosas, e do fato de que ele tinha uma arma em seu apartamento, apenas por precaução, caso fosse descoberto. Ele precisava levar uma vida dupla, e não havia como revelar isso a mim sem me colocar em perigo.

— Então, por que agora? — perguntei.

— As coisas deram errado — admitiu ele.

Uma operação havia terminado mal e, para se manter, ele precisou trair não só seus acólitos criminosos, mas também as autoridades federais. Como consequência, teve de fugir de Nova York e agora era um foragido. Não sabia o que fazer nem para onde ir. Vinha se escondendo numa cabana perto de um lago em Illinois, sobre a qual ele não contara a ninguém, quando viu a minha foto com Viggo no jornal. Tinha documentos falsos que agora podia usar novamente, e então veio a Londres. E era isso.

Meu primeiro pensamento era de que agora nós dois combinávamos, ambos com passaportes e identidades falsas.

E acreditei nele. Sempre quis acreditar em Chey, mas antes ele não tivera coragem de me contar a verdade.

Peguei sua mão e a apertei com força. Eu queria tanto beijá-lo. Entretanto, ainda havia algo me segurando.

Mas o calor de sua pele na minha já me acendia por dentro. Como se estar de mãos dadas fosse uma promessa do que estava por vir.

— E o que você pretende fazer agora?

— Não faço ideia.

Ele me olhava com reverência, como se eu vestisse o tecido mais fino e o mais leve movimento pudesse rasgá-lo ou amassá-lo, em vez da calça velha de moletom e a camiseta que eu realmente estava usando para minha caminhada no Heath.

Parecia nossa primeira vez de novo. E dessa vez tudo seria feito do jeito certo, com o benefício da experiência e a alegria de nosso reencontro compensando o ambiente decididamente menos idílico em torno de nós.

Sua conta bancária tinha sido bloqueada pelas autoridades e, sem acesso a dinheiro algum além do que levava nos bolsos, ele estava hospedado numa pousada barata perto de King's Cross. Fiquei triste em vê-lo nesse lugar, pois eu me recordava da elegância e da limpeza de seu apartamento na Gansevoort Street. Mas quando sugeri que poderíamos ir ao quarto que eu ocupava na mansão de Viggo e expliquei que era improvável que fôssemos interrompidos ali, Chey me disse que isso o faria se sentir ainda mais desconfortável.

Assim, exultantes de expectativa, subimos a escada sinuosa do prédio, parando ocasionalmente quando ele me empurrava na parede para roubar um beijo ou descer a mão pelo cós de minha calça, correndo o dedo pela linha de minha calcinha e provocando um tremor de prazer por todo o meu corpo.

Quando finalmente chegamos ao quarto, Chey jogou a jaqueta de couro numa cadeira e se sentou na cama, olhando para mim, sua ereção visível mesmo sob o jeans. Ele prendeu a respiração enquanto eu tirava a roupa e soltava o sutiã, deixando minha calcinha cair aos meus pés e chutando-a para longe. Nenhuma música, nenhum gingado lento ou opressivo. Eu passara anos tirando a roupa para os homens em troca de dinheiro e para mim não havia nada de sensual, que dirá romântico, num *striptease*.

— Você não sabe quantas vezes imaginei te ver assim de novo — disse ele. Sua voz era branda, quase como se estivesse falando sozinho. Aproximei-me e ele levou a mão ao meu rosto, acariciando meu queixo com delicadeza. Virei o rosto e apertei meus lábios contra os nós de seus dedos, respirando a leve fragrância de sua pele ao fazê-lo. Seu cheiro era inexplicável, mas familiar e profundamente reconfortante.

Nas horas seguintes, nenhum de nós disse mais do que algumas dezenas de palavras. Já havia palavras demais não ditas entre nós; o silêncio era mais adequado.

Eu estava nua. O quarto não tinha quase nada, apenas um armário pequeno, uma mesa lateral, uma cama com colcha de chenile azul-escuro e uma pequena mochila num canto, que provavelmente continha todos os seus atuais pertences.

Os olhos e os dedos de Chey foram atraídos para a tatuagem da arma na minha boceta. Era a primeira vez que ele a via.

Ele a afagou ternamente, mas não me fez nenhuma pergunta sobre sua origem. E quando desviou os olhos da Sig Sauer, como passei a pensar nela, ele caiu de joelhos e a beijou com sua boca macia. Seus lábios eram quentes. Sua língua deslizou pela tatuagem a um mero centímetro de minha abertura e quis gemer e implorar a ele para que chegasse mais perto. Mas não o fiz. Não queria interromper a terna magia do momento pelo aumento de meu desejo. Minha carência.

Eu sabia que ele estaria sentindo meu cheiro, minha excitação, minha umidade. Distraidamente, corri alguns dedos por seu cabelo grosso. Sem pressa nenhuma, despreocupada, mas deliberadamente, um sinal para que ele soubesse que estava tudo bem e que não precisávamos mais apressar as coisas.

Não apressamos. Ele não apressou.

O exame de Chey foi intenso e completo. Fiquei imóvel na sombra de seu olhar enquanto ele voltava a se familiarizar com minha boceta, aplicando todo o fervor de um explorador que descobriu uma terra desconhecida. Nunca houve plateia mais atenta, nem mesmo na The Place.

Eu me deleitava com sua inspeção.

Abri bem as pernas, sabendo que essa era a visão que ele mais amava, a visão íntima de meu corpo.

Seus dedos separaram delicadamente meus lábios. Sua língua deslizou pela extensão de minha fenda. Seu polegar roçava meu clitóris com a delicadeza de quem acaricia uma pétala de rosa.

A cada nova sensação, aumentava o fogo de meu ardor, desenrolando-se desde bem fundo e subindo sinuoso por minha coluna, entrando em meu cérebro, até que os dois se fundiam e eu não tinha consciência de nada além das extraordinárias sensações que Chey orquestrava com tanta habilidade, como se ele tivesse passado os anos em que ficamos separados sem fazer mais nada além de memorizar todos os meios com que me dera prazer quando estivemos juntos.

Ele se levantou e nos beijamos mais uma vez, seus lábios molhados do mar de meu travo acre e salgado, sua língua buscando conforto no cais de minha boca.

Passei as mãos por baixo da camiseta, apertando seus mamilos com os dedos trêmulos, puxando-a para cima e revelando seu tronco musculoso, ávido com toda a frustração do desejo não saciado.

Ele tirou a camisa e, abrindo o cinto, deixou a calça cair no chão. Tirando a boxer, finalmente libertou sua ereção crescente, e agora era sua vez de se apresentar despido a mim. Seus ombros fortes, os alvos mais escuros dos mamilos duros na paisagem esculpida do peitoral, as pernas longas e fortes e a linha reta de seu pau poderoso, tão duro, como eu jamais vira antes, a ereção surgindo da selva cacheada de seus pelos pubianos, o saco pesado pendendo baixo.

Olhei em seus olhos, buscando aprovação.

Ele assentiu e fiquei de joelhos, segurei seu pau e o trouxe à minha boca.

Seu cheiro era natural, inebriante, real. Eu queria prová-lo, experimentar a realidade primitiva do que ele era.

De algum modo ele ficou ainda mais duro contra a suavidade maleável de minha língua. Eu o tomei o mais fundo que podia na garganta, querendo que ele preenchesse cada parte de meu ser até que a melancolia de sua ausência fosse completamente extinta.

Chupei como louca, como quem quer compensar os dias, as noites, as semanas de saudade, como se o caminho para seu coração passasse pela pulsação de seu pênis. Sentindo a loucura de meu apetite, Chey reduziu os próprios movimentos dentro da minha boca, acariciando minha cabeça como se dissesse que tínhamos todo o tempo do mundo. Naquele exato momento eu me sentia liberada, querendo que ele gozasse e me inundasse com seus fluidos, que me afogasse. Mas ele tinha razão, não havia pressa nenhuma.

Eu precisava saborear cada momento de nossa primeira transa depois de séculos. Fazê-la durar. Afrouxei os lábios em seu membro.

Por fim, enquanto nós dois atingíamos um estado de exaustão e nirvana, ele disse que queria gozar dentro de mim, e meu coração explodiu. Minha boca ávida abandonou seu pau e eu permiti que ele me deitasse na cama, que abrisse mais as minhas pernas e, como um ritual cuidadosamente ensaiado, baixasse o corpo entre minhas coxas.

Enquanto ele me penetrava, rapidamente cheguei àquela praia mental onde todo o mundo desaparecia de vista e eu existia apenas como uma extensão de minhas terminações nervosas e não conseguia pensar em nada além da união de nossos corpos, e como cada parte da minha vida levara a este momento, minha vagina pulsando contra a rigidez do pau dele, orquestrando a ascensão de nosso mútuo prazer. Éramos um só, como havíamos sido um dia. Feitos um para o outro. Cada parte de nossas almas e de nossos corpos se encaixando como um quebra-cabeça. Não era mais uma dança de opostos, eram Chey e Luba, juntos, unidos novamente, da forma mais íntima.

Ele começou a se mover contra mim, seu ritmo ganhando velocidade enquanto eu o acompanhava, uma arremetida pela outra, sentindo cada centímetro dele pressionando cada vez mais fundo dentro de mim.

Era bom.

Era mais do que bom, porra.

Era para isso que eu tinha nascido.

E quando gozei, gritei. Eu não costumava fazer muito barulho quando transava, mas o uivo que subiu pelos telhados industriais de King's Cross naquela noite parecia o som de meu renascimento, uma afirmação da vida.

Em resposta à mera intensidade de minha excitação, Chey teve espasmos fortes logo depois de mim, gritando meu nome, seu gozo quente inundando minha boceta.

Os vizinhos que se danassem, pensei, enquanto perdíamos o controle ao mesmo tempo. Debati-me loucamente em seus braços, sentindo o peso do corpo rijo de Chey me ancorando, apertado contra mim, aderindo a mim.

Eu era boceta.

Eu era de Chey.

Ficamos em seu quarto a noite toda e por toda a manhã seguinte. Só a água da torneira nos sustentou.

Trepamos, fizemos amor e trepamos de novo. Estávamos inflamados, estávamos loucos, estávamos felizes, tínhamos uma razão para viver.

E mesmo que o futuro esperasse pacientemente por nós ao virar a esquina, ele podia esperar.

Por enquanto.

10
Dançando com a morte

A primeira coisa que eu queria fazer era tirar Chey daquela pousada em King's Cross. Não só o lugar era impróprio para nossos propósitos, como eu achava humilhante que ele ficasse ali. Chey argumentou que o anonimato lhe caía bem, mas rapidamente consegui convencê-lo de que a melhor solução era mudar-se comigo para a mansão de Viggo. Embora a segurança na casa fosse mínima, o fato de Viggo ser uma figura pública era tranquilizador, pois quem estivesse tentando localizar Chey não pensaria na casa em Belsize Park como um esconderijo. O lugar tinha espaço suficiente, e agora Viggo e Lauralynn passavam tantas horas no estúdio que a presença de Chey ali não desagradaria a nenhum dos dois, nem viria a ser uma inconveniência. Expliquei a natureza vaga da relação que de algum modo havia evoluído para aquele ponto com meus dois amantes ocasionais e amigos, e ele a aceitou sem dificuldades com um leve sorriso no rosto, como se achasse graça da minha propensão a comportamentos pouco convencionais.

Ele concordou com meu plano.

Esperamos até o anoitecer e ele acertou sua conta barata com a pousada em dinheiro. Pensava que seria perigoso usar cartões de crédito e, segundo me disse, tinha dinheiro suficiente para alguns meses. As autoridades federais americanas haviam cortado relações com ele depois que descobriram sua identidade como espião entre os russos, e sua participação na história fora eliminada de todos os registros públicos. Não só eles não ofereceriam assistência alguma, como Chey desconfiava de que alguns agentes envolvidos tivessem ligações com os russos e na verdade o tivessem entregado. Não podia esperar nada da parte deles.

Viggo e Lauralynn foram maravilhosamente compreensivos quando apresentei Chey a eles. Eu o havia mencionado rapidamente uma ou duas vezes e ambos notaram a melancolia que me dominava sempre que pensava nele. Pareceram de fato felizes por mim. Tinha ficado evidente para eles, no curso das semanas anteriores, que nossa espécie de tríade estava se desfazendo e o vínculo entre os dois se tornava mais forte, apesar da preferência declarada de Lauralynn por mulheres. Mas gostavam de mim o bastante para aceitar que meu novo amante também era meu antigo amante. Até os pervertidos têm coração mole.

O arranjo deu certo. Um mês se passou, durante o qual todos nos acomodamos em nossos novos papéis e dividimos a grande casa enquanto mantínhamos nossa respectiva privacidade. Chey e Viggo se tornaram bons companheiros quando Viggo descobriu que Chey era um tesouro de informações e conhecimento sobre rock, algo que eu nunca soubera. Por vários fins de tarde, os dois ficavam egoisticamente sentados rindo num canto, enchendo seus iPods com novas playlists, enquanto Lauralynn e eu cozinhávamos ou fofocávamos. Pela primeira vez em muito tempo, eu não abria as páginas de um livro por quatro semanas seguidas. Tinha outras coisas para fazer à noite: redescobrir Chey, aprender a relaxar completamente em seus abraços e viver o presente, enquanto ele orquestrava cada emoção em meu corpo e meu coração a repetidos orgasmos que eu nem sabia que era capaz de sentir. Agora que não havia nenhuma sombra em nossa relação, podíamos ver o quanto combinávamos, não só no corpo, mas também na mente. Até os silêncios que partilhávamos com frequência, depois do sexo ou em um momento aleatório do dia, transbordavam de significado e intensidade.

Estávamos deitados na cama, saciados de nossos esforços anteriores, a mão dele delicadamente banhando como uma onda minha bunda exposta, seu toque leve como uma pluma, esperando o abraço sedutor e reparador do sono, quando seu celular tocou. Era a primeira vez que tocava desde que ele se juntara a mim na casa de Viggo.

Olhamos a mesa de cabeceira, surpresos com o som insistente.

— Muita gente sabe seu número? — perguntei a Chey.

Seu rosto escureceu.

— Não. Pouquíssimas.

Ele pegou o celular cautelosamente e levou-o ao ouvido.

Ouvi o rumor abafado de uma voz enquanto Chey assentia algumas vezes, murmurava e exclamava. Depois a conversa foi encerrada subitamente, com ele dizendo apenas "obrigado" a seu interlocutor distante.

Ele se virou para mim.

— Era Lev.

— Lev?

— Trabalhamos juntos, andamos pelo lado bom e pelo lado ruim, por assim dizer. Ele é legal, embora costume ser um tremendo pé no saco — explicou ele. — Ele ainda está envolvido. Por alguma razão, seu disfarce não foi revelado, mas deve ter sido por pouco. Parece que eles sabem que estou em Londres.

— Droga...

— Só sabem que estou na cidade, não exatamente onde.

Tive medo. Parecia que o cerco se fechava, ameaçando nossa felicidade.

Fazia sentido que não pudéssemos continuar indefinidamente na casa de Viggo. Era uma solução temporária, enquanto organizávamos os pensamentos. De qualquer modo, ficar engaiolados tornava-se cada vez mais frustrante para Chey, fazíamos apenas algumas rápidas caminhadas pelas trilhas mais despovoadas do Heath nas primeiras horas da manhã para aliviar o estresse de sua prisão voluntária.

Não só ele tinha de escapar para um lugar distante, onde ninguém o conhecesse, mas também precisava convencer seus perseguidores de que não era mais perigoso. Infelizmente, eles não eram o tipo de gente com quem se podia negociar. Eram homens perigosos.

Eu só sabia de uma coisa: aonde quer que Chey fosse, eu iria com ele. Estava decidida que nada mais ia nos separar.

— Você vai precisar de uma identidade falsa, novos documentos — falei. — E isso só para começar.

— Não só é caro e difícil, como é preciso ter contatos para arrumar tudo direito. Eu precisaria encontrar profissionais completos, e não uma loja de fundo de quintal com falsários inexperientes e novatos. E os caras que conheci do outro lado da lei não são o tipo de gente a quem eu possa procurar agora pedindo um favor. Eles simplesmente me entregariam — explicou ele.

Porém, por mais desagradável que isso pudesse parecer, eu via a centelha de uma solução.

Peguei a bolsa, tirei dela meu atual passaporte alemão e a carteira de identidade que estivera usando e os entreguei a Chey.

Ele os examinou e perguntou:

— Isso é seu? Você tem documentos falsos?

Assenti.

— Parecem autênticos o bastante?

Ele os ergueu à luz e os examinou atentamente.

— Parecem muito bons, mas é claro que não sou especialista. Mas, sim, parecem verdadeiros — admitiu ele.

— Posso conseguir outros — disse.

— Como?

— Com as mesmas pessoas.

— E quanto isso custaria?

— Só o nosso orgulho — falei.

E revelei a ele como os documentos falsos tinham sido providenciados pela Rede e o trabalho que fizera para eles.

Desde nossa primeira vez juntos, Chey sabia que eu estivera com outros homens. Conheceu Viggo, é claro, mas logo percebeu que o cantor de rock era muito mais um pau amigo para mim e que não havia envolvimento entre nós e, de qualquer modo, ele passara a gostar do cara e não sentia ciúmes por eu ter dormido com ele. Deve ter imaginado que teria havido outros, ficadas sem compromisso e alívios para os dias de solidão, mas nunca contei a ele a história dos dançarinos e o que fazíamos para clientes ricos.

— Se eu concordar com uma última apresentação, tenho certeza de que eles vão providenciar novos documentos para você — expliquei.

Ele baixou a cabeça.

— E você acha que esse é o único jeito? — sussurrou Chey, já ciente da provável resposta.

— Sim.

Ele me pegou nos braços e me abraçou com força.

— Tudo bem, mas então me deixe ser o dançarino, deixe eu ser seu parceiro dessa vez. Você pode me treinar, me ensinar.

Nós nos beijamos.

* * *

— O cliente admirou muito seu número no barco em Sitges — disse-me Madame Denoux. — Vem querendo agendá-la para outra apresentação desde então. Você tem sorte.

— Fico feliz. — Na verdade, o que eu sentia era alívio. Temia que, nos muitos meses desde que eu deixara voluntariamente o radar e o catálogo da Rede, talvez tivesse sido esquecida e substituída por novas dançarinas.

— E quando soube que você propôs uma apresentação de despedida na véspera de Ano-Novo, seu canto do cisne, por assim dizer, ele ficou deliciado por ter as condições para que isso acontecesse.

— E ele concorda com todos as minhas condições? — perguntei.

— Sim. Dinheiro no ato, com nossa comissão e o custo dos documentos que você deseja devidamente deduzidos, é claro. Você escolhe a dança e o parceiro, embora o cliente, que é russo, como você sem dúvida imaginou, um de seus compatriotas...

— Não necessariamente, eu sou da Ucrânia.

— Ah. — Eu sentia que ela franzia o cenho do outro lado da linha, em sua casa em Nova Orleans.

As pessoas sempre pensavam que éramos todos iguais. Embora eu tivesse sido criada falando russo e ucraniano, devido à minha ascendência mista, eram duas línguas diferentes, e nossas heranças culturais eram bem diversas. Mas, com o passar dos anos, eu tinha me cansado de corrigir os ocidentais que cometiam esse erro crasso.

— Bem, ele é o cliente, então a nacionalidade não importa, não é? Está pagando, e muito bem. Disse a ele que o número será muito especial.

— Ah, sim — confirmei apressadamente, embora a essa altura eu não fizesse ideia do que Chey e eu dançaríamos. Todos os três cenários que apresentava com meus parceiros profissionais de outrora eram muito elaborados e fruto de considerável treinamento prévio, e eu não achava que pudesse ensinar a tempo todos os passos a Chey, que dirá as sutilezas específicas dos movimentos necessários. — E alguém da Rede vai me encontrar na chegada com os documentos que encomendamos?

— Sim. Por que você quer receber os papéis lá mesmo? Podemos mandar para você por FedEx em Londres...

— Tenho meus motivos — eu disse.

— Então, é claro que o cliente também concordou com a data que você especificou... A véspera de Ano-Novo, embora seja um prazo muito curto, Luba. Seus termos tornaram as negociações bastante problemáticas. Felizmente ele tem residência em Dublin. Logo, como solicitado, tudo será feito nas Ilhas Britânicas.

Isso era algo no qual eu e Chey insistimos, para não precisarmos enfrentar muitos aeroportos e autoridades com seus documentos atuais.

Eu nunca estivera em Dublin. Nem Chey. Mas havíamos conseguido nosso primeiro objetivo, que era obter novos documentos para ele. Os meus não levantaram nenhuma suspeita durante alguns anos de andanças pelo mundo, então eu me sentia segura para usá-los mais uma vez.

O único problema era a segunda metade do plano. Para onde fugir e como desaparecer e escapar das garras dos perseguidores de Chey?

Tínhamos ainda uma semana para pensar num milagre. E estávamos nos agarrando a qualquer coisa.

— Acho que vamos ter de contar com a gentileza de estranhos — disse Chey. — Precisamos de ajuda externa. Não é algo que possamos resolver sozinhos.

— Quem? — perguntei. Tive uma breve lembrança de Dominik, pensando, como antes, no quanto me sentira atraída por ele na ausência de Chey e no modo como o abordara sem o menor pudor em Barcelona. Ele era escritor, talvez pudesse pensar em alguma coisa, mas então me lembrei da natureza autobiográfica forte de seu livro. Outro homem criativo que não dependia exclusivamente de sua imaginação... Do mesmo modo que Viggo.

Chey se limitou a suspirar.

Ouvi baterem à porta da mansão e Viggo e Lauralynn entraram no grande lounge onde costumávamos nos reunir para beber à noitinha. Eles haviam passado a tarde toda finalizando *overdubs* no estúdio. Depois que os cumprimentamos, Lauralynn pediu licença e subiu para seu quarto, exausta pelo dia de gravação.

Viggo serviu-se de um copo de uísque e se acomodou, como de costume, no sofá de couro. Também parecia cansado e nada semelhante ao deus do rock do palco e das imagens dos paparazzi.

— E aí, pombinhos? — perguntou ele.

Olhei para Chey, procurando em silêncio sua aprovação para contar a Viggo o lamentável estado de nossa situação. Até agora, ele sabia apenas que Chey estava metido em algum problema, mas não havíamos revelado o que era exatamente, e ele não perguntara. Na realidade, parecia orgulhoso com o fato de abrigar uma espécie de fugitivo, mas provavelmente supunha que Chey estivesse se escondendo de credores, e não de perigosos traficantes de droga ligados à máfia.

— Estamos na merda até o pescoço, Viggo — disse Chey.

Viggo ergueu uma sobrancelha ranzinza.

— Conte mais, parceiro.

Ele ouviu atentamente a história de Chey, de vez em quando assentindo, solidário, e completando seu copo, bebendo o uísque puro, sem gelo.

— Puxa vida — disse ele por fim quando Chey concluiu a narrativa.

— Puxa vida mesmo — imitei-o, ligeiramente irritada por notar que ele estava se divertindo.

— Então, se entendi direito, você tem meios para sair do país e ir para um lugar desconhecido, mas, se não arranjar uma espécie de subterfúgio para evitar que continuem atrás de você, vai tudo pro brejo?

— Pode-se dizer que sim.

Viggo deu uma gargalhada.

— Vocês precisam é de... mágica, meninos.

— Mágica?

— É. Mágica.

— Não entendi — falei. Chey continuou em silêncio, com um olhar duvidoso para um sorridente Viggo.

Ele cruzou as pernas, baixou o copo vazio e começou a gesticular como um maníaco.

— Temos de fazer você desaparecer. É fácil!

— Mas como? — perguntamos, eu e Chey, ao mesmo tempo.

— Arte de palco, meus amigos. Arte de palco. Disso eu entendo. Já contei que eu adorava Alice Cooper quando era adolescente? Todos os truques teatrais, os artifícios...

— Viggo, pode falar a minha língua? — perguntou Chey.

Nosso anfitrião se levantou, triunfante, do sofá.

— Parceiro, deixe isso comigo. Vou pensar bem, esquematizar um plano durante a noite, talvez conversar com Lauralynn, mas já sei que é uma ideia brilhante, de verdade, e amanhã de manhã, shazam!, eu te darei os meios de fugir.

Fiquei confusa, pensando que ele talvez tivesse bebido uísque demais, mas me dei conta de que jamais vira Viggo embriagado. Apesar de magro, ele tinha a constituição de um cavalo.

Ao sair da sala, ele piscou com malícia para mim.

* * *

Na manhã seguinte, o estado de espírito de Viggo era ao mesmo tempo jovial e irritante.

Observei-o em silêncio pelo tempo que pude suportar enquanto ele saltitava sorridente pela cozinha, só de cueca. O bacon crepitava numa chapa e ele operava a máquina de waffle com a eficiência de um robô de linha de montagem, até que a pilha de panquecas formasse uma torre, como a de Pisa, ameaçando cair no piso frio a qualquer momento. Panelas de todas as formas e tamanhos cobriam a bancada, equilibradas precariamente onde ele as jogara ao procurar pela chapa, e haviam sido salpicadas literalmente com açúcar e farinha de trigo.

Ele parou sua louca dança culinária por tempo suficiente para servir um café da cafeteira e deslizá-lo para mim com o cuidado de alguém que oferece um sacrifício a um deus furioso.

— E então — falei lentamente, um pouco calma pela bebida quente —, quando vai contar esse seu plano genial?

— Paciência, minha cara — respondeu ele, agitando uma espátula com um floreio teatral. — Precisamos esperar pelo menos que os outros cheguem.

Os outros? Meu coração afundou. A quantas pessoas Viggo havia confiado a história?

Chey ainda estava no banho, onde eu o deixara. O medo de fugir novamente aumentou seu apreço pelo conforto e ele quis tomar um longo banho e me pediu para que eu o aguardasse na piscina no porão. Para ocupar seu tempo, ele passava horas todos os dias malhando na elaborada e pouco usada academia de Viggo. Exceto por sua petulância inicial, ele quase voltara a ser o Chey que eu conheci em Nova York.

Ouvi uma batida na porta.

— Olá, meus queridos — exclamou Viggo enquanto conduzia os recém-chegados para dentro da casa, ainda segurando sua espátula no alto como um bastão de maestro.

Dominik e Summer chegaram e pareciam tão perplexos quanto eu. Dominik observou que Viggo estava nu e ergueu uma sobrancelha. Summer nem mesmo parecia ter percebido.

Ela carregava seu estojo de violino debaixo do braço, como sempre. O cabelo ruivo caía solto pelos ombros e uma penugem de fios mínimos se projetava de seu couro cabeludo como um halo, como se ela tivesse andado sob um vento forte ou simplesmente precisasse muito de um novo condicionador. Eu sabia, por minha breve interação com Dominik, que ele parecia preferir suas mulheres ao natural, sem artifícios, e vi com diversão a mudança em Summer desde sua volta à vida de casal. Desde então, eu raras vezes a via usar batom.

Lauralynn foi a próxima a aparecer. Estava quase tão pouco vestida quanto Viggo, usando apenas uma camisa masculina abotoada que mal cobria sua bunda.

— É dia de lavar roupa para vocês dois? — perguntou Dominik com tom seco enquanto Lauralynn corria para lhe dar um beijo no rosto.

— Uma alegria para começar o dia — respondeu ela. — Sei bem que você gosta de uma mulher com roupas masculinas.

Dominik bufou. Mesmo depois de todo esse tempo, eu ainda achava fascinante a relação dele com Summer. Ela não ficou nada confusa ao ver a amiga paquerando o namorado, e eu tinha certeza de que Lauralynn jamais se atreveria a provocar Chey em minha presença da mesma maneira.

Ela assumiu a cozinha e mandou Viggo subir para vestir uma roupa.

— Você faz ideia do que se trata, Lu? — perguntou Summer, servido café para si e para Dominik, depois sentando na banqueta ao meu lado. Senti o leve cheiro de seu perfume, almiscarado e doce.

— Então ele ainda não te contou?

— Nem uma palavra. Ele ligou antes de o sol nascer e nos convidou para o café da manhã. Um *brunch* é tão mais sociável — disse ele. Summer gostava de levantar tarde quase tanto quanto eu, talvez uma característica que nós duas havíamos desenvolvido com os anos de empregos pouco convencionais.

Dominik se pôs atrás dela e passava as mãos em seu cabelo. Não admirava que ele estivesse uma bagunça, se era assim que ela o penteava ultimamente. Ela se recostou nele e ronronou.

Viggo apareceu instantes depois, dessa vez vestido, embora francamente eu não pensasse que seus jeans e a camiseta velha e rasgada representassem uma grande melhoria. Chey o seguia, mudo, alguns passos atrás. Sua expressão era de desamparo e desesperança, e me deixou muito mais determinada a encontrar uma solução.

— Muito bem, crianças — anunciou Viggo, esfregando as mãos. Claramente ele estava se divertindo e, se seu plano não fosse bom, decidi que ia jogar minha xícara de café agora frio em sua cabeça para tirar o sorriso de seu rosto. — Vocês viram *Romeu e Julieta*?

— A versão do Baz Luhrmann? — perguntou Summer.

— A questão não é realmente essa, minha cara. Permita-me explicar.

Ele olhou para mim e Chey, como se pedisse permissão para entrar em detalhes.

— Pelo amor de Deus — sibilei —, ande logo com isso. Por favor.

Viggo sorriu com malícia.

— Vocês vão fingir a própria morte. E nós vamos ajudar.

Lauralynn parecia tão satisfeita quanto Viggo. Os dois eram loucos. Summer e Dominik estavam ainda mais perplexos.

— Perdi alguma coisa? — perguntou Dominik.

— Nossos amigos aqui estão fugindo, parceiro. Talvez seja mais seguro se você não souber de todos os detalhes. Só por precaução, sabe como é. Se der algum problema e formos interrogados, é melhor que você não tenha nada a dizer.

— Muito bem — respondeu Dominik.

— Luba criou a oportunidade perfeita para uma distração — continuou Viggo. — Uma última dança. Em Dublin. Não há mentira que não possa ser contada no palco, se for bem-feita. Especialmente se tiver uma mulher pelada na história. Ou duas. — Ele lançou um olhar indagativo a Summer, que deu de ombros como se dissesse que a nudez no palco era uma questão banal demais até para ser ressaltada. — Vamos partir no fim de semana — continuou Viggo. — Vocês estão nessa?

— Isso parece loucura, mas por você, Viggo, como poderíamos recusar? — disse Summer.

— Maravilha. Porque vou precisar do seu violino de novo.

Percebi que o braço de Summer se apertou imperceptivelmente em torno do estojo de seu precioso Bailly, mas ela não protestou.

O assunto então mudou para o café da manhã e nada mais foi dito sobre isso. Se Viggo deu mais detalhes aos outros separadamente sobre os papéis que cada um representaria, não contou esse fato a mim e a Chey.

— Não temos escolha, amor. Precisamos confiar nele — disse-me Chey quando contei de minha frustração e da ansiedade, quando ninguém podia nos ouvir.

Ele tinha razão, mas isso não me deixou mais feliz com a situação. Nossas vidas, assim como nossas mortes, agora estavam nas mãos de Viggo, e não havia absolutamente nada que pudéssemos fazer.

Alguns dias depois, estávamos a caminho de Dublin.

A Rede nos reservara um quarto enorme e palaciano no Gresham Hotel, no fim da O'Connell Street. Summer conseguiu ficar no mesmo hotel, mas organizou tudo separadamente, enquanto Dominik ficaria hospedado numa pousada menor perto do Trinity College, do outro lado do rio. Chey e eu levamos pouca bagagem, porque sabíamos que não íamos fazer o check-out. Tudo o que teríamos seriam as roupas do corpo e a única mala que escondemos num guarda-volumes na estação de trem de Heuston, logo depois de chegarmos à capital da Irlanda.

Dominik tinha ido antes de nós. Deliberadamente fora sozinho para Dublin e, tirando uma breve conversa telefônica com Summer para saber como as coisas estavam e verificar se tudo seguia o cronograma, não fizera contato nem fora visto conosco desde que chegamos. Afiançado por Viggo, que um dia fora um cliente apreciado da Rede, ele seria um integrante da plateia e, com sorte, estaria acima de qualquer suspeita. Em Londres, antes de nossa partida, Summer observou em tom de piada que eles tiveram de sair e comprar um paletó para Dominik, especialmente para a ocasião.

Não sabíamos onde Viggo e Lauralynn estavam escondidos, mas supúnhamos que já estivessem na cidade, preparados. Viggo ainda não explicara todos os detalhes de seu plano porque queria manter o elemento surpresa. Minha única reserva era que o que ele tivesse planejado, com seu entusiasmo por questões teatrais e seu senso de humor distorcido, se mostrasse exagerado e pouco convincente. Mas agora estávamos nas mãos dele e era tarde para voltar atrás.

Eu queria pegar um táxi até o local designado, mas Chey e Summer estavam nervosos e sugeriram que fôssemos a pé pela curta distância do Gresham até Temple Bar, do outro lado do Liffey, pelo menos para clarear as ideias.

As comemorações da véspera do Ano-Novo estavam a todo vapor, com grupos inebriados de jovens subindo e descendo a O'Connell Street, oscilando para todo lado. Temple Bar e sua miríade de restaurantes e bares tragavam as multidões, e seguimos em sua esteira com a aproximação da meia-noite. Olhei para Chey e Summer, que caminhavam a meu lado. Os dois pareciam preocupados e percebi, com um pequeno choque de reconhecimento, que provavelmente éramos os únicos de cara feia entre todos os que seguiam para as festividades. Não só não estávamos aqui para comemorar a virada do ano, como precisávamos ter o cuidado de não beber antes de nossa apresentação, por medo de estragar o plano louco de Viggo.

Quanto mais perto chegávamos do salão, mais eu me convencia de que a coisa seria um completo vexame. E não só acabaríamos completamente humilhados e constrangidos, como Chey poderia acabar morto, porque nenhum de nós tinha dúvida alguma de que o oligarca que nos agendara para a noite devia ter alguma ligação escusa, e que o nome e o rosto de Chey teriam circulado por aí.

O prédio ficava no meio do caminho em Temple Bar, com um restaurante movimentado no térreo, para o qual se formava uma fila na esperança de cancelamentos para o último serviço do ano. À esquerda da entrada principal do restaurante havia outra porta fechada, com uma placa indicando algumas salas para eventos. Todo o último andar havia sido reservado para um evento particular. Isto é, para o nosso.

Toquei a campainha e a porta imediatamente se abriu.

O segurança que nos recebeu e conferiu nossos nomes em sua lista tinha o porte alto e mal cabia em seu smoking malcortado. Sua cabeça raspada refletia a luz da única lâmpada que iluminava a entrada estreita e um corredor comprido que levava a uma escada de madeira. Embora ele continuasse em silêncio e apenas assentisse para nós, eu sabia que o homem devia ser russo. Pelo visto, nosso convidado tinha sua própria proteção em tempo integral e não dependia do talento local.

Ao passarmos por ele e irmos à escada, senti seu olhar em minhas costas. Ou talvez ele estivesse fascinado com a cabeleira de cachos ruivos de Summer. Nós, louras russas, somos comuns, mas as ruivas eram mais raras.

Percebi que nossos nomes estavam numa página separada de sua lista de verificação. Só nós três. O entretenimento.

Ao subirmos os primeiros degraus da escada, ouvimos outro toque da campainha e virei a cabeça, vendo o segurança gigante conduzir um casal de meia-idade num ostentoso traje de noite e verificar seus nomes na lista. Convidados.

No terceiro e último andar fomos recebidos por uma jovem irlandesa de cabelo preto, vestida em crinolina no estilo Confederado. A roupa era incongruente, mas combinava com sua pele clara e os olhos verdes.

— Sou sua *hostess* esta noite. Bem-vindos — disse ela.

— Somos os artistas — observou Summer.

— Ah, sei disso, Srta. Zahova. É uma honra tê-la se apresentando para nós esta noite. Sou uma grande fã, aliás. Fiquei muito animada quando Oleg disse que você estaria... envolvida. — A jovem olhou para Chey e para mim. — É um bônus inacreditável ter você tocando para seus amigos. Muito inesperado.

Summer se obrigou a sorrir.

— Onde podemos nos trocar e... nos preparar? — perguntou ela à *hostess* irlandesa. Questionei-me brevemente se essa garota era da equipe permanente do oligarca ou se havia sido recrutada como recepcionista apenas para essa noite. Será que ela sabia da verdadeira natureza da apresentação que havíamos concordado em fazer?

— Por aqui. — Ela nos levou a uma grande sala vazia na qual pilhas de mesas e cadeiras de jantar haviam sido empurradas para um canto. No meio da sala, um grande espelho e uma mesa de armar haviam sido colocados para nós.

— Não é o ideal — observou a mulher. — Mas foi complicado conseguir um lugar do tamanho certo em tão pouco tempo.

— Vai dar tudo certo — falei.

— Ótimo — disse ela. — Vou deixar que vocês se preparem. Volto daqui a pouco com seus envelopes, como combinado. Vocês entram à meia-noite e quinze, não?

Soltei um suspiro de alívio quando ela partiu, seus saltos incrivelmente altos estalando no piso de taco do salão que agora servia como nosso camarim.

Nós nos entreolhamos.

O figurino que Chey e eu inicialmente usaríamos era simples e funcional. Para mim, uma combinação de seda branca semiopaca que chegava aos tornozelos. Eu dançaria descalça. Para Chey, arranjamos uma calça de toureiro preta e bem-vincada, e uma camisa branca e larga de mangas bufantes contra a qual ele protestara no começo, mas não conseguimos pensar em nenhuma alternativa melhor, e ele acabou por concordar, derrotado.

Summer tirou a calça jeans. Estava sem calcinha, e o fogo de seu arbusto pubiano agora estava à plena vista. Olhei rapidamente para Chey quando ele notou. Apesar da natureza tensa da situação, eu podia sentir sua calma apreciação da beleza selvagem dela. Eu a conhecera em Nova Orleans, provara sua nudez exuberante lá e sabia o quanto ela se deleitava nessa forma de exibicionismo, mas essa seria a primeira vez que eu realmente a veria se apresentar nua, porque ela concordara em fazer isso para acompanhar nossa curiosa dança. Foi algo sugerido por Viggo. A distração perfeita, como ele chamou. Por alguma razão não fiquei surpresa que Dominik tivesse consentido. Não pude deixar de me fascinar com as implicações e peculiaridades eróticas da relação dos dois.

Agora totalmente nua, Summer postava-se com orgulho e uma expressão triunfante. Abaixou-se e pegou o violino no estojo gasto.

Prendi a respiração, abismada.

Naquele momento a jovem irlandesa voltou, sem nem mesmo piscar para o espetáculo de Summer despida com o instrumento na mão.

Ela nos entregou uma série de envelopes acolchoados e outros comuns, cujo recebimento tivemos de burocraticamente assinar.

— Seus honorários, como combinado — disse ela, entregando diferentes envelopes a mim e a Summer, que havia negociado para ser paga separadamente.

Depois passou o maior envelope pardo acolchoado a mim. Estava bem lacrado.

— De seus empregadores — acrescentou ela.

Os novos documentos de Chey: um passaporte e uma carteira de identidade, embora ainda não soubéssemos que nome ele agora passaria a assumir. E será que teríamos a oportunidade de usar esses documentos?

Nervoso, Chey conferiu o relógio enquanto eu passava nossos envelopes a Summer, que os trancou no estojo do violino com o dela, como havíamos combinado de antemão.

O barulho de fogos de artifício e gritos embriagados vindos de fora nos alcançou enquanto o Ano-Novo chegava a seu auge.

Tínhamos apenas alguns minutos antes de começar nossa dança da morte. Chey pediu no bar uma dose de tequila para cada um de nós, para acalmar os ânimos antes de subirmos ao palco. Virei a minha de uma vez, tossindo conforme o líquido amargo queimava minha garganta. Ele se esquecera de trazer limão e sal, e agora não havia tempo para voltar. Assim fortalecidos, nós três esperamos, vestidos e despidos, o desenrolar do próximo episódio no cenário absurdo de Viggo.

Meu coração parou quando a música começou.

A vida que eu conhecia estava prestes a mudar drasticamente, mas pelos próximos dez minutos meu coração e meus pés estariam envolvidos na atividade de que eu mais gostava. Dançar. Com Chey.

Pelo menos, se eu morresse essa noite, morreria nos braços do homem que amava.

Ensinar Chey a dançar em menos de uma semana não fora uma tarefa fácil, mas conseguimos. Tínhamos empurrado todo o equipamento da academia de Viggo para as paredes e aproveitamos bem o espaço, com espelhos de uma parede a outra e um lindo piso de madeira lisa. Era um estúdio muito melhor do que qualquer um em que eu havia dançado quando jovem, um fato que eu lembrava a Chey regularmente.

Felizmente, ele provou que aprendia rápido, talvez em parte graças a seus anos de treinamento em artes marciais. A rotina que eu imaginara não incluía manobras de luta, mas a graça atlética e tranquila de Chey, seu equilíbrio e senso de disciplina o tornavam muito melhor do que a maioria dos principiantes.

No momento em que fizemos nossa aparição sob o forte refletor no palco de madeira improvisado erguido para a noite, percebi sussurros percorrendo a plateia, muitos com um forte sotaque russo. Eu sabia que essa reação inicial não se devia a mim; eu ainda estava vestida, embora de forma reveladora. Não, o rosto de Chey era o gatilho. Fotos dele deviam estar circulando há algum tempo pelos recessos mais distantes da máfia russa e alguns homens na plateia o reconheceram de imediato, ou agora estavam ocupados navegando na internet em seus telefones para verificar se ele era de fato o homem procurado.

Não tínhamos alternativa senão ignorá-los e começar nossa apresentação. A sorte estava lançada. Foi muito útil também que dançássemos juntos. Estávamos tão familiarizados com o corpo um do outro que, ao dançarmos, praticamente nos fundíamos num só. Eu reagia a Chey sem pensar nem hesitar, com a mesma naturalidade com que inspirava e expirava. Quando ele aplicou a mais leve pressão em minha coluna para orientar meu movimento, flutuei com ele como se viéssemos ensaiando juntos há anos, em vez de dias.

As notas que emanavam do instrumento de Summer eram longas e melancólicas. Ela decidira tocar uma versão para violino de "Gloomy Sunday", a sombria canção húngara que supostamente fora trilha sonora de incontáveis suicídios. Eu sempre a achara um tanto lúgubre, mas Viggo tinha ficado entusiasmado com a ideia porque a plateia podia achar que nossa "morte" ao final era uma encenação previsivelmente divertida e não muito inteligente e, assim, hesitaria em seus assentos antes de avançar para oferecer ajuda ou chamar a polícia, presumindo que a coisa toda fosse um subterfúgio e querendo parecer inteligentes ao reconhecer o truque, em vez de assumir o papel do tolo na multidão que caía nele.

Entramos no ritmo da música. Era uma dança lenta, uma dança triste, uma dança de amantes. Estávamos entrelaçados, enroscados como dois fios de uma mesma corda. Eu fazia o papel da mulherzinha digna de pena, presa nos espasmos do lamento. Ele era o homem forte que carregava meu corpo graciosamente flácido, torcendo e virando pelo palco para que todos pudessem ver minha depressão. Não era difícil apresentar um número desses, com a música funesta reverberando pelo auditório como um lamento fúnebre e o medo íntimo de que alguma falha no plano de Viggo se revelasse a qualquer momento e Chey fosse arrancado de mim e aprisionado. Ou, pior, morto.

Para além da música, um silêncio sinistro caíra sobre a plateia. Talvez a adrenalina tivesse deixado minha audição mais apurada, ou talvez fosse o efeito teatral da melodia comovente de Summer sendo apresentada ao vivo, em vez das gravações digitais que eu normalmente usava, mas o sussurro habitual de choque ou o rangido de uma cadeira de um espectador curvando-se para a frente a fim de ter uma visão melhor estavam misteriosamente ausentes do espetáculo dessa noite. Não conseguia ouvir nem mesmo o ruído de uma respiração.

Cada um de meus sentidos estava superaguçado.

Viggo praticamente martelara em mim a urgência de parecer normal, de me comportar exatamente como se eu estivesse em qualquer outra apresentação. Ele sabia que o oligarca que nos contratara tinha visto minha apresentação em Sitges, embora com um parceiro de dança diferente. Eu tinha esperanças de que a presença de Chey não fizesse soar nenhum alarme indesejado. Foi preciso cada gota de esforço para relaxar braços e pernas e manter contato visual com meu parceiro como eu costumava fazer, em vez de percorrer a plateia com o olhar.

Summer corria o arco pelas cordas, produzindo um som tão pesaroso e belo que não pude evitar as lágrimas que se acumulavam e fluíam delicadamente por meu rosto. Minhas emoções levavam o melhor de mim à medida que aumentava o medo pela última parte da noite. Summer também tinha um holofote apontado para ela e volta e meia, quando girávamos em sua direção, eu tinha um vislumbre dela de pé com seu instrumento erguido ao queixo, os seios e a boceta em altiva exibição. Ela estava descalça, como eu, e parecia sólida como um carvalho, implacável e rígida, como se não houvesse força no mundo que a pudesse abalar. A mulher imperiosa que tocava para a plateia estava a um mundo de distância da garota ruborizada que eu vira dançar em Nova Orleans.

Chey me afastou dele, minha deixa para tirar o vestido e revelar minha nudez. Isso também foi uma sugestão enfática de Viggo. A visão de meu corpo distrairia a plateia, se a visão do corpo de Summer não os tivesse feito esquecer completamente de Chey. Ele também sentia que, nua, eu pareceria mais vulnerável e, portanto, teria uma probabilidade menor de estar envolvida na fraude.

A estratégia de ludibriar com a beleza era um dos truques mais antigos do mundo, calculei, mas, segundo Viggo, os homens têm uma memória tremendamente curta, em particular quando confrontados com o corpo de uma mulher nua.

O desejo, disse ele, sobrepujava os sentidos, inclusive dominava completamente o bom senso.

Tirar as roupas de Chey se revelou uma questão difícil. Recusei-me a deixar que ele vestisse qualquer traje barato de velcro que fizesse parecer que ele não era melhor do que um *stripper* numa despedida de solteira. Ele não podia apenas tirar a calça de toureiro pela metade e continuar a dançar com ela enrolada em seus pés. Mas não conseguimos pensar num jeito de ele sair de uma calça e uma camisa de botão sem parecer um tolo.

E assim, fiquei sozinha por um momento sob o brilho forte do refletor, girando no ritmo da música enquanto Chey tirava a roupa sob o manto da escuridão, a um lado do palco improvisado. Essa era minha oportunidade de garantir que cada olho na plateia estivesse em mim e que Chey fosse esquecido. Assim, dancei como nunca, torcendo braços e pernas em cada posição erótica que eu fosse capaz de conceber.

Viggo, eu tinha certeza, devia ter plantado integrantes de sua confiável equipe de palco, o que explicaria por que a iluminação ficou estranhamente baixa por alguns momentos, permitindo que eu enxergasse a plateia para além da penumbra do facho que me cercava.

Depois das primeiras filas, eu mal conseguia distinguir qualquer feição na multidão indistinta, mas tinha certeza de ver movimento. Formas contraídas se aproximando para trocar comentários. As telas eletrônicas de celulares iluminando-se para dar telefonemas. Os passos leves e rápidos de alguém disparando por um corredor. A *hostess* correndo de um lado a outro, seus saltos agulha batendo em *staccato* no piso de pedra.

Os russos tinham descoberto nosso plano. Eu tinha certeza disso. Cada leve som ou farfalhar de movimento me atingia como uma chicotada. Eu começara a me sentir meio estranha, como se meus membros não se movessem quando eu ordenava e a água inundasse meu cérebro. Os efeitos do choque, pensei, ou da adrenalina, e obriguei-me a continuar em movimento enquanto o ambiente tombava de lado. Um grito disparou de minha garganta e ameaçou explodir pela boca, mas eu o engoli e continuei a rebolar como se minha vida dependesse disso, porque nessa noite dependia, assim como a vida de Chey.

Chey retornou à luz do palco, que agora aumentara um pouco e nos iluminava com a força de um facho de sol do deserto. Ele estava completamente nu e lindo. Os músculos de seu abdômen desciam em V, encontrando a pélvis. Seu pau estava duro e apontava para minha boceta como uma flecha. Sua moita de pelos pubianos não estava aparada, era escura e lustrosa, emoldurando em estilo selvagem seu pau. Naquele momento esqueci o que tínhamos ido fazer ali e caí de joelhos, como se o venerasse, abocanhando seu pênis com reverência como uma freira tomando a comunhão.

Isso não fazia parte do programa. Fugi do esquema estritamente coreografado e detalhado com rigor por Viggo para satisfazer meu próprio desejo, porque eu nada queria além de sentir a pele sedosa do pau dele na minha língua.

Chey se agachou e segurou meu queixo. Apertou os lábios contra os meus.

Nem percebi quando ele ergueu a arma para minha testa e atirou.

— Sinto muito, Luba. Tinha de ser assim — sussurrou ele com ternura, sua voz baixa somente para mim.

Summer gritou.

Meu mundo escureceu.

Caí no chão, mal tendo consciência do balbucio à minha volta e da forte explosão de outro tiro. Um baque alto. Outro grito. Uma voz de homem da multidão gritando, "sou médico, sou médico". Percebi que era a voz de Dominik. Saltos estalando. A voz da *hostess* chegando como se passasse por um túnel: "Luba, Luba, Luba." Em seguida: "Ela morreu. Ah, meu Deus, ela está morta mesmo."

A mão de um estranho envolvendo meu pescoço.

— Não sinto a pulsação — disse alguém.

— Tem muito sangue.

Nenhum alçapão se abriu no palco abaixo de nós, como eu de certo modo esperava. Os homens de Viggo não se reuniram para nos tirar dali.

E onde estava Chey?

— Esse aí já era.

— Meteu uma bala na própria cabeça.

— E na dela também.

Vozes em russo murmuravam em tons deturpados. Suas palavras flutuaram para mim como colibris, baixas, aceleradas, era impossível acompanhar. Quis estender o braço para arrebatá-las, mas meu corpo não se mexia.

Lubov Shevshenko, Luba Shevshenko, meu amor, minha vida, minha dançarina particular.

Ouvi o barulho de vento correndo por meus ouvidos e uma montanha de pensamentos e imagens. Por mais que eu tentasse me concentrar, para o caso de precisarmos fugir, eu não conseguia distinguir o que era realidade e o que era sonho.

Sirenes dispararam, como o grito de corvos. O barulho chegou a mim como se eu estivesse em uma caverna, ouvindo os ecos. Outros saltos estalando, pares de sapatos suficientes para calçar um exército.

E então fui levantada e carregada para a noite.

O próximo som que ouvi foi uma risada.

— Meu Deus, acho que até *ela* pensa que está morta!

Meus olhos se abriram, vacilantes.

Pisquei.

Lauralynn olhava diretamente para mim com um enorme sorriso no rosto. Nunca a tinha visto tão sem glamour, com o cabelo num rabo de cavalo frouxo e o resto dela metido num casaco amarelo largo e fosforescente e calça verde-escura grossa. Estiquei o pescoço para ver melhor. Até os sapatos eram feios: botas pretas de solado grosso. Tirando o momento em que ela entrava e saía do banho, era a primeira vez que eu a via sem seus saltos agulha, sua marca registrada. Não usava sequer um pingo de maquiagem e seus olhos estavam cansados e sem brilho.

— Graças a Deus — disse ela quando levantei a cabeça. — Eu estava começando a pensar que realmente ia ter de usar isso.

Ela segurava um desfibrilador.

— Onde estou? Onde está Chey?

As lembranças da noite voltavam aos trambolhões e eu não conseguia juntar os pedaços.

— Calma, Lulu, ele está aqui. Deve voltar a si daqui a um ou dois minutos.

Ergui o corpo para sentar e gritei quando vi o rosto de Chey coberto de sangue. Lauralynn o limpava cuidadosamente com um pano úmido.

— Não se preocupe, é falso. Arma falsa, balas falsas, sangue falso. — Ela falava como se explicasse algo a uma criança muito lenta.

Minha cabeça bateu e tudo estava rodando, como se eu tivesse acabado de sair de um carrossel. Eu tinha a vaga sensação de que algo importante acabara de acontecer e eu dormira durante todo o evento, mas, se eu me esforçasse, me lembraria de tudo.

— Aqui — disse Viggo, sentado no banco da frente e curvando-se por cima do encosto. — Isso pode ajudar. — Ele me passou uma garrafa d'água.

— O que aconteceu? — perguntei. — Onde estamos?

Estávamos em macas na parte de trás de uma ambulância. As janelas eram pequenas e altas, então não consegui distinguir os arredores, mas estávamos cruzando a noite e a rua estava silenciosa, as festividades de Ano-Novo audíveis, porém a certa distância.

— Você caiu no golpe da cetamina — disse Lauralynn, rindo consigo mesma.

— O quê?

Quando eu tentava falar, minha boca se recusava a formar as palavras, como se um muro tivesse sido erguido entre meu cérebro e minhas funções corporais.

— A gente não confiava que nenhum de vocês dois se fingisse bem de morto — acrescentou Viggo. — Então, apagamos você. Batizamos sua tequila com cetamina. O suficiente para você ficar imóvel por um tempo. Tivemos de contar para Chey, para verificar se você não tinha nenhum problema cardíaco ou coisa do tipo... Eu não queria ser responsável por matá-la de verdade.

— Consegue se mexer? — interrompeu Lauralynn. — Por mais óbvio que isso seja, precisamos tirar vocês dois de Dublin.

Ela me passou uma mochila e, com muito esforço, consegui tirar de dentro dela uma calça jeans desbotada e uma enorme camiseta do Metallica. Um par de tênis All Star, um boné e um casaco acolchoado completavam o visual. Coloquei o boné na cabeça e meti o cabelo nas costas da camiseta e enrolei um pesado cachecol verde no pescoço, do tipo que os turistas compram em lojas bregas de suvenir.

— Você nunca esteve mais linda — disse Viggo, me olhando rapidamente enquanto corria para dar uma olhada em Chey.

Ele parecia um palito de fósforos vestido numa tenda, com sua roupa de paramédico larga, quase três números acima do dele.

— Essas calças baggy ficam muito bem em você — respondi. — Devia usá-las no palco. As mulheres iam ficar loucas.

Ele bufou.

— Feche o bico, senão da próxima vez em que você se meter numa roubada, eu deixo que os russos te matem.

— Merda — falei, enquanto tudo voltava a mim. — Onde estão os russos? Estamos seguros aqui?

— Claro — respondeu Viggo, seu sorriso torto ficando maior a cada minuto. — Criamos uma pequena distração e eles se esqueceram de você e de seu companheiro aqui mais rápido do que pode imaginar.

— Esse daí não aprende nunca. — Lauralynn suspirou. — Ele mandou alguns garotos dele saquearem a mansão do oligarca. Lá tem coisas valendo milhões de libras, pelo jeito.

— Você me conhece muito bem. Não é pelo dinheiro, querida, é pela arte. E tudo sendo desperdiçado com um bandido como aquele. Não estou roubando. Estou libertando. Levando para um lugar melhor.

— Você tem a moral muito flexível, meu caro. Não admira que eu te ame tanto. — Lauralynn se curvou e o beijou na boca.

Chey começou a se mexer.

— Luba? — sussurrou ele. Seus lábios mal se moviam, como se ele tivesse sido entalhado em mármore e aos poucos ganhasse vida.

— Estou aqui. — Corri para ele, pegando sua mão e a segurando-a em meu rosto.

— Isso é muito fofo — anunciou Lauralynn —, mas precisamos realmente tirar vocês dois daqui.

Ela abriu a tampa da garrafa d'água que segurava e jogou na cara de Chey.

— Porra! — Ele ofegou como um peixe fora d'água, puxando ar.

— Foi mal por isso. — Lauralynn me jogou outra mochila. — Você vai ter que se vestir enquanto seguimos caminho.

Ela foi ao banco do motorista e deu a partida no motor.

— Fiquem abaixados. — Ela sibilou, olhando para trás, enquanto eu levantava a cabeça para olhar pela janela. Em vez pegar ruas secundárias e tranquilas, Lauralynn ligou a sirene e disparou pelo centro da cidade.

— Assim ficamos menos visíveis — disse Viggo, notando a expressão de medo que tomava o meu rosto. — Uma ambulância andando lentamente por ruas escuras é um tanto incomum. Uma correndo por uma cidade movimentada na véspera de Ano-Novo, quando Dublin está cheia de sirenes, não vale ser olhada duas vezes.

Véspera de Ano-Novo. Eu nem mesmo sabia se havíamos perdido a contagem regressiva.

Olhei para Chey, absorvendo cada molécula dele, caso precisássemos nos separar de novo. Ele lutava com seus botões, sua coordenação ainda sob os efeitos da droga. Viggo separara para ele uma calça jeans, uma camisa de algodão larga e um blusão de lã reforçado com um casaco informal para usar por cima, um gorro de lã e cachecol. Parecíamos pessoas comuns, como dois mochileiros visitando Dublin para comemorar o Ano-Novo.

— Onde estão Summer e Dominik? — perguntei, enquanto as atividades noturnas aos poucos ficavam claras para mim.

— Os dois em segurança e a caminho de casa — respondeu ele. — Mexemos em todas as câmeras de circuito interno também, então nada disso foi registrado em filme. Eles vão encontrar uma gravação que combina com nossas aventuras, mas é tudo falso. E esta nem é uma ambulância de verdade. Só um furgão muito bem pintado. — Viggo bateu na própria coxa, parabenizando a si mesmo e dando uma gargalhada. Ele tinha executado todo o plano sem dificuldades e obviamente estava se divertindo.

— Dominik ficou bem gostoso de médico — disse Lauralynn do banco da frente. — Tem uma vaga em *House* esperando por ele, se ele não der certo como escritor. E pelo menos demos a ele muita coisa para escrever.

— Até parece que alguém ia acreditar nisso — respondi, olhando maravilhada para Chey e pensando na história bizarra que partilháramos. — A verdade é muito mais estranha do que a ficção.

O relógio no painel do furgão indicava 1h55 quando paramos na estação. O próximo trem sairia em 15 minutos.

— Bem, pombinhos, é isso — anunciou Viggo. — Não façam contato. Parece que por enquanto estamos livres de suspeitas, mas vocês vão ter de ser discretos por um tempo.

— Viggo... — Estendi o braço e apertei sua mão para agradecer. As palavras que eu tentava dizer estavam presas em minha garganta, e tudo o que consegui fazer foi abrir um sorriso fraco.

— E isso é para você.

Ele passou um envelope transbordando de cédulas, junto com o envelope pardo que Summer confiara a ele com nossos honorários pela noite, e, o mais importante, os documentos falsos que havíamos recebido mais cedo.

— Não posso aceitar — eu disse a ele, apontando o dinheiro a mais. — Você já fez demais.

— Que absurdo — disse ele —, chame de bonificação. Sua comissão por minhas recém-adquiridas obras de arte. No que me diz respeito, seu pequeno episódio foi a distração perfeita para o furto de arte do século. Você devia ver algumas das coisas que afanamos. Vão direto para a caverna. E não há nada que seus amigos russos possam fazer a respeito, porque eles tinham roubado tudo antes de nós.

— Viggo, não seja tolo. Eles vão correr atrás de você — supliquei. — Esses homens não suportam humilhação.

— Eles poderiam fazer isso, se tivessem a mais remota ideia de que eu estou envolvido. Mas, até onde todo mundo sabe, estou tocando em outro show de caridade ao vivo e de última hora num bar underground em Brighton. Olha — disse ele, mostrando-me seu celular com um link para uma câmera ao vivo. — Dei a um sósia meu o evento de sua vida e um enorme pagamento, é claro. Ele não está fazendo um ótimo trabalho?

Na tela do aparelho, um homem magro feito junco, de cabelo desgrenhado e pernas longas metidas em jeans apertados típicos de Viggo, girava e o imitava enquanto a plateia colocava a casa abaixo, sem saber que seu herói nem mesmo estava no país, que dirá naquele prédio.

— Talvez eu o empregue com mais frequência — acrescentou ele. — Imagine só, nunca mais precisaria trabalhar.

— Três, dois, um! — gritou um grupo de bêbados que tentava sem sucesso atravessar a rua sem cair.

O relógio bateu uma hora da manhã; outro ano começava agora.

Chey me puxou num abraço apertado e travou a boca na minha. Eu podia passar, feliz, os próximos 365 dias presa nesse beijo.

— Vão arrumar um quarto! — gritou Lauralynn, verificando se tínhamos todos os nossos pertences guardados e nossos disfarces estavam em ordem. — E saiam daqui. Vocês precisam pegar um trem.

Acenamos para eles pela última vez e ficamos juntos na plataforma, de mãos dadas.

As luzes no painel anunciando o próximo trem prometiam uma espera de mais cinco minutos.

O silêncio nos cercava como uma névoa e não consegui pensar em uma só palavra que parecesse importante o bastante para rompê-lo.

— Depois de uma noite dessas — disse Chey por fim —, não posso deixar de me perguntar o que vai acontecer agora.

— Venha o que vier — respondi —, para mim, não importa. Desde que eu tenha você.

Ele inclinou a cabeça na direção da minha e me beijou mais uma vez.

Epílogo
Uma última dança

A pesada porta da caverna se fechou atrás de Viggo com um silvo lento.

Ele sorriu satisfeito, pensando nos prêmios que acrescentara à sua coleção e imaginando a expressão dos milionários russos quando percebessem que seus preciosos investimentos haviam sido roubados bem debaixo de seu nariz. A julgar pelos pescoços grossos e as reações obtusas da equipe de segurança dele, talvez eles nem percebessem. Assim que Luba dissera a ele para que oligarca russo eles iam se apresentar, que também tinha residência em Dublin, Viggo percebera que por acaso se tratava de um conhecido colecionador, que com muita frequência o vencia nos lances quando certas peças muito procuradas de arte roubada chegavam ao mercado. A oportunidade era inestimável, e ele a aproveitara.

Sem dúvida nenhuma a missão se mostrara bem-sucedida em todos os aspectos. Uma pena que ele nunca pudesse revelar a ninguém os detalhes preciosos de sua realização. É claro que os outros sabiam um pouco do que ele arranjara. Tiveram de ser informados, para que fizessem sua parte. Mas ele não revelara o esquema inteiro a ninguém, para que isso jamais pudesse ser usado contra ele, ou contra qualquer um de seus amigos. Viggo suspirou. O segredo era necessário, mas também era fonte de pesar. Sua vida daria um filme maravilhoso, pensou ele, se pudesse contar a alguém sobre aquilo.

Ele se imaginou fazendo o papel principal para uma multidão de espectadores enquanto subia a escada revestida de madeira até o quarto de cima, onde Lauralynn o esperava.

— Você foi um menino muito levado, não foi? — perguntou ela quando ele entrou no quarto.

— Fui, minha senhora — respondeu ele, ajoelhando-se e se prostrando a seus pés com saltos agulha.

— E o que acontece com meninos levados?

— Eles são castigados, minha senhora.

Ela tinha passado a última hora trancada no banheiro, embonecando-se para a noite. Ele só conseguira ter um vislumbre antes de cair ao chão, e agora, de olhos fixos em seus sapatos, só teria outra oportunidade de admirá-la quando ela permitisse. Fora tempo suficiente, porém, para que ele memorizasse o jeito preciso com que o *catsuit* de látex se ajustava a cada curva, o corte específico de seu longo cabelo louro que emoldurava o rosto dela como uma cortina, o vermelho-vivo de seus lábios e a majestosa torção de seu sorriso.

Viggo adorava esses momentos. Nunca tinha sido um homem religioso, mas passara a vida toda venerando a beleza em todas as suas manifestações, e aqui estava ela, incorporada diante dele na figura de Lauralynn. Melhor ainda, pela próxima hora, dia, vida ou o tempo que ela lhe permitisse, ele podia se curvar de assombro e adulação e receber as bênçãos de uma deusa.

Ele sinceramente não sabia por que alguém preferiria procurar um padre quando existiam no mundo mulheres como Lauralynn.

— Levante-se.

A voz dela era fria e indiferente.

Viggo se pôs de pé com dificuldade.

— Não olhe para mim.

Ele manteve os olhos baixos, observando a ponta das botas dela andando de um lado a outro do quarto.

Essa era sua parte preferida. Imaginar o que ela faria em seguida. Quais novas perversidades teria tramado. Viggo sempre tivera uma imaginação fértil e uma tendência teatral desde criança, mas seus voos de fantasia e inventividade não eram nada se comparados aos de Lauralynn. Ela era um gênio criativo quando se tratava da sexualidade, pensou ele com orgulho.

Às vezes ela o fazia vestir as roupas mais ridículas. Em memória de Luba, ela o fizera vestir malha e tutu e dar piruetas pela casa como uma bailarina. *Minha dançarina particular*, fora como Lauralynn o chamara. Em outra ocasião, ela o selara como um pônei e ele a carregara de um cômodo a outro. Uma vez ela convidou uma amiga para jantar e ele passou a noite toda de quatro, com os pratos das duas nas costas, como se fosse uma mesa improvisada enquanto elas riam e fofocavam como se ele não existisse. Por uma semana, ela prendera um aro elétrico em seu saco e lhe dera choques fraquinhos por controle remoto sempre que queria vê-lo pular. Ele a levara para jantar no Nobu; os dois sorriram quando os paparazzi tiraram fotos, e um tabloide no dia seguinte anunciava a última conquista do mulherengo, mas sem nenhuma menção ao plugue anal que ela o obrigara a usar quase a noite toda.

Ninguém sabia o que verdadeiramente envolvia a relação de Lauralynn e Viggo. Chey e Luba tinham ficado no quarto de hóspedes, em sono profundo ou trepando ruidosa e alegremente, sem imaginar que Viggo estaria recurvado sobre um banco no banheiro enquanto Lauralynn o enchia de palmadas, xingava-o e fazia dele seu brinquedo sexual, e ele adorava cada detalhe.

Dagur, o baterista do Holy Criminals, tinha erguido uma sobrancelha curiosa quando aparecera para uma *jam session* uma vez e quase se sentou num chicote de couro que Lauralynn deixara na sala de estar por engano, mas não comentara nada sobre isso.

Ele sentira um enorme prazer no dia em que vestira uma calcinha fio dental de látex por baixo da calça jeans para se encontrar com um grupo de executivos da gravadora, e passara todo o tempo sorrindo consigo mesmo, imaginando o que os velhos sisudos pensariam dele se soubessem que segredos se ocultavam por baixo da fachada de *bad boy*.

Para Viggo, o cardápio de delícias perversas que Lauralynn servira ao entrar em sua vida era apenas outra parte do rock and roll.

Ele esperou pacientemente para descobrir que crueldade deliciosa ela havia reservado para ele nesse dia.

Enfim, o barulho dos saltos de um lado a outro do piso de madeira reluzente parou diante dele.

Ela estendeu o braço e ergueu seu queixo para que o olhar dele encontrasse o dela.

— Me beije — disse ela.

— Sim, minha senhora — respondeu Viggo, sorrindo de orelha a orelha.

O pequeno barco que tomamos em Galway era só a primeira fase de nossa viagem ao sul. Levou-nos até o litoral da França, onde nos transferimos para uma embarcação maior que ia para a Austrália, via Cingapura. Nem pusemos os pés em solo francês e já fomos carregados num pequeno barco de pesca até o navio principal apenas algumas milhas mar adentro, o litoral da Grã-Bretanha uma linha reta através da massa de nuvens cinzentas que flutuavam acima das ondas.

Quando o navio chegou a Cingapura, parecia que uma eternidade havia se passado. Isolados do resto do mundo, com apenas a vasta extensão do mar e seu horizonte indistinto em eterno recuo como companheiros constantes, nós dois começamos a nos sentir seguros pela primeira vez em séculos. Não foi uma jornada para a qual se pudesse comprar passagens e nossa permanência no navio era semiclandestina. Assim, para não anunciar nossa presença a bordo à maioria da tripulação, que não sabia de nada, tivemos de permanecer em nossa cabine estreita e claustrofóbica durante o dia. À noite, íamos à cabine do capitão, onde jantávamos com ele e dois de seus subordinados.

O capitão era um holandês rude cuja pele rosada havia sido marcada pelos perigos de seu ofício. Era um homem de poucas palavras. Os dois oficiais que se juntaram a nós eram asiáticos e não pareciam falar muito bem inglês. Mas a comida que nos serviram era quente e nutritiva, sopas frugais e espessas e cortes de frios e, é claro, peixe, em todos os tamanhos e formatos. Sempre preferi peixe de carne branca, cujo sabor paradoxalmente não era "de peixe". Arenque, sardinha e cavala estavam definitivamente excluídos da lista. O capitão, porém, gostava que seu peixe tivesse gosto "de peixe", assim, com frequência, tive de recorrer a grandes pedaços de pão em minha sopa para dar mais consistência a ela e aliviar um apetite que o ar marinho pouco fazia para moderar.

À noite, quando poucos da tripulação se aventuravam no convés, em geral passávamos algumas horas olhando a lua, os zilhões de estrelas agora reveladas a nós em toda sua glória e a imensidão do mar, envoltos em qualquer roupa quente que pudéssemos encontrar em nossa bagagem. O completo silêncio da noite era impressionante ao nos envolver em seu manto pesado, o ruído dos motores da embarcação apenas pontuando o pano de fundo. Era como estar em outro planeta, um mundo de água, um mundo em que só nós dois existíamos.

Logo depois de ter nos recebido, o capitão sugeriu que eu mantivesse meu cabelo louro e comprido escondido no boné, para não provocar inadvertidamente os tripulantes que não estavam acostumados à presença de uma mulher a bordo. Tentei fazer isso, mas minhas mechas rebeldes insistiam em escapar, então Chey sugeriu que o cortássemos.

Minha primeira reação foi de pavor.

Quando criança, levara uma eternidade para meu cabelo crescer; quando finalmente consegui que tivesse tamanho suficiente, foi motivo de orgulho e triunfo. Depois da morte de meus pais, quando fui levada por minha tia, um de seus primeiros ditames fora manter meu cabelo consideravelmente mais curto, para facilitar os cuidados. Protestei, em vão, mas não tive alternativa. Fiquei de luto por meses. Desde que saíra da casa de minha tia, eu sempre o mantivera comprido, mesmo que os professores da escola de balé reclamassem do tempo e do esforço necessários para mantê-lo sob controle quando o corpo de baile tinha de se apresentar com coques idênticos.

Mas o capitão e Chey tinham razão. Estávamos assumindo novas identidades e nossa segurança futura podia depender disso.

Assim, uma noite, na cabine, Chey carinhosamente cortou meu cabelo até que eu parecesse um pajem. Foi desconcertante, e eu me sentia muito constrangida sempre que me olhava no espelho, mas depois comecei a gostar. Sem o emaranhado indomado de mechas claras, minhas feições pareciam mais pronunciadas, as maçãs do rosto mais agudas, meus olhos maiores. Uma versão mais "moleca" da mulher que eu sempre fora.

— O que você acha? — perguntei a Chey depois de ele terminar a tarefa.

— Você está linda — disse ele. — E, afinal, ainda é você, não é? Só outro lado seu. Você vai se acostumar e, quando chegarmos ao nosso destino e nos ajeitarmos em algum lugar, pode deixar crescer de novo, certo?

— Acho que sim... — respondi, olhando para a nova Luba no pequeno espelho manchado acima da pia da cabine.

Na manhã seguinte, enquanto eu tirava a roupa de costas para ele, prestes a vestir o velho moletom que usava para dormir no navio, percebi que o som de Chey escovando os dentes atrás de mim tinha parado. Virei-me.

Ele estava sentado na beira da cama, olhando para mim, pensativo, sonhador.

— O que foi? — perguntei. Ele ainda segurava a escova de dentes, mas enxugara a boca com uma toalha que agora segurava na outra mão.

— Com esse cabelo curto que você tem agora e sua silhueta, nua de costas, você ficou parecendo um menino — disse ele.

— Você acha?

— Humm...

Eu tinha corpo de bailarina. Pernas longas, porém fortes, quadris estreitos, a bunda perfeita e redonda e ombros largos, um corpo treinado e moldado pelos anos de ensaios e prática.

— Você gosta?

— Claro que gosto.

— Não sabia que você gostava de meninos...

— Posso abrir uma exceção, com prazer.

— Seu pervertido maravilhoso.

Balancei a bunda numa paródia de todas as *strippers* ruins com que topara em minhas jornadas anteriores.

— Ah, sim, eu posso com toda certeza trepar com isso — observou Chey.

Seu braço disparou para a frente e a palma de sua mão bateu com firmeza em minha bunda. Ele pretendia que fosse uma brincadeira, mas a cabine era tão pequena, que sua proximidade e o impacto se mostraram mais fortes do que ele desejava, e doeu.

Fiz uma careta.

— Ai...

Chey sorriu.

— É o que acontece com os meninos levados, quando não se comportam. Eles levam palmada.

Empinei o nariz, fingindo estar aborrecida.

— Ah, venha cá. Deixe eu dar um beijo para melhorar.

Eu estava a um passo de distância e fui de costas até ele. Minha bunda, agora provavelmente com a leve marca de sua mão bem em evidência por minha palidez natural, ficou no nível de seus lábios.

— Isso, beije. Melhor assim.

Seus lábios pareciam um bálsamo, macios como veludo e cheios de calor.

Ele beijou minha nádega com reverência, como um penitente ajoelhando-se para o perdão ou para a confissão. Estávamos congelados como estátuas, apesar da falta de calor na cabine, de minha nudez e da única peça de roupa que Chey estava usando.

Depois de uma eternidade, seus lábios se separaram de minha pele e suas mãos seguraram as nádegas e me abriram. Em seguida, sua língua estava dentro de mim.

Lambendo.

Explorando.

Escavando.

Lubrificando-me.

Provocando.

No momento em que a ponta de sua língua alcançou meu clitóris, o zumbido dentro de mim cresceu e fiquei eletrizada. Querendo-o loucamente.

Minha excitação disparava pelas veias e percorria meu corpo à velocidade da luz ou ainda mais rápido, seguindo cuidadosamente para a ponta molhada de sua língua invasiva, até que ele pôde sentir seu tremor de prazer.

Chey não parava, brincando com meu desejo até que eu tive vontade de gritar para que ele simplesmente me pegasse, por mais rude que fosse, e fizesse comigo, sem nenhuma reserva, o que ele quisesse. O que eu quisesse.

Cada terminação nervosa de meu corpo agora parecia ter se reunido no ápice de meu ânus, e senti que minhas pernas podiam ceder se ele não me comesse naquele instante.

— Mete em mim, por favor — pedi.

— Como um menino?

— Como um menino — suspirei, abdicando da noção de que tinha mais algum controle sobre meus sentidos.

Chey se levantou e me penetrou, curvando-me sobre a cama.

O desconforto inicial rapidamente desapareceu e ele se encaixou em mim, como sempre fazia. Chey era minha represa, meu dique. Apertei-me contra ele e relaxei, deixando que me carregasse na totalidade de seu ardor.

Era outra dança completamente diferente.

Agora eu era também seu marinheiro.

Uma buzina de barco soou ao longe, no alto-mar. Em dois ou três dias, informou-nos o capitão durante o jantar naquela noite, chegaríamos ao porto e ao fim de nossa longa jornada.

* * *

Summer guardou com delicadeza seu precioso Bailly no estojo.

Ah, que histórias aquele instrumento poderia contar se tivesse voz, pensou ela. De certo modo o violino tinha uma voz, embora só fosse melódica.

Volta e meia ela pensava em Luba e Chey e na noite em Dublin, quando os ajudara a fugir. Uma lágrima surgiu em seu olho quando ela se lembrou do momento em que percebera o coração de Luba pulsando de forma imperceptível em seu peito e notou que a história toda era um truque terrivelmente inteligente. Eles tinham desempenhado seus papéis tão bem que por um breve momento de pavor ela pensara que Chey realmente havia matado Luba e voltado a arma contra si mesmo.

Summer nunca fora muito romântica e se sentia contente em ver a felicidade do lindo casal. Até concordara em fazer aulas de dança, para surpresa de Dominik. A satisfação dele a deleitava. Ela aproveitaria qualquer oportunidade de fazer com que seu companheiro a conduzisse, quer fosse uma valsa no salão comunitário ou a ponta de uma coleira num clube de fetiche. Afinal, para Summer, cada um era bom à sua própria maneira.

O barulho familiar de uma digitação furiosa chegou a seus ouvidos quando ela abriu a porta do estúdio. Ela observou em silêncio por alguns momentos, avaliando a nudez de seu amante diante do computador, apanhado na incandescência da febre criativa.

Ele andava assim desde que tinham voltado de Dublin, transmitindo desesperadamente todos os pensamentos, emoções e imagens que absorvera para a página virtual. Parecia viver com o medo de que, se não digitasse rápido o bastante, tudo que havia de melhor sumiria no buraco de minhoca de onde tinha saído e a ele nada restaria além de uma vaga sensação de que quase agarrara uma boa ideia pelos calcanhares.

Era uma existência solitária, bancar a musa — longos períodos de espera até que o outro saísse do casulo de seus devaneios e voltasse à terra dos vivos. Ainda mais difícil era lidar com os períodos aparentemente insuperáveis de bloqueio criativo, quando Dominik se esquecia de todos os capítulos bons que havia criado e olhava pela janela com tristeza, queixando-se de que escrever cada nova palavra era como tirar sangue de uma pedra.

Ela também tinha ficado mal. Talvez até pior. Ela sabia alguns meses antes, quando vinha trabalhando sem parar em seu disco inspirado na Nova Zelândia, passando noite após noite no estúdio e queixando-se de que obter notas perfeitas era algo muito mais difícil do que ela esperava, graças a todas as lembranças de casa que lhe vinham numa inundação e afogavam seu arco em vez de lhe conferir energia.

Mas esses longos períodos de tempo em que eles habitavam seus próprios mundos davam a cada um a chance de ficar a sós, e tornavam o reencontro dos dois ainda melhor.

Horas depois, a noite caíra pelo Heath e Summer voltara de sua corrida de fim de tarde. Estava no banho, comprazendo-se na água quente que corria pelo seu corpo e acalmava seus membros doloridos. Não ouviu Dominik subir a escada de dois em dois degraus e abrir a porta do banheiro. Continuou perdida na trama de um devaneio até que ele entrou no boxe com ela e caiu de joelhos, enterrando a cara no refúgio entre suas pernas.

Apanhada de surpresa, Summer gemeu e entrelaçou as mãos no cabelo dele, segurando a cabeça ali, desfrutando da crescente sensação que aos poucos a consumia, e a excitação cada vez maior ardendo por entre suas pernas a cada lambida.

Ela um dia se preocupara que ele pudesse se afogar desse jeito, sendo ela a responsável, mas consolou-se com a lembrança de quando confessara tais temores a Dominik, e ele rira, dizendo que não poderia pensar num jeito melhor de morrer.

Ele se levantou quando não pôde mais suportar a dor nos joelhos e a água escorrendo para seus olhos e a girou, de modo que pudesse pousar a dureza de sua ereção na fenda da bunda dela. Dominik parou um instante para vê-lo se acomodar ali, admirando-se da visão das nádegas firmes de Summer, o ressalto de sua coluna e a curva de sua cintura. O jeito com que ela relaxava tão facilmente e permitia que ele a movesse como desejasse, sem pensar no conforto ou no aspecto prático. Ele se curvou para a frente e fechou o registro, pegando os seios molhados de Summer nas mãos em concha e apertando seus mamilos antes de levá-la para o quarto.

Ainda molhada, ela se ajoelhou na cama, ficando de quatro, e se espreguiçou, indolente, curvando a coluna como um gato, apontando as nádegas para os calcanhares e para o ar, dando-se a ele. Dominik afastou suas pernas gentilmente e observou o rosado expectante de sua boceta enquanto seus lábios se abriam como as pétalas de uma flor.

Era a beleza singular dessas imagens que causava sobressaltos em seu coração pervertido. Dominik nunca fora o tipo que lê revistas masculinas ou assiste a filmes pornográficos, em todo seu tédio previsivelmente maquiado. Preferia a pureza da vida real e o modo como Summer se exibia tão aberta e intimamente para ele.

Ele estendeu a mão e correu os dedos por sua abertura, testando a umidade. Ela suspirou com todo o prazer da familiaridade e se pressionou contra a palma de sua mão.

Dominik se curvou para sussurrar em seu ouvido.

— Me beija — disse ele, virando o rosto dela com a mão livre e apertando a boca na dela.

* * *

A primeira coisa que percebi quando chegamos a Darwin foi o calor. Tínhamos chegado no meio da estação úmida, tendo primeiro aportado em Sydney, depois percorrido de avião o restante de nossa jornada ao território norte da Austrália.

Eu esperava um céu iluminado, limpo e azul como uma tela de computador, com montanhas vermelhas enfileiradas no horizonte, como as imagens de cartão-postal que pontilhavam as prateleiras das bancas de jornal pelo aeroporto. Em vez disso, quando as portas do terminal se abriram, estávamos aprisionados entre a planície mais plana que eu já vira na vida e um céu cinzento como pele de elefante, que parecia cair cada vez mais em direção à terra, espremendo-nos no meio como um sanduíche.

O ar era pesado e nauseante, fecundo, como se a atmosfera pudesse explodir e nos sufocar ou apertar meu pescoço a qualquer momento e me estrangular. Mas agora estávamos aqui, e decidi aproveitar o melhor daquilo. Chey escolheu Darwin depois de uma pesquisa meticulosa, sentindo que os russos, se não tivessem engolido completamente a saga de nossas mortes, esperariam que escolhêssemos uma grande cidade com uma grande população, em que pudéssemos nos perder. Provavelmente em algum lugar nos Estados Unidos ou na Europa. Nos confins da Austrália, acabaríamos por nos destacar, e portanto ninguém se incomodaria de procurar ali.

Era uma época tranquila do ano, pois muitos habitantes da cidade haviam partido para lugares de climas mais amenos e os turistas só começariam a chegar aos montes quando começasse a estação seca, em abril ou maio. Pudemos, assim, escolher um dos apartamentos disponíveis dando nossas economias como depósito.

Chey ainda tinha algum dinheiro, e eu juntara uma boa soma durante meus anos de dança. Sempre com medo da lei e também ansiosa para escapar dos impostos, garanti que a Rede me pagasse em espécie logo depois de cada evento. Guardava meus lucros à moda antiga, lacrados em envelopes debaixo do colchão no quarto de hóspedes de Viggo, e, somando com o presente que ele me dera, tínhamos dinheiro suficiente para nos manter por alguns anos.

Alugamos um pequeno apartamento em Nightcliff. Não era grande coisa. Não queríamos chamar atenção e, de qualquer modo, eu estava cansada das armadilhas da riqueza. Pensar nos suntuosos quartos de hotel e nos lindos vestidos que haviam feito parte de meu emprego na Rede deixava-me um tanto irritada. Assim, eu estava mais do que feliz com nosso apartamentinho de varanda mínima com vista para o mar, que teria custado 1 milhão na Califórnia, mas era uma realidade para os moradores de Darwin. Como eles, acostumei-me a ver o mar praticamente de todo lado, com o barulho do ar-condicionado e com as telas grossas de proteção em todas as portas que mantinham afastadas não só as moscas, mas toda sorte de lagartos coloridos com babados no pescoço que inchavam como a gola do Drácula quando eles se irritavam ou se assustavam.

Às quatro e dez da tarde, todo dia, durante semanas, o céu se abria, mergulhando a cidade numa chuva torrencial. Gotas grossas e pesadas, do tipo que o ensopavam até os ossos em dois segundos se você fosse apanhado e deixavam uma sensação de alívio, de limpeza, e o cheiro doce dos eucaliptos, um tanto parecido com o cheiro de aparas de madeira recém-molhadas. Comecei a amar Darwin, mesmo na estação das chuvas. Era muito diferente de qualquer lugar em que eu tivesse morado e, com seus animais estranhos e suas condições climáticas loucas, tinha uma vibração que era muito vigorosa, muito viva.

Passamos o restante de fevereiro e a maior parte de março fazendo amor dentro de casa com o ar-condicionado ligado no máximo, arriscando-nos a sair apenas para dar uma caminhada pela praia depois que o sol se punha, lançando um jato de faixas rosadas, laranja e violeta pelo céu. Chey riu do cuidado que eu tinha em ficar alguns passos longe das ondas que batiam de leve na praia, sempre convencida de que crocodilos de água salgada estavam à espreita por baixo delas, esperando para me pegar e me engolir inteira à mais leve provocação. Eu podia ser paranoica, mas meu temor não era infundado. O jornal local estava cheio de histórias sobre os últimos relatos de que turistas tinham visto crocodilos e se metido em problemas.

Depois de algumas semanas nos divertindo, começamos a ficar entediados, e Chey alugou uma pequena loja no Smith Street Mall, onde vendia pedras preciosas e joias aos turistas. Ainda era perigoso demais para ele fazer investigações sobre a importação de âmbar, mas cobríamos os custos e tínhamos um pequeno lucro vendendo pérolas dos mares do sul e opalas australianas.

Chey, que sempre fora um vendedor nato e adquirira experiência em circunstâncias parecidas quando ainda era adolescente, cuidava da loja na maior parte dos dias e eu ajudava administrando o estoque e a contabilidade. Quando concluí que precisávamos de mais variedade, fiz um curso de joalheria e comecei a trabalhar em pequenos consertos e na produção de alguns colares e brincos. O trabalho era preciso e detalhado e instigava meu senso natural de ordem e estética minimalista. Cuidei para que nem mesmo um pingo de cafonice passasse pelas portas, e logo desenvolvemos a fama de bom gosto e qualidade, o que nos colocou acima das lojas vizinhas, que vendiam toalhas de praia ridículas, ímãs de geladeira e sabonetes decorativos junto com sua prata e seu ouro.

Comprei uma bicicleta e por alguns dias pedalei por meia hora de Nightcliff à Smith Street. No entanto, depois de quase ter morrido de susto quando um raio caiu de repente, pedi a Chey para me ensinar a dirigir, e compramos um Mazda de segunda mão, de um azul tão vivo quanto o do céu na estação da seca, e submeti a cidade a meu motor frequentemente morrendo e roncando antes de finalmente pegar o jeito.

Em maio, quando a chuva parou, as nuvens clarearam e o toque da brisa em minha pele parecia do mais leve veludo, passamos a montar uma barraca no mercado Mindil duas noites por semana. Eu usava vestidos de algodão soltos de cores vivas e sandálias e conversava com uma variedade interminável de pessoas que paravam para me olhar enquanto eu cuidadosamente fazia um colar ou montava um rápido par de brincos para atender ao pedido de um cliente.

Darwin era um lugar estranho, cheio de gente que fugia de alguma coisa e jamais conseguia ir embora dali. Havia um número grande de militares que habitavam os quartéis locais do Exército, um bando de cientistas e médicos atraídos pelas constantes oscilações meteorológicas e pelas doenças tropicais, um fluxo de mochileiros irlandeses e ingleses que chegavam em ônibus lotados, metiam-se nos bares locais e faziam farra até outubro, partindo quando chegava a chuva, e os hippies que ficavam o ano todo, atraídos pelo clima quente, o ritmo lento da vida e a doçura das mangas que eu consumia em tais quantidades que a seiva provocou assadura em minhas mãos.

Em meio a essa mescla de vida, Chey e eu nos encaixamos tranquilamente como duas ervilhas numa vagem. Pela primeira vez na vida fiz amigos, e parecia que tinha um propósito além de dançar.

Um ano se passou e não ouvimos nem um pio de nosso passado matizado. Eu ainda dançava, mas só na sala de estar, ou na varanda no frio da noite, como uma pagã recebendo a noite sob o brilho do enorme sol tropical.

* * *

Ainda havia uma noite até o Ano-Novo e Edward e Clarissa estavam sentados à mesa no bar da praia, bebendo coquetéis e desfrutando da atmosfera relaxada do clube de regatas. Não tinham planos específicos para a noite. Seu cruzeiro pelo mundo já durava três meses e na semana seguinte voltariam aos Estados Unidos.

Enquanto eles se recordavam dos bons e maus momentos, concordaram que haviam levado uma vida plena e o que quer que lhes acontecesse agora seria um bônus, mais manteiga no pão.

Houve festas loucas, epifanias e uma alegre quebra de tabus depois que graciosamente entraram na meia-idade e começaram a ignorar a opinião ou as críticas da família e dos descendentes conservadores. Viviam para eles mesmos e não precisavam mais aderir às restrições convencionais da sociedade.

Isso significara um envolvimento prolongado no mundo do BDSM, e eles testemunharam seu lado sombrio e seus aspectos dionisíacos, desfrutando de ambos com todo o coração. Como se poderia verdadeiramente apreciar a vida sem provar seus extremos? Eles não tinham arrependimento algum.

Eles tinham chegado a um nível de intimidade em que momentos de silêncio eram tão importantes e significativos quanto as palavras, e tinham prazer na paz de sua felicidade. A garçonete lhes trouxe outra rodada de coquetéis coloridos.

A varanda, com seu anel de palmeiras e guarda-sóis brancos e grossos, dava para o azul nítido do mar, quase deserto, a não ser por alguns windsurfistas pegando as ondas modestas.

— É mesmo tranquilo, não? — observou Edward.

— Sim — concordou Clarissa.

— Eu estava pensando — continuou Edward —, em vez de procurar um restaurante mais elegante na cidade para passar as festas, por que não ficamos aqui? Há muitos frutos do mar no cardápio, pelo que estou vendo, e não ficaria tão lotado...

— É um prazer ser tão casual — acrescentou Clarissa.

— Nós certamente já vestimos roupas caras o bastante para algumas vidas, não é verdade?

Ela assentiu, seus olhos se nublando enquanto as muitas festas e cerimônias do passado surgiam em suas lembranças.

— Então vamos fazer isso.

Eles voltaram a beber sem nenhuma outra preocupação no mundo.

Quando o sol começou a desaparecer abaixo do horizonte e a luz aos poucos sumia, Edward conferiu o cardápio.

— O que você acha? Ostras Coffin Bay, para começar? — sugeriu ele.

— Adoraria — respondeu Clarissa, sonhadora.

— Nada além do melhor para você, minha querida.

Ele pegou a carta de vinhos. A jovem garçonete de antes tinha terminado seu turno e fora substituída na varanda por um garçom mais velho, com sotaque grego e maneiras melífluas.

Edward escolheu e fez o pedido.

A vida era boa.

O café dos dois tinha acabado de ser trazido à mesa e os pratos vazios da refeição foram retirados. O sistema de som do restaurante da praia foi ligado e uma música tranquila começou a acalentar os clientes pelas, mais ou menos, duas dúzias de mesas.

— É uma valsa, Ed — disse Clarissa. — Talvez devêssemos dançar. — Ela apontou a pista improvisada de bambu que se estendia pela areia.

— Talvez mais tarde, quando for mesmo o Ano-Novo? — sugeriu Edward. — Deixe-me digerir um pouco primeiro. Uma concessão à nossa idade avançada, sim?

Clarissa sorriu, notando um casal que se levantava de uma mesa próxima e rumava para a pista de dança. Eram mais novos e ficaram de mãos dadas por todo o caminho. Ambos altos, atléticos e vestidos de maneira informal, ela usava um vestido de algodão simples e branco que caía pouco abaixo dos joelhos e sapatilhas de balé, enquanto o parceiro vestia jeans e uma camisa branca. A mulher era loura, seu cabelo curto, e sem dúvida nenhuma tinha no rosto algo do Leste Europeu, imaginou Clarissa. Ela andou, depois dançou com graça e compostura. Seu parceiro também tinha uma aparência especial, embora ela não fosse capaz de dizer sua origem. Ambos exibiam um maravilhoso bronzeado dourado, como se agora passassem todos os dias descansando na praia. As unhas da jovem estavam pintadas de verde-esmeralda, e a única joia que usava eram dois elaborados brincos de âmbar.

Eles se juntaram na pista improvisada, sem jamais tirar os olhos um do outro, e Clarissa e Edward sentiram uma suave emoção zumbindo em seus corações ao observarem o jovem casal deslizar pelo chão como aves em voo. Ambos tiveram a mesma ideia e piscaram um para outro. Os dois dançarinos os lembraram de sua própria juventude.

Era um prazer olhá-los e notar como haviam abstraído de tudo a sua volta, cada um se banhando no brilho do outro.

Havia uma elegância nos movimentos da jovem, certamente resultado de um treinamento no balé em alguma época de seu passado. Suas pernas longas carregavam solidamente o corpo delicado enquanto as mãos do parceiro seguravam imperceptivelmente sua cintura, guiando os movimentos, liderando de forma invisível, mas firme.

Clarissa se deu conta de que havia visto a jovem uma vez, embora seu cabelo na época fosse muito mais comprido. Ela voltou a olhá-la com atenção e confirmou sua intuição. Tinha sido em Paris, quando o filho dos dois tocava baixo na banda patrocinada por Viggo Franck. Sim, ela estava no camarim depois do show.

Sem dúvida nenhuma era ela. Clarissa se esforçou para lembrar se a jovem era uma das que os seguiram para a noite turbulenta e de certo modo imoral em Les Chandelles. Concluiu que se ela estivera lá, não tinha havido nenhuma interação entre ela, Ed ou Clarissa. E recordou, com um suspiro de alívio, como seu filho conservador também não quisera se juntar ao grupo. O homem com quem a loura dançava certamente não estivera presente naquela noite distante.

— Está pensando o mesmo que eu? — sussurrou-lhe Edward enquanto o jovem casal se separava e a lenta valsa do Tennessee chegava ao fim, substituída no sistema de som por uma melodia mais animada e mais acelerada.

— Estou — disse Clarissa.

— Parece que foi há um século, não é? — disse Edward.

Clarissa assentiu.

— Por um breve momento, pensei em convidá-los a se juntar a nós para uma bebida.

— Tem razão, Ed. Vamos deixá-los em paz. Nós somos velhos libertinos. Já fizemos nossa parte mais de cem vezes. Certamente eles podem encontrar seu caminho na vida sem nossa interferência.

A meia-noite se aproximava. Outros casais agora iam para a pista.

— A próxima dança lenta é sua — informou Edward a Clarissa. — Mesmo que tenhamos de esperar pelo Ano-Novo.

— Acha que haverá fogos de artifício?

— Sempre há fogos de artifício quando bate a meia-noite. — respondeu Edward, passando o braço por ela.

Na outra mesa, o jovem casal voltou aos seus lugares e se beijou.

A pouca distância dali, sentada numa banqueta alta no bar, havia outra jovem. Era pequena, de cabelo preto curto no estilo gótico, com uma franja reta. Estava sozinha e assim ficara a noite toda, um tanto afastada de todas as comemorações. Clarissa percebeu que ela assistia à cena com tristeza no olhar, enquanto os dois se beijavam. E, por um minuto, Clarissa pensou que a moça estivesse chorando, mas depois percebeu que abaixo de seu olho esquerdo havia uma minúscula tatuagem de lágrima.

A mulher solitária com a tatuagem incomum observava enquanto o casal aos beijos se levantava novamente, de mãos dadas, desligados de todos exceto um do outro, e seguia para a areia para uma última dança.

Agradecimentos

Com o prosseguimento da série 80 dias, os autores tiveram de apelar à paciência e à generosidade de muitas pessoas cujo envolvimento foi inestimável. Antes de tudo, nossos respectivos parceiros que — embora não possam ser citados nominalmente aqui, pois procuramos guardar nosso misterioso anonimato — tiveram de suportar continuamente nossa negligência durante as longas horas de redação, e o fizeram com tranquilidade e bom humor. Sarah Such, da Sarah Such Literary Agency, nossos editores Jon Wood e Jemima Forrester, Rosemarie Buckman da Buckman Agency e todos os seus colegas foram fundamentais para o sucesso da série e qualquer agradecimento a eles não seria o bastante.

Uma metade de Vina também gostaria de agradecer a Scarlett French, de www.scarlettfrencherotica.com, cujos livros com capa de couro e leituras de *Shoe Shine at Liverpool Street Station* despertaram um interesse tanto pelo erotismo como pelas botas de equitação, que provavelmente durará uma vida inteira. Por fim, ela gostaria de agradecer a seu empregador pelo apoio interminável e a Verde & Co., que inconscientemente forneceu várias aventuras contidas na série 80 dias com a provisão de um lugar aconchegante para se sentar e digitar, o chocolate ocasional e uma procissão interminável dos melhores lattes de Londres.

E, por fim, Vina Jackson também deve sua gratidão à hospitalidade do Groucho Club, onde cada título foi planejado, concebido, desmontado e remontado antes da escrita de fato — sem que quaisquer membros vizinhos questionasse enquanto, por horas a fio, debatíamos quem devia ir para a cama com quem e outros delicados aspectos técnicos.

Este livro foi composto na tipologia Adobe Jenson Pro,
em corpo 12/16,7, e impresso em papel off-white
no Sistema Cameron da Divisão Gráfica
da Distribuidora Record.